U0505296

《日本文学史序说》讲演录

[日] 加藤周一 ◎著

邱雅芬 ◎译

上海人民出版社

目录

导　读

　　加藤周一（1919—2008）是日本著名评论家、作家、医学博士，被誉为当代日本百科全书式的学者、日本知识巨人。1943 年毕业于东京帝国大学医学系，1951 年留学法国，在巴黎大学从事血液学研究，同时笔耕不辍。1958 年弃医从文，坚持以宏阔的视野展开文明批评，是代表战后日本的评论家。他精通英语、法语、德语等多门外语，曾在加拿大的不列颠哥伦比亚大学，德国、英国、美国、瑞士、意大利的大学，日本的上智大学、立命馆大学等高校任教。2004 年，成为维护和平宪法"九条会"的召集人之一。

　　加藤周一著述丰硕，有《加藤周一著作集》（全 24 卷），其中《日本文学史序说》（上下两册，1975—1980）已是日本文学史、日本思想史领域的经典之作，至今仍然具有强大的引领意义，或者说其领先于时代的价值在该书出版近 50 年后的今天才开始揭开神秘的面纱。《日本文学史序说》已经有英语、法语、德语、意大利语、罗马尼亚语、中文、韩语等诸多版本，法国比较文学大师艾田蒲（1909—2002）为两册法语版中的一册写了序言，可见该书的学术品质及其具有的宏阔的跨学科视野。

加藤周一本人对《日本文学史序说》也是喜爱有加，这从他在2003年9月，以84岁高龄，连续五天与白沙会会员畅谈《日本文学史序说》书里书外的那些事的热情可以略知一二。那五天的畅谈记录整理成了这本《〈日本文学史序说〉讲演录》。白沙会是"加藤周一读书会"，于1989年成立于京都白沙村庄，因此得名。会员来自不同领域，有教师、学生、家庭主妇、编辑等。

加藤周一在《〈日本文学史序说〉讲演录》中，不仅深入浅出地说明《日本文学史序说》的写作方法等，还畅谈艺术、文化、政治、社会，展现作为现代经典的《日本文学史序说》的当下意义。实际上，书名中的"序说"二字就隐含着作者特立独行的创新意识。在《〈日本文学史序说〉讲演录》中，加藤周一指出，《日本文学史序说》中的"序说"二字有序言之意，意味着提及"日本文学史"时，他指的是什么，他是怎样理解日本文学史的。也就是说，《日本文学史序说》即"日本文学史导论"或"日本文学史导读"。开明出版社于1995年出版的叶渭渠、唐月梅夫妇合译的中文译本，总字数达 65 万字。以这样的鸿篇巨制重新思考日本文学史概念，可见作者超越时代的思想力度和问题意识。

事实上，日本文学史的写作始于日本迈上"脱亚入欧"之路的明治时代，是明治日本建构现代日本文化身份的重要路径之一，这种明确的目的指向使得一般的日本文学史叙事带上了诸多的建构色彩。例如，对千余年来一直占据日本高尚地位的汉文学的"遮蔽"即其重要特征之一，抹去"汉文学"印记，建构一种以"和文学"为中心的日本文学史是明治日本向西方展示自身文化软实力的重要举措之一。可以想见，洋洋洒洒数十万字的"导论"或"导读"中隐含着怎样的思想力度及学术气魄。可以说，有关《日本文学史序说》的相关思考和写作也是一次对日本文学文化历程的漫长的回溯之旅。成田龙一将"知识分子论"作为加藤周一毕生事业的关键词，认为加藤周一长期以来的问题意识聚焦于知识分子问题——知识分子的责任是什么？作为知识分子生活意味着什么？认为加藤周一的知识分子责任论扎根于其战争体验。基于这种认知，成田龙一指出，《日本文学史序说》"虽然是日本文学史，但也可以作为加藤的实践来把握"。成田龙一洞察《日本文学史序说》的实践色彩，这是颇有见地的观点。

加藤周一在《〈日本文学史序说〉讲演录》中公开《日本文学史序说》的写作方法，主要有以下几种：

（1）明确指出日本文学具有用日语和中国文言文两种语言进行书写的传统特质，即日本文学包括书面文学、成为书面文学的口传文学、中国文言文书写之物三类。加藤周一将这三类都纳入思考范畴，回归了历史的本然，也极大地拓宽了日本文学的概念。重新发现日本文学史中的"汉文"书写传统是其重要方法之一，这是一种对历史的敬畏，也是学术诚信的展现。

（2）导入马克思主义理论，关注日本内部的阶级性。这样可以避免由贵族中心主义或城市中心主义导致的认知误区，进一步发现日本历史上的庶民文学或下层武士儒者的汉文书写，这也是一种进一步打通日本与世界的宏阔视野。

（3）重视外来文化。希望了解佛教、儒学等外来文化进入之前的日本人究竟在想些什么，以把握日本文化原型。加藤周一认为，日本文化产生了许多高度洗练的东西，如天平时代的佛教雕刻、平安时代的《源氏物语》、江户时代的喜多川歌麿的木版画、明治时代的夏目漱石文学和森鸥外文学等，造就如此成就的背景和作为南京大屠杀背景的日本文化是一样的。加藤周一希望把握日本文化内核,为此,他采用"矢量结构"模式进行深入详尽的分析,一步步推断出日本文化原型具有此岸性、具体性、实际性、个别性的特质,为学界提供进一步思考的诸多可能性。

(4)尽量拓宽"文学"的定义,这与第一种方法具有相通之处。明治维新后,日本文学的定义日趋狭隘,极力排斥哲学与社会问题、排斥汉文,语言即日语、内容即美学,使得知性生活不能进入文学领域。加藤周一力图改变这种闭塞的状态,希望将汉文书写、庶民文化等一并纳入考察范畴,尽量拓宽"文学"的定义。在历史上,日本曾经长期用汉文书写哲学、表达思想,所以将汉文书写纳入视野后,日本文学将呈现出更多的知性色彩,一改没有思想、没有像样哲学的性格。

(5)尽量采用客观、理性的叙述方式,力图使写作呈现出一种普遍性。例如,在时间表述方面,作者采用诸多国家共通的西历,这样可以把日本文学置于更为宏阔的世界视野中进行考察。

以上方法论显示了加藤周一深刻的思想力度。笔者认为，加藤周一超越时代的思想力度与其明晰的问题意识密切相关。如上所述，加藤周一长期以来的问题意识聚焦于知识分子问题——知识分子的责任是什么？作为知识分子生活意味着什么？《日本文学史序说》具有鲜明的实践色彩，天然地具备超越时代的思想力度。此外，作为一名医学博士、一位弃医从文的知识分子，加藤周一能够有效打通科学思维与文学思维，其视野更为宏阔、思想力度更为深刻缜密而富于前瞻性。例如，他在思考日本文化原型时，采用文学思维者鲜有的"矢量结构"模式，富于科学性与逻辑性，且富于成效。基于其卓越的外语能力及独特的思维能力，加藤周一还善于使用各类字典、词典，这也是一种融合科学思维与文学思维的思维方式。例如，仅仅为阐明"文学"与"历史"等概念，加藤周一就广泛运用了日本《大汉和辞典》、美国韦伯斯特词典、法国罗伯特词典、日本平凡社《世界大百科事典》等，可见其宏阔、缜密的思考力度。

在《〈日本文学史序说〉讲演录》中，加藤周一指出，如果希望理解现状，就有必要理解文化传统，由此展现出一种具有延展性的时间意识，这也是一种贯通"传统与现代"的时间意识。加藤周一认为文化传统不只是理智、逻辑的东西，同时还包含着感情，还有感觉心理，深入理解文化传统的最有力的方法之一是文学史的分析，可以将政治性、经济性的现实世界与文学性、艺术性的表现世界的接点展现出来，可见其文学思想的力度与深度，同样展现了兼具科学思维与文学思维者的某种优势。

加藤周一温和的语调中不乏犀利的洞察。当学员请他谈谈为什么在《17岁读书指引》中为日本青少年推荐《论语》一书时，他直截了当地指出"近代日本文化的可疑之处是没有作为经典的《论语》"，还指出"没有共通经典的社会也许接近野蛮了"。这是这位知识巨人富于睿智的赠言之一。实际上，加藤周一不仅熟知儒学经典，他还具有丰富的佛学、基督教神学、马克思主义学养。在离世前几个月的2008年夏季，加藤周一接受了天主教洗礼，成为一名天主教徒，据说他的母亲、妹妹也都是天主教徒，这或许是对家族信仰的一种皈依。然而，从《〈日本文学史序说〉讲演录》中展示出的加藤周一的新教、天主教观可知，这或许也是一种示现，在这个偏执的时代，他力图在知识与人文关怀、此岸与彼岸、战争与和平之间架起一座座沟通的桥梁。

拙译所用日文版底本为日本筑摩学艺文库2012年版。为了尽量保持加藤周一的说话风格，原书除日语以外的外语保持原样。原书是讲稿、对谈体，没有注释，为便于中文世界的读者阅读，译者依据出版社的建议，增加了大量注释，希望这些注释能够带来更好的阅读思考体验。

邱雅芬

2024 年元旦

前　言

这是 2003 年 9 月 3 日至 7 日 5 天期间，第二期白沙会在信州（今长野）的追分围绕加藤周一先生举办的短期学习会的记录，教材使用加藤先生的代表作《日本文学史序说》（筑摩学艺文库上、下两册。章节、引用页码依据该书）。白沙会会员来自不同领域，从学生到主妇、教师、编辑，但没有文学、文学史专家。我们这些会员先各自提出问题并进行筛选，再请先生讲解。上午两个小时，下午将近三个小时，日程非常紧凑。临时教室设在我们入住的油屋① 的食堂，时间一到，马上变成配备饮料的畅谈之地，"补习课"的气氛由此更加热烈。

我们在游客离去的早秋的高原思考了什么？关于日本文学细微的趣味，关于其与中国和西方比较时的明显的特征，

---

① 旧时日本中山道上一个驿站的旅馆，自 1930 年代开始有较多文人墨客到访，也成为诸多日本文学作品的舞台。（译者注，以下不赘）

关于文学中显现的思想——这些当然非常有趣，但并非全部。加藤先生的讲义并非是对自己著作的解说或对此前言论的归纳，而是广泛涉及艺术、文化、政治、社会，自然将我们的思绪引向这个国家的现实与未来。有什么办法可以刹住、改变不断右倾的现状？如果有，是什么？

如果"经典"是无论写于何时都具有独创性、在国内外引发共鸣，并展现出普遍价值的基础文献，那么，《日本文学史序说》无疑是现代的经典。经典在不同时代呈现出不同的风貌。白沙会短期学习会分享了作为经典的《序说》的当下意义，读者肯定也能从本书获得诸多启示。

短期学习会执行负责人

山本晴彦

2006 年早秋

第一讲

日本文学的特征

《万叶集》的时代

序　章　日本文学的特征

《日本文学史序说》中的"序说"有序言之意，意味着提及"日本文学史"时，我指的是什么，我是怎样理解的。即便说到"日本"，其解释也因人而异，有时指"持有日本护照的人"，有时指"说日语的人"。此外，"文学"这个词原本译自英语——中国的文言中也有"文学"这个词，但和英语译词意思不同——其内涵也涉及许多方面。"日本文学史"即日本的文学的历史，所以，怎样理解"历史"这个单词，我想查阅辞典，将辞典上写的，加上我的感想进行简单介绍。这是第一部分。

任何人都能轻松查阅辞典，所以可以多多查阅。这是一种处世方法。说日语的则使用日语辞典比较方便。例如，现在很多外语以片假名形式进入日语，但使用片假名词语的人并没有查阅英和辞典。发音和重音的位置都不一样，意思也常常不一样。如果查阅辞典，就可以避免这种情况。

今天，我将一边查阅辞典，一边说明我是怎样理解"日本""文学""历史"这三个概念的。此外，我将在第二部分说明，在实际写作"日本文学史"时，我有意识地采用的方法，此前这些只是零星涉及过。

"文学"的定义

先从"文学"和"历史"开始。"文学"这个词明治后的翻译居多。先看诸桥辙次的《大汉和辞典》(大修馆书店)，初版是 1955 年至 1960 年，第五卷第 565 页有"文学"条目，是以中文为主的解释，诸桥在此所举例句或出自《论语》，或出自《史记》和《汉书》。《汉书》是汉代史书，唐代有《唐书》，宋代有《宋史》；《汉书》完成于公元初年。中国古籍中的"文学"的意思是"广义的学术、艺术或学问"，这和我们所说的文学这个词的内涵不同吧。现在，日本所谓"文学"的意思不是学问。诸桥的第二种定义是"诗歌、小说、戏剧及其相关学术"，并引用了公元 3—5 世纪前后的王朝史书，《魏志》和《宋书》。即便这里说到戏剧，但当时中国几乎没有戏剧，现存剧本大多是 14 世纪以后的，在此意义上，"文学"这个词是翻译语。清末民初的章炳麟(1869—1936)有《文学总略》一书，其中写有"论文之法式的文学"，这几乎

4

是对西语的翻译。总而言之，中国过去虽有"文学"这个词，但指"广义的学问"；现在所谓"文学"是拉丁语 litteratura 的翻译，大致是在 20 世纪后出现的。日本在 19 世纪后半期已经出现，略早一点。

那么，查阅韦伯斯特 1974 年版词典，litteratura 的语源 litter，即 letter，是语言的意思。这个词成为拉丁语 litteratura，成为古法语，并进入英语。中世纪英语中有 litteratura。这是题外话，英语中的拉丁语系词汇有两种进入方式。一种经由法语，通过 12 世纪占领英国的 William the Conqueror，即征服者威廉，法语大量进入，这些词汇被英语化后成为英语词汇，literature 也是其中之一。另一种是古代罗马帝国占领英国时，拉丁语大量进入，history 就属于这类词。

那么，"文学"在现代英语中是什么意思呢？有两种意思。第一种是有关某一特别主题的文献，例如 medical literature，即"医学文献"，和我们所说的"文学"不同。日语中的"文学"是英语 literature 的翻译，但和刚才说的用法不同。那叫"文献"等，而不叫"文学"。这种用法现在仍然存在于英语中。例如，"关于茶的文献"用英语说是 Literature On Tea，这是现在的第一种意思。第二种意思是说"文学史"时的"文学"，用英语说是 Imaginative or critical，all writing in prose or verse。直译是"所有散文或韵文著作。特别是具有想象力或批判力的文章"。这和文章是否出彩无关,但和科学著作或新闻报道是有区别的。

查阅法国 1977 年版 Robert,即罗伯特词典——可以清楚地知道法国人喜欢历史——上面写着 litterature 最早出现在 12 世纪初,源自拉丁语的 litteratura,意思是"全部书面文章";13 世纪时,变成"全部知识、全部信息",还不是现在所说的文学。进入 15 世纪,所有具有强烈美学关怀的著作,或具有强烈美学关怀的文章统称为"文学"。有趣的是,这本词典还引用了瓦雷里[1]的定义,"文学不过是某种语言性质的发展"。即 La littérature n'est qu'un développement de certaines des propriétés du langage。英语是 The literature is nothing but development of certain characteristics of languages。所以,语言是最重要的。

在导入从欧洲语言翻译的"文学"这个词前,中文和日语中已有"文学"这个词,但意思不一样。这种词语的例子很多,例如,"自由"就是这样一个词语。中国古书和日本古书中都有"自由"这个词,但和英语的 freedom 意思不同,尤其和美国人说的意思不同(笑)。总之,明治时期将"自由"作为 freedom 之意使用,这种用法传到了中国。"革命"也一样。虽然中国常常发生革命,日本则不太发生(笑),但"革命"这个词原本是从中国传到日本的,意思也不一样。在日本,把"法国革命"或"五月革命"等具有政治意味的

revolution，翻译成了"革命"这个词。译词的意思发生了变化，中国引入了这种用法。"中国革命"中的"革命"就是其从日本传入的实例，和中国以前长期使用的意思有明显的不同。

中国的"文学"是诗文，即诗和文章。它有很多规则，非常漂亮的文章叫作"文"，但不包括戏剧。此外，在古典中国，小说也不算诗文，日本也一样。例如，在日本，有人情本[2]、洒落本[3]，有和歌、俳句，有读本[4]，歌舞伎是歌舞伎，能是能。英语的 literature 涵盖这些类别，但日本没有涵盖全部的概念，即没有汇总的习惯。日语中也没有"美术"这个词，这是明治以后才从欧洲语言翻译引入的。"美术"一词包括建筑、雕刻、绘画，但日语中没有对应的、将之汇总的词，中国也没有。这是一个值得注意的问题。

也就是说，因为日本过去没有"文学"一词，与其查阅英语词典，将其中所写的内容囫囵吞枣，还不如重新思考、自己定义更好。听到"诗和小说、戏剧、文艺批评叫文学"之言，不要无思无想，"文学"是一个可做狭义或广义解释的词。

"历史"的定义

接下来是"历史"。什么叫"历史"？这也有点棘手。"史"

7

是时势的变迁。参阅韦伯斯特词典中"历史"的条目，可知希腊语的 historia 进入拉丁语，再进入中世纪英语，就变成了 history，它的意思是系统处理过去的一部分知识。"历史"是 systematically，所以一时一时的是不行的，the branch of knowledge 即"历史"。细而述之，韦伯斯特写道："记录、分析过去发生之事，阐明它们之间的关系就叫历史。"

这非常重要，历史并非仅仅记录或列举过去的事实：发生战争了，战败了，被占领了，从被占领中独立了。这些都是过去的事实，但只是按年代顺序罗列出来并非"历史"。这种罗列虽然进行了记录，但并未进行分析。尤其针对过去的事实，重要的是将这些事实联系起来，即 correlating。发生战争、被占领了，这是对过往事件的罗列。这些当然是事实，但罗列并非历史。"历史"指一种"关系"。发生战争并战败了，被战胜者占领了，这其中就有因果关系。因为如果不发生战争，就不会被占领，这其中最重要的关系就是因果关系。由于有了这样的情况，所以发生了如此这般的事情，这样的叙述不是简单的罗列吧。

然而，有些关系不一定是直接的因果关系。例如，明治维新后，日本由农业国变成工业化现代国家。为什么能够变成资本主义式的工业国呢？不能简单地把原因归为德川时代的文化遗产，虽然这是条件之一，但推动日本现代化发展的条件有许多。江户文化遗产是必要的，但发达的手工业、高度发达的劳动密集型农业、较高的教育水平、全国市场的形成、官僚机构的发展也是必要的。当然，不用说，来自欧美的影响也是重要因素之一。文化遗产只是上述许多条件之一，这些条件作为一个整体相互关联。

"历史"一词在法语中的情况也大同小异，但法语的表述略微不同，这很有趣。查阅罗伯特词典的 histoire 词条，这也是来自拉丁语的词语，大约于 12 世纪中叶出现在法语中，其定义是"与人类过往的发展有关的一切知识"。不是有关过往事实的一切知识，而是有关人类过往发展，即 évolution 的知识，是和人类发展有关的知识，所以与此无关的知识就不是"历史"。过去有许多事实，所以叙述时必须进行选择，否则永远也写不出历史书。那么，怎么选择呢？选择和人类过往发展有关的事实。l'évolution au passé de l'humanité, humanité 是"人类"之意。

在日本，关于"历史"的定义非常模糊，没有提及人类，法语才会提及"人类"。l'évolution 有逐渐发展的意思，例如，平安时代末期，日本过去的某种文化逐渐发展，我想叙述这种 l'évolution。虽然没有"人类"的观点，但最初的"历史"在那时出现了。12 世纪末到 13 世纪，短歌非常繁荣。从《万叶集》[5] 开始，《古今集》[6]《拾遗集》[《拾遗和歌集》][7]，到

《新古今集》[8] 的 "八代集"[9]；到《新古今集》的时代，出现了历史意识，和歌发生了变化。我认为《新古今集》的编撰者们终于发展成了《新古今集》，所以，从历史角度对日本和歌的 l'évolution 进行了详尽的叙述。那是短歌的 "历史"，而不仅仅描述过去有这样的和歌。和歌逐渐地发展，在此前的基础上有了新的要素。藤原氏丧失权力、灭亡时，我在思考为什么会这样的过程中，逐渐追溯到藤原氏的历史。慈圆僧正[10]撰写的《愚管抄》[11] 是 "历史"。《愚管抄》并非列举过去的事实，而是追寻了事实之间的关系。这种关系性，即在过去的基础上，添加新的内容而发生变化的发展进程。这就是历史的定义。《日本文学史序说》是文学史，既然是 "史"，我不认为应是对过去作品的简单罗列。

瓦雷里曾经说："L'histoire est la science des choses qui ne se répètent pas"，用英语说是 "The history is the science about the things which cannot be repeated"，即 "有关过往事物的科学即历史"。我据此对 "历史" 进行了定义，希望在《序说》中对 "文学" 进行广义定义。

"日本" 这一词汇

最后是 "日本" 的定义。"日本" 这个词是什么时候开始使用的？并不是在日本历史开始时就有的。倭建命[12]从未说过"日本"或"大和"之类的词。战争时期发明了诸如此类的各种荒唐无稽之事。据平凡社《世界大百科事典》，"日本"这个词最早出现在中国的文献中，似乎大约在7世纪奈良时代初期。这是推测，无法断言，没有确切的证据证明此前使用过"日本"这个词。

人们常说"日本"是一个同质社会，但是否倭朝以后的日本人在人种方面具有"多数之和"的特征呢？显然不是。古时候，北方的阿伊努是少数民族。阿伊努和绳纹人的关系不明，但阿伊努确实存在过，他们的语言、信仰体系和生活方式不同，是完全不同的人种。

冲绳的情况解释起来有点难度，也许可以说冲绳话是浓厚的日语方言，或者也许是作为方言的冲绳话成了日语，至少有这种可能性。冲绳曾经长期是独立的政治体，国际地位也不同；日本和中国的关系与冲绳和中国的关系也不同。冲绳也许和古代日本有过关系，但和之后的日本宗教体系不同，巫术特别盛行。语言也说不太清楚，介于方言和其他语言之间。我认为即便是现在的日本人，如果突然听到冲绳方言，也会听不懂；感觉如果住上一星期左右，因为有标准话，大致可以稍微听懂一些。我本人听意大利语广播比听冲绳语对话更明白（笑）。我不会讲意大利语，但感觉可以听懂较多词语，我认为冲绳可以说是少数民族。

还有1910年签订《日韩合并条约》以来的在日朝鲜人。在日朝鲜人的形成是由于这一条约造成的大量移动，其中既有同化政策，也产生了歧视。最惊人的歧视事件是关东大地震时的屠杀，足见歧视之甚。战争时期，歧视更加严重。日本人曾从朝鲜半岛绑架了大量朝鲜人；被朝鲜绑架了十来个人[13]，日本人就愤怒至极，但数十年前被日本人绑架的朝鲜人不止十人，也许是成千上万，而日本对朝鲜没有任何赔偿吧。绑架事件当然无耻，但为什么大吵大嚷？更无耻的明明是过去的日本帝国。也许有人会说："不，当时的朝鲜半岛是日本的一部分。"但这是不正确的，因为拉他们来是为了让他们干日本人不想干的危险工作。"慰安妇问题"也是，我认为那也是绑架。

总之，我认为说到日本，不要简单地认为其从古到今都维系着同质、同种的状态。文学方面，"在日"的人们做了什么？特别是来自朝鲜半岛的人，他们在日本接受了日语教育，用日语写了大量文学作品。现在，最具生产力、作品质量最好的是这些"在日"的作家。文学史必须对此进行叙述。同样，日本文学中的"日本"指什么？我认为应该包含"在日"的人们。《日本文学史序说》在这一点上做得不够，需要进行自我批评（笑）。不过，这种倾向最近才出现，《序说》并没有叙述到最近。

"文学"的方法

日本文学具有用日语和中国文言文两种语言进行书写的特征，其中，中国文言文即中国书面语，现在的中国人已经不说了，在日本叫"汉文"。日语中不仅有书面文学，还有口传文学。世界上的大部分文学是口传文学，因为很多地方没有文字。口传文学之后常常被铅字记录下来，阿伊努的文学也是如此。阿伊努没有文字，但也存在日本人或俄国人进入后，用文字把阿伊努人代代相传的故事记录下来的情况。

因此，"日本文学"有书面文学、现在成为书面文学的口传文学、中国文言文书写的文学这三种形式，我的方法之一，是将这三种形式都纳入思考范畴。现在的情况比我写《序说》时改善了一点，那边的学界也开始有所行动，可以获得支持了，这当然不是我一个人的力量达到的。在此意义上，我认为《序说》为战后日本的文学研究作出了贡献。在我开始写作时，意识到这些问题的人还非常少。

第二个问题是日本内部存在"阶级"。就平安时代而言，有作为统治阶层的贵族和作为官吏被派往地方的下层贵族，还有不属于藤原氏的人们。此后的时代，"阶级"也大致分成三类。说"文学"时，应该意识到说的是哪个"阶级"的"文学"。日本社会绝非同质社会，语言也因"阶级"有很大的不同。就平安时代而言，《源氏物语》和《今昔物语》中同样有很多日本故事，但将两者进行比较，会发现差别很大，几乎让人觉得不是用同一种语言写的。《源氏物语》仅限于宫廷和贵族的故事，《今昔物语》中则几乎不出现贵族。

看元禄时代的例子，下层武士儒者的文章用中国文言文书写，新井白石[14]、荻生徂徕[15]、贝原益轩[16]等都是这样，这和用日语写作的［井原］西鹤不一样。西鹤主要写大阪的花街柳巷，使用了相关的方言或隐语等词语。这些词语，白石或徂徕连一个都没有用过，反过来也是一样。这说明不同"阶级"的"文学"是多么不同。

在室町时代部分，讲到能和狂言，介绍农民起义的檄文时，被批评"这不是文学史，而是社会思想史"，但我不这么认为。

这项工作极为辛苦（笑）。你认为和能、狂言、"五山文学"[17]等相关的日本人占人口的百分之几？不到百分之十。问题是，能够断言剩下百分九十的日本人和"文学"无关吗？如果不能断言，他们就有他们的"文学"；绝大多数是口头的、口传的。许多民俗学学者在收集这些内容。迄今为止，即便寻遍尚存于世的资料，也很难找到书面形式的内容。因此，连武装起义时的告示牌也不得不予以关注了。

我不得不珍惜这些资料，因为这是他们用文字表达的想法。如果以一句"那不是文学"就弃而不顾，那就等于百分之九十的日本人没有"文学"。这太愚蠢了。中国有中国民众的"文学"，欧洲有欧洲民众的"文学"。日本民众肯定也有，只是很难找到。这些是好不容易才找到的，如果有人评论居然找到了农民的文学性资料，倒是可以理解（笑）。

第三是外来文化。佛教或儒学等外来文化进入之前的日本人究竟在想些什么？信奉佛教的国家很多，但日本和这些国家的文化传统不同。为什么不同？在此意义上，出现了一个问题，即没有受到外国文化影响的日本人的思维方式是怎样的？当然，这个问题也有别的切入方式。日本文化产生了许多高度洗练的东西，在文字文化方面，从《源氏物语》到江户时代的文学，美术作品则从天平时代的佛教雕刻到浮世绘、木版画，都创造了非常高水平的艺术。

日本文化核心之物

然而，看最近的历史，日本发动对外侵略战争[18]、南京大屠杀，在朝鲜半岛也做得非常过分。这些也是日本文化的产物，因为，仅凭军人不可能发动战争，虽然人们都说军阀欺骗民众发动了战争。当然，日本民众像现在的美国人似的，虽然被欺骗，但仅凭此，国家无法发动战争。如果日本人不是发自内心地认可，是无法发动战争的。我认为，让日本人产生发动战争的想法，或在南京产生屠杀的想法，不仅是由于上级命令或组织，同时也有日本文化的原因。在江户时代创造出［喜多川］歌麿[19]的木版画、明治时代造就漱石[20]和鸥外[21]的日本文化，和作为南京大屠杀背景的日本文化是一样的。如果有人对鸥外、漱石的文化感兴趣，那么会产生这样的问题，它们之间的关系是怎样的？文化核心中存在什么问题？日本文化的中心是什么？

探讨这个问题，方法之一是家永三郎[22]式的，不断抽去日本文化中受外国影响的部分，认为这样总会留下一点什么，留下来的就是日本文化。这很困难，因为不断抽取，最后什么都没有了。这是真的，会存在无所留存的问题。

另一种是丸山真男[23]式的，拼命搜寻佛教和儒学等大陆[24]高度发达文化进入前的文献。"古代歌谣"啦、《古事记》啦、《风土记》之类的，希望从中剥离出几乎没有受到外国影响的东西。丸山将此称为"古层"，认为剥离出的东西是一直贯穿着日本历史的。例如，*Nibelungenlied*［《尼伯龙根之歌》］和《旧约圣经》都叙述之前的神灵在怎样的情况下生出之后的神灵，但《古事记》中不断生出的神灵之间没有必然的前后关系，这样的情况数不胜数，但不明白后面的神灵为什么出现。他试图从《古事记》中剥离出若干特性，认为那也许就是日本人的思维方式。仔细观察，会发现那种思维方式此后一直延续着。丸山说这也许是"古层"，即意识的古层延续着。这是所谓的"日本式"，音乐用语称作"执拗低言"、固定低音。他比喻为将低音大提琴一直弹奏的音符组成一条线，其上是小提琴或中提琴演奏的旋律。

矢量结构

我对丸山的方法论非常感兴趣，但认为如此操作则材料太少。《日本书纪》中已经可见强烈的中国影响，此后中国的影响更是压倒性的，寻找纯粹日本式的东西是相当困难的。因此，我采用了矢量合成的观点。

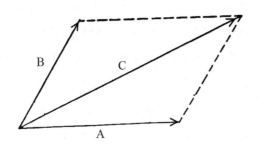

如图所示，带有方向的量即矢量。

B是佛教那样从外国传入的思想体系，这是非常清晰的。我们想知道的是A，丸山所说的"古层"，即日本人的观念形态、世界观。但怎样才能把握A呢？

A和B之间存在关系，B影响A，A影响B。佛教对佛教传入以前的日本人心灵产生影响的混杂状态，即"神佛调和"状态。日本人的观念由于B的传入而变为C。C很容易观察到，因为日本人的大部分思维方式都是C。B是中国人的思维方式。因此，三个矢量中，C可以由B和A合成，所以，在这三个矢量中，只要把握其中两个，就可以推断出第三个A。只要了解把朝天的矢量B，即佛教拉向地面和水平方向的力量是什么，就可以了解A。在矢量合成法中，有三种矢量，有方向，也有大小。如果B非常有力，为了弯向C方向，必须用力拉扯。那种力量朝向哪里？必然是水平方向。把B尽量低地拉向水平方向，但方向相同。

由此可以明白佛教日本化朝向的方向。例如，佛教思考死后的问题，往生"净土"等，日本则完全没有"净土"的想法。佛教哲学原本具有彼岸性，具有阐释整个世界的总括性，但传入日本后怎么样了？彼岸性弱化了一点。镰仓佛教是例外，但了解例外，也就是了解一般形态，总括性也弱化了，所以僧人才会诵了经，尽说坟墓之事吧。例如，必须问问僧人对日本人是否也应该参加伊拉克战争的看法，因为整个佛教寺院还没有明确对战争问题的态度。在佛教传来后的历史进程中，佛教发展的整体倾向是总括性被弱化、逐渐分解。

这种尝试（调查）仅仅进行一次是不行的，对儒学也要进行同样的试验。从17世纪开始，德川幕府把朱子学作为官方意识形态。朱子学也有朝天的倾向，是一种能够充分对抗佛教的总括性体系。朱子学在江户时代进入日本后，其日本化的结果，仍然是朝天的力量变弱，不断分解，趋向现实的日常生活。朱子学逐渐变为个人伦理和疾病治疗的方法。

这种变化形式一成不变，基督教和马克思主义的接受等，也都显现出同样的形式。对现世保持理性、超越性的外来意识形态必定变成非超越性的，趋向人间的、现世的、具体的、个别的方向。这么一来，基本上可以明白"古层"中有什么，可以推断，"古层"应该具有相当强的此岸性、具体性、实际性、个别性。这是写作《序说》的第三种方法论。

"文学"定义的扩大

第四种方法论是尽量拓宽"文学"的定义。为什么拓宽呢？这是因为有各种定义，但日本的文学史和中国的文学史或英国的文学史在文学的历史传统方面不同，如果说以什么标准选择"文学"的定义，我认为各自选择适当的定义就可以了。如果问，什么是适当的定义？我认为是"有趣"。采用怎样的定义，可以使日本文学史更具知性、刺激性和有趣？或者也可以说更为有益。不要仅仅将日本的"文学"限定在用日语书写之物，比如，将落语[25]那样的口传艺术也放入日本文学会很有趣，用中国文言文写的荻生徂徕的全集是富于知性的，室町时代的一休的《狂云集》也很有趣。我认为不排除这些为好，而且还必须拓宽"文学"的概念。一休采用汉诗的形式写作，人们说他也创作了和歌，但这恐怕不是事实吧。这应该是江户时代发明、后来附着上去的说法吧。这种"文学"定义的扩大，也在某种程度上采用了我的说法。至于现在，我认为"文学"概念的解释变得相当宽泛了。

最后，第五种方法论是，在写作《日本文学史序说》时，我的立场是要写得让各个国家的人都能读懂。或者，这么说，日语的表述力中存在普遍性；如果改用别的说法，就是说可以写得让用日语写的这些文章能够翻译。当然也有例外，例如"物哀"用英语就很难翻译，这是一个非常特殊的概念，这时候只要详细说明就可以了。

一般情况下，生动有趣地叙述日本的文学，只用日语写就可以了吧，但我还提出这种主张，而且不仅这样主张，还尝试付诸行动。我认为我成功了。大多数译者都说容易翻译，认为概念具有普遍性，能够用各种语言表述，只是诗歌比较困难，即便能够翻译意思，但日语的音无法通过翻译传递。其实这一点，任何国家的诗歌都一样，重要的是日本人思维中存在的某种具有普遍性的东西可以用日语表述出来这一点，至于说日语贫乏啦、暧昧啦、表现力有限等的，我认为那种人不太了解日语（笑）。

——关于日本文化核心之物再说两句

在面对南京大屠杀时，日本人没有进行抵制。抵制的力量只能源自日本文化，但那种力量非常微弱，虽然这一点各个国家都差不多……

例如，美国发动了愚蠢的越南战争。那是一场杀死了大约一百万非战斗人员的、非常残暴的、莫名其妙的战争，但后来美国人的反战情绪逐渐高昂，终于终止了战争。如果问为什么美国人会反对，那是因为美国文化中有反对愚蠢之战的潜在力量。这种力量在日本非常微弱。为什么会这样呢？这与日本文化核心之物有关。

关于这个问题，与其讨论人权意识的强弱，不如说是"大树底下好乘凉"的思维的影响。在权力与国民的关系方面，日本文化在对权力的批判方面很弱。例如，虽然日本文化也产生了鸥外、漱石，不可一概而论，但"和的精神"的压力很大。那是集团中的"和"，在集团中把没有对立意见当作理想状态。

我们可以设想两个集团。一个秉承个人主义的想法，认为人多意见不一致是正常的。但实际上，战还是不战，集团必须做出决定。这时，即便想发动战争的人多，不想发动战争的人少，可以想象有一种社会至少在某种程度上尊重少数意见，另一种社会则碾压、排除少数意见。后者认为少数意见没有才好，所有人意见一致才好，对于坚持少数意见的人，人们会说："你还是日本人吗？"

日本社会是一个厌恶少数意见，希望大家意见一致、和睦相处的社会。希望和睦相处这件事本身很好，但怎样去除少数意见？花费大量时间，大家一起说服。例如，"国民精神总动员"就是这样的。现在又开始说了吧，修改教育基本法以培养"爱国心"什么的。把仍然不听从的家伙赶出集体并彻底孤立起来，或者如果这样行不通，则逮捕并关进监狱，势必碾碎少数意见。最初希望说服，如果不能说服，即便使用暴力，也要碾碎异见。这样一来，全体意见一致，向着同一个方向前进。

还有一种方法是不完全碾碎少数意见，而把它保留下来。当然，整个集团依据多数意见前进。但这样一来，即便到了事态变得糟糕、必须转换方向时，在日本这种全体一致型社会中，也没有人会主张新方向。因为原本就没有少数意见，所以其支持者变多也是不可能的，也就没有人转变。然而，在尊重少数意见的社会，如果跟随多数意见，事态变得糟糕，少数意见就会增加；当形成某种势力时，就能够转换方向。换言之，"和的集团"在无须转换方向的情况下，也有很多优点，但当整个集团需要转换方向时，却不可能实现。换句话说，就是转换方向的能力低下。

在美国，即便是在越南战争期间，也存在少数意见。尤其大学是其重要的生存空间。所以，时事讨论会是从大学开始的。当然，即便所有大学都反对，战争也不会停止，但以此为契机，周围反对的人逐渐增加了。但日本的大学没有出现阻止对外侵略战争的动向。日本文化在无需方向转换的领域和场合可以发挥威力，"经济增长"[26]是一个很好的例子，我认为产生鸥外、漱石又是一个例子。

美国是个人主义社会，它本身也有很多缺点，但需要转换方向时，肯定会从少数者开始，今天的少数意见将变成明天的多数意见。现在依然如此。美国社会存在反对伊拉克战争的意见，他们并没有被逮捕、被杀害，不过没有人理会，所以战争向前推进了，但情况变得糟糕起来。如果进一步恶化，反对战争的意见就会增加吧。霍华德·津恩[27]和诺姆·乔姆斯基[28]就是很好的例子，现在几乎没有支持乔姆斯基的人了，但如果情况恶化，会不断增加吧。这种反对意见首先出现在大学，接着向外扩展。只是，朝鲜战争是一个例外，少数意见没有阻止战争，海湾战争也是。不知这次伊拉克战争会怎么样，也许会变成越南战争型，但我认为美国也许还有停止的能力。

日本则一旦开始，结局悲惨，直到亡国才会停止。希特勒时期的德国也清楚未来走向，却无法进行方向转换。和日本一样，柏林成为焦土，希特勒也死了，陷入了悲惨境地，才终于投降。

我认为这种情况，可以进行原理性的分析。

——与中国文学有什么不同？

从唐代的杜甫到鲁迅，中国的一流文学家中政治性人物较多。在日本，鸥外和漱石属于例外，大部分文坛人物并非如此。现在的情况很严重，几乎没有人发言吧。作家被编入作家集团中，很少有人能够主张自己的观点。

日本的文学是具体的、个别的、紧贴日常的，这是事实。敕选集《古今集》是贵族编撰的诗文集锦，像这样汇集全国的诗歌，编撰成一本诗集的想法是从中国传入的。编撰诗文集锦这种做法本身受到中国的直接影响，就具体作品而言，

《怀风藻》[29]也受到中国诗的影响，日本人用汉文写的诗近乎模仿。

尽管中国的影响如此强大——杜甫是最为典型的，与他类似的中国诗人即便在唐诗中也会涉及政治，但日本几乎没有。《万叶集》中或许只有山上忆良[30]有所涉及，他吟诵了严酷的税吏，《万叶集》有四千五百多首和歌，这样的作品却微乎其微。山上忆良在万叶集的和歌诗人中，也是受中国影响特别大的一个人。所以，几乎可以说，在没有中国影响的地方，日本人绝不会创作涉及政治问题、社会问题的和歌。欧洲的诗人也涉及政治问题。

这里有一个问题，那就是为什么，几乎没有涉及贫困啦、税金高啦、发生干旱啦、政府发动战争导致士兵死亡啦、劳动力被征兵陷入困顿等问题的诗歌。最早的敕撰集《古今集》的序文歌咏了中国的诗集，但连《古今集》中都没有一首这种类型的作品，尽是樱花凋谢令人伤感啦、红叶几乎染红了河水啦这样的诗作。这不是谁的责任，并不是政府将红叶倒了下去（笑）。这些诗歌模仿中国，但主题完全不同。日本人紧贴私人空间、身边的日常生活，无法出离。不能通向抽象性、普遍性的方向，这是日本文学的特征之一。

不过，江户时代的歌舞伎，我认为说《忠臣藏》[31]是一种抗议也未尝不可。由于存在言论控制，表面上描述的是足利时代的事。像把大石内藏助改为大星由良之助那样，把人物名字改得任何人都明白，将故事设定为室町幕府时候发生的事，那完全是一种审查对策。那种程度的事件可以引发社会性、政治性的关注。

将军、天皇与美国

《古今集》奠定了日本的美学。即便是《新古今集》的〔藤原〕定家[32]，以及〔源〕实朝[33]也不涉及政治、社会问题。如果说"古层"的内容是什么，我认为是集体主义。集体主义最敏锐的一种表现方式是"大树底下好乘凉"吧。且不说室町时代，进入德川时代后，将军的地位是绝对的，所以再愚蠢的老爷也不会批判将军。比如纲吉将军之流，处罚虐待狗的人；狗和人到底哪个更重要？绝对是狗。太荒谬了，所以会出现一些冷嘲热讽，但即便如此，整体上不会批判将军。无条件放弃批判的文学一直持续了下来。

而中国不一样，认为如果皇帝太过愚蠢，则废掉为好，说是天命已尽，这就是"易姓革命"，因为皇帝是接受天的委托统治人民，所以只要天的委托存在，就不得违抗皇帝，但被天遗弃时，则可以改换皇帝。这是孟子的思想。那么，问题是谁来对此进行判断？孟子也没有进一步说明，但如果没有议论的余地，除皇帝以外的所有人都认为无论怎样都太过荒唐了，则让皇帝退位，换一个为好。

然而，在德川幕藩体制统治之下的是一个信息不通的社会。即便将军的脑袋出了问题，一般藩主会废嫡，德川将军则安然无事。所以无论怎样无能、过分的将军都不会受到批判，将军的话是绝对的。这种情况持续到明治维新，此后是天皇制吧。明治宪法第一条是"大日本帝国由万世一系的天皇统治"，第三条是"天皇神圣不可侵犯"。所谓"天皇神圣不可侵犯"，即无法批判，因为天皇是神，神不可能犯错。天皇是完全无责任的，是绝对的权威，大家都跟随了他吧。天皇可以下达各种命令，但我们无法要求天皇。

之后，天皇不再是神了，接着是麦克阿瑟。占领军总司令也拥有绝对的权力，宣布禁止批判，这是国际常识，因为占领意味着没有政府，日本政府没有任何权力，对占领军有义务，但没有权利。所以，麦克阿瑟和天皇一样。占领结束后，这种情况仍然持续。现在的政府也毫无批判之心地跟随美国总统，任何时候都立即表示支持。据说对方有时还没决定干什么就已经支持了。任何人都不觉得这有什么奇怪，反而认为很自然。美国就没有这种情况，布什总统很古怪，但美国有批判布什的声音，只是还没有发展到阻止战争的程度。

日本文学的立足点

这种情况在文学中也表现得非常明显。日本有"花鸟风月"之说，我也赞成说陶渊明的"采菊东篱下，悠然见南山"（《饮酒》）很美的说法，但我认为如果谈论陶渊明，还是读全集为好。因为不读全集，只知道"采菊东篱下"，所以陶渊明这个人好像一年到头看着南山，但他肯定不是从早到晚只看着南山。读他的全集，可以知道他创作了非常优秀的诗歌。对权力的批判非常激烈，但日本人不介绍这部分内容。实在有必要时，才说他不惜拔剑与权贵抗争，而这种表述程度已近乎极限。

另一点不同，是恋爱题材，陶渊明的表述也非常激烈。日本人喜欢"思前想后"，说话拐弯抹角。陶渊明的恋爱诗不是暧昧地"思前想后"，而是面向特定的对象。例如，他说"愿为女人冠"，说的是如果成为冠，就可以一直触摸美丽的头发；成为项链，就可以和那漂亮的脖颈在一起；直到脚尖，竟然还有想成为鞋子的（笑）。非常肉感，表现了性的欲望与依恋，这些都没有得到广泛介绍。只把"悠然见南山"收入教科书，孩子们只学这一点，虽然文部科学省心满意足，但如果孩子们觉得陶渊明非常有趣，想读全集，那一定会手足无措吧，请稍微想想这样做对孩子们合适吗？不仅恋爱题材，政治方面也一样。陶渊明确实看了山，但不仅仅看山。日本文学和中国文学非常不同。不是陶渊明不好，而是日本人的选择问题。

陆游亦然，他会把农村的日常生活写成美丽的诗句。陆游写了一万首左右的诗，把这些诗句全部读完的人，在日本可能只有两三个，其中之一是神户大学的名誉教授，一海知义[34]。他是专家，能够自由地阅读中国的诗，但即便如此，读完一万首也不容易，因为中国诗比和歌长。陆游隐居后，也将隔壁农妇送的白薯很美味这种日常生活写入诗中，但这并非全部。他还创作了激昂的诗歌，针对占据中国北方的女真族的金国，表达了希望收复宋都的理想。他愤怒于军人的懈怠，呼吁不要在这里磨磨蹭蹭，尽早组织军队收复失地。他的诗还涉及战争、国家命运、外交政策等，并不仅仅是温和的诗歌。所以，河上肇[35]也读了，他读的不仅仅是"南山"。特高警察[36]没有读过陆游的全集之类的，所以什么都不知道，满不在乎地允许出版了。

这是中国一贯的传统，鲁迅也是。鲁迅从日本东北大学医学专业退学，从医学转变方向，回到上海，开始创作政治性诗歌。那是"抗日"，鲁迅是为中国革命而写。日本是"花鸟风月主义"，不可能这样。说到不是"花鸟风月"的日本诗人，只有石川啄木吧。

在古希腊、古罗马[37]，诗人也都说"你……"或"他……"，而不是"思前想后"。不想"前后"，而想具体的"人"。"思前想后"是一种恋爱感情，但"前后"不是人。非常暧昧的恋爱心理似的情感就是《古今集》以来的"思前想后"。在此意义上，仅限于恋爱诗，《万叶集》倒是具有中国式、欧洲式的风格。《万叶集》中的和歌，招呼人或爱慕人的情感都表达得很清楚，且富于行动力，说的都是一心想早点见面。

——东西方对"自然"的关注点不同吗？

我想这个问题有两个层面。一个也许可以称作泛神论式的。在欧洲，对整个"自然"怀有近乎宗教式的态度是非常久以前的事，从所谓古典时代到中世纪，几乎没有那样的情感。我认为把这种现象最完美地呈现出来的是风景画。中世纪以后，有非常多的圣像和壁画，有山，远处可见街市，有河流和农田，包括文艺复兴时期在内，这种"自然"风景全部是背景，没有所谓的风景画，大部分画面中都有神或人。如果亚历山大大帝正在作战，则背景中可见山；或者如果女神出现，则有水滨和森林；如果俄耳甫斯在"自然"中弹竖琴，背景中就会出现风景。

风景画呈现出的东西自然观

我认为列奥纳多·达·芬奇、拉斐尔也许都没有画过纯粹的风景画，提香也没有。在16世纪人文主义时期以前，中世纪到浪漫派的欧洲绘画，"自然"通常作为背景出现，当时的画家没有不画神和人、只画风景的习惯。只画风景的做法开始于17世纪的荷兰。17世纪的荷兰在欧洲绘画史上特别重要，纯粹风景在此第一次出现，其影响逐渐扩大，不仅影响了伦勃朗、鲁本斯，鲁伊斯代尔、霍贝玛等更是纯粹的风景画家吧。

同时，17世纪的荷兰在欧洲绘画史上第一次描绘了不太伟大的人物，比如那些随处可见的大叔或姑娘的肖像画。此前的肖像画只画国王、公主、美第奇家族等，都是统治者或神，不画街上普通大妈织毛线的情景。维米尔画了这种画。第一是风景画，第二是街上的普通人，而非贵族的肖像画，这类作品第一次出现是在荷兰。那是由于荷兰资产阶级的登场，自然观发生变化是因为阶级变化了。不仅是模特发生变化，还有欣赏者和绘画者，就是说，整个荷兰社会是资产阶级的巢穴。在资产阶级统治或者领导的社会，这种现象才可能实现，他们做了贵族社会绝对不做之事。

那么，回过头来，在东方的日本和中国，风景画是怎么

31

样的呢？这就古老多了，没有人物、只有风景的画，自古以来就很多。水墨画的中心是风景画吧，肖像画没有那么多，但风景画非常多。日本模仿中国，所以水墨画通过"五山文化"[38]传入后，室町时代以后，水墨的风景画越来越多。这种画中即便有人，也还有高山和河流，水和许多岩石，还长着树木，仔细观察，可见树下有亭子似的建筑；仔细观察亭子，隐约可见大叔正在下围棋，或无聊地看着外面，或喝着茶（笑）。这种画偶尔可以看到，但人物的脸往往太小，看不清，这和西方完全相反。在西方，大叔才是最重要的，无论后面是山还是河流，这些都是次要的。对自然的不同态度由此明显地呈现了出来。

马克·夏加尔为以色列教会创作的《旧约圣经》的插画留存了下来，有窗户彩色玻璃的画稿，先画在纸上，然后制成玻璃。我曾经在画稿拿去以色列前，在巴黎的展览会上看过，他的《诺亚方舟》实在有趣。如果中国的画家画《诺亚方舟》，肯定会有广阔的大海，海上时而下雨，大海上漂浮着小船。感觉诺亚在方舟里，看不清脸。夏加尔的画了不得。那么一幅细长的画，诺亚占了整个画面，岂止是诺亚的肖像，整幅画就是诺亚（笑）。诺亚脚下有一条很小的方舟，方舟的周围画了一点水塘似的大海，画面的百分之九十九是诺亚。就是说，顽强地活着、创造历史的是人。这是对夏加尔画的《旧约圣经》的解释。

这和中国、日本的画家完全相反，两者对自然的态度不同。在欧洲，不仅希腊的古希腊文化，犹太人的希伯来文化和基督教，这两种都是人类中心主义；中国和日本则不是人类中心主义，所以，其中的自然得以张扬。还有一点，在更为积极的意义上，我认为有一种泛神论式的、对自然的一种近乎宗教情感的东西。世界是自然的，人是其中渺小的存在，宇宙是广阔的，宇宙中有美和秩序。像这种自然法则之美的东西也许是日本式的看法，但其哲学是从中国传入的，特别是通过大量涌入的水墨画，日本受到了感染。

可是，之后的欧洲再次以别的方式表现出对自然的关心。主要以19世纪前半期的英国和德国等北欧浪漫派诗人为中心，开始对自然表示某种关心。那是"深山幽谷"似的东西。具体而言，是攀登欧洲阿尔卑斯山，并非有目的地攀登，而是体育式的，只是因为想登山，所以才攀登。这种阿尔卑斯登山、攀岩活动开始流行是进入19世纪后的事，18世纪还没有这种活动。所以，欧洲对自然的关心分两段，17世纪的荷兰和19世纪前半期的北欧，特别是英国和德国。

日本人爱"自然"吗？

日本发生了什么呢？绘画和诗歌中都出现大量"自然"，

但平安时代的人们集中表达的是"春夏秋冬",《古今集》中"春"和"秋"多,"夏"和"冬"比较少。接下来是"恋",这是最多的。此外还有一些"羁旅","羁旅"是"旅行"的意思,《万叶集》中很多,但在《古今集》中变得很少,因为谁也不想旅行,京都是世界上最美的地方,只要待在京都就没有必要外出了。因此,即便说"自然",也不会离开京都。说日本是岛国,他们却从来没有看过海。京都看不到海吧,最多可以看见穿过神户须磨、明石附近岛屿的船帆[39]。看的人不是乘船的人,而是站在海滨的和歌诗人,在海滨可以隐约看见船帆的程度。这样一个岛国,却没有与广阔大海相关的和歌。冲绳除外,但《万叶集》《古今集》中没有波涛汹涌的大海,即便有人站在岸边,但如果大海变得波涛汹涌,就会回家(笑)。只有实朝一个人例外。大海波涛汹涌,实朝却站在镰仓的海岸,但此后的和歌诗人只要开始下雨,就都回家了。

我认为是否爱"自然"是一个大问题。日本人好像并非爱"自然",而是将心情寄托于花,概言之,就是"绵绵春雨樱花褪,容颜不再愁思中"(小野小町)。这首和歌有两重含义,"花"指女子美丽的容貌,所以借"花"吟诵女性,但实在不清楚作者是否真的关心"花"。《古今集》中没有吟诵山之类的和歌。毕竟登山之类的麻烦事,除了山野中的修行人和樵夫外，没有人感兴趣吧（笑）。

情况更严重的是"鸟"。因为是"花鸟风月"，所以"花"的后面是"鸟"，"鸟"则是杜鹃和黄莺，从来没有见过其他"鸟"（笑）。没有比这更愚蠢的了。平安时代，京都的空气还没有被污染，所以，我认为应该有很多"鸟"。读欧洲的诗歌，华兹华斯这类英国的诗人自不必说，中世纪的诗歌中也出现很多"鸟"。《古今集》中，日本诗人的"鸟"却只有两种。有点极端啊，非常怀疑他们是否真的对"鸟"感兴趣。

还有"星星"。和歌中，"月"频频出现，和歌的一半是"月"，"望月千愁涌上心，为何独我无限愁"（大江千里）。受到中国的影响，还有一种意象时常出现，就是"七夕"。"七夕"出现的频次是"月"的十分之一，但总归还是时常出现的。可是，此外的"星星"完全不出现。平安时代的夜晚很黑（笑），肯定可以看见很多"星星"。"波涛汹涌千层浪，银河横卧佐渡天"（芭蕉）是元禄时期的作品，这是芭蕉[40]在几百年后看到的，都说平安时代的和歌诗人们爱"自然"，但连银河都不好好看。那么，他们看的是哪里？

在《建礼门院右京太夫集》[41]（建礼门院右京太夫）这部和歌和随笔著作中，右京太夫在平家灭亡后，拜访了大原的建礼门院，哀叹其悲惨的命运，在归途中仰望了星空。她的感想是，"有生以来第一次看星空，不知道星空是如此美丽"。我在想，诗人们究竟看了夜空中的什么地方？看"月"，却不看"星星"，实在有意思。

右京太夫是和歌诗人，为什么此前不仰望"星空"？我的解释是，因为任何人都不仰望"星空"。所有人都不看，因为和歌中没有吟诵"星空"的习惯。这是和歌世界中的规则，即 convention。和歌吟诵的不是真正的"自然"，而是关于"自然"的东西，这种 convention 太过强大，所以人们只能看到"七夕"和"月"了。可是，平家的灭亡对侍奉建礼门院的她而言，是文化的崩溃，整个世界崩塌了。我认为，这比第二次世界大战后的崩溃更为深刻。对她而言，这或许接近这个世界的终结，包括 convention littéraire，即文学规则在内，贵族社会中的所有文化的、历史的、传统的规则都和平家一起全部崩塌了，所以，变得一无所有了，然后抬头望去，"星空"美极了。对她而言，这是从文学规则中解放，即便没有意识到平家的崩溃……

注释

1. 瓦雷里（1871—1945），法国20世纪上半叶最重要的诗人，文艺思想家，后期象征主义诗歌的代表人物。

2. 人情本，日本江户时代后期至明治初年流行的一种爱情小说、风俗人情小说。

3. 洒落本，日本江户时代中后期，主要流行于江户（现东京）的一种游冶文学。

4. 读本，日本江户时代后期流行的一种传奇小说。与以插图为主的"草双子"不同，"读本"以文章为中心，内容多为劝善惩恶、因果报应之类，深受中国明清小说的影响。

5. 《万叶集》，日本8世纪奈良时代的和歌集，也是日本现存最古老的和歌集，共20卷，收录和歌4500余首，多用万叶假名书写，即将中国汉字主要作为表音符号的书写形式。

6. 《古今集》，《古今和歌集》的略称，日本平安时代初期和歌集，也是日本第一部敕撰和歌集，共20卷，收录《万叶集》以后至该和歌集编撰时代的大约150年间的和歌1100余首，故题名为《古今和歌集》。

7. 《拾遗集》，《拾遗和歌集》的略称，是继《古今和歌集》《后撰和歌集》后的第三部敕选和歌集，大约编撰于1005年至1007年间，共20卷，收录和歌约1350首，多为万叶集、古今集、后撰集时代的和歌作品。

8. 《新古今集》，《新古今和歌集》的略称，日本镰仓时代初期敕选和歌集，共20卷，大约完成于1205年，收录和歌约2000首。

9. 八代集，日本平安时代初期至镰仓时代初期八种敕选和歌集的总称，即古今集、后撰集、拾遗集、后拾遗集、金叶集、词花集、千载集、新古今集。

10. 慈圆僧正（1155—1225），日本平安时代末期至镰仓时代初期天台宗僧人、和歌诗人，38岁时成为天台座主，关白藤原忠通之子，《愚管抄》的作者。僧正为高级僧官名。

11. 《愚管抄》，慈圆僧正所著日本镰仓时代初期史论书，全7卷，大约成书于承久二年（1220年），与《神皇正统记》（1339）并列，均是中世日本最重要的史书。

12. 倭建命，亦称日本武尊、小碓命等。日本纪记神话人物，传为景行天皇的皇子，性格暴烈，为父所嫌，被迫东征西讨，为大和朝廷开疆拓土，是大和朝廷军事力量的象征，具有武神、军神、国土神的神格，在《日本书纪》中多被标注为日本武尊，在《古事记》中多被标注为倭建命。

13. "绑架"问题指20世纪70年代后期至80年代前期，朝鲜特工人员绑架日本人到朝鲜的事件。2002年，朝鲜对此表示"遗憾"，送回了几名被绑者。

14. 新井白石（1657—1725），日本江户时代中期朱子学者、政治家、汉诗人。学识渊博，对朱子学、历史学、地理学、语言学、文学等均有涉猎，成为德川幕府第六代将军德川家宣的侍讲后，实际主导了当时的幕政。著有《折焚柴记》《西洋纪闻》《藩翰谱》《读史余论》等。

15. 荻生徂徕（1666—1728），江户时代中期儒学者、文献学者，古文辞学派的创立者，曾经信奉朱子学，后受中国明代李攀龙和王世贞古文辞学影响，开始批判宋学，倡导古文辞学，其思想核心在于对"道"的理解及对古圣先贤治国理念的推崇。"徂徕"二字源自《诗经》"徂徕之松"。

16. 贝原益轩（1630—1714），日本江户时代初期儒学者，平民教育家，日本本草学创始人，重视中国六经与《论语》，著有《大和本草》《养生训》等诸多作品，曾对日本医学、朱子学、本草学的发展产生过深远影响。

17. 五山文学指日本镰仓时代末期至江户时代初期以五山为中心的日本汉文学，广义的五山文学则是同时代日本禅林文学的总称，深受中国宋元文化影响。五山是中国宋代官寺制度，指由朝廷任命住持的五所最著名的禅寺。日本模仿中国五山制度，设有镰仓五山和京都五山。

18. 日语作"十五年战争"。

19. 喜多川歌麿（1753—1806），日本江户时代浮世绘画家，"大首绘"（一种面部特写似的画作）创始人，与葛饰北斋、安藤广重并列为浮世绘三大家。1804年，他因不雅画事件被处罚，不久抑郁而终。

20. 夏目漱石（1867—1916），日本明治文豪之一，曾于1900年留学英国两年多，也留有大量汉诗。

21. 森鸥外（1862—1922），日本陆军军医、明治文豪之一，1884年至1888年留学德国，以军医或军医部长身份亲历过甲午战争、日俄战争，也留有大量汉诗。

22. 家永三郎 (1913—2002)，日本著名历史学家，曾任东京教育大学、中央大学教授。曾于 1965 年至 1997 年为其编写的高中历史教材《新日本史》被日本文部省修改一事进行了长达 32 年的 "教科书检定违宪诉讼"。

23. 丸山真男（1914—1996），日本政治思想史著名学者，早期代表作有《日本政治思想史研究》，其研究在日本学界有 "丸山政治学""丸山思想史学" 之称。

24. 日语中的 "大陆" 也有亚洲大陆、中国之意，此处就是这种用法，以下不赘。

25. 落语，日本江户时代流传至今的曲艺形式之一，具有浓郁的庶民性，类似中国传统单口相声。

26. 此处的 "经济增长" 指 1955 年前后至 1973 年日本经济持续高速发展时期，这一时期日本经济的年均增长率保持在 10% 左右。

27. 霍华德·津恩 (1922—2010)，美国左翼历史学家、政治学者、剧作家，其代表作《美国人民史》试图从美国下层人民的视角挖掘另类史料，以考察美国的历史与传统，与诺姆·乔姆斯基政治立场接近。

28. 诺姆·乔姆斯基（1928— ），美国语言学家、哲学家、政治活动家，有 "语言学巨人" 之称，麻省理工学院语言学荣誉退休教授，早年攻读语言学、哲学和数学，也是活跃在美国左翼政坛的重要知识分子之一。

29.《怀风藻》，日本奈良时代的汉诗集，成书于 751 年前后，1 卷，是日本最古老的汉诗集。

30. 山上忆良（660—733），日本奈良时代和歌诗人。或为百济渡来人之后，大概在 702 年至 704 年间以遣唐使身份来到唐长安，此经历对其思想、作品产生了深刻影响。《万叶集》收录其诗作约 80 首。

31.《忠臣藏》，《假名手本忠臣藏》的略称，于 1748 年在大阪首演，是日本人形净琉璃、歌舞伎等的经典剧目，取材于 1702 年赤穗藩（今日本兵库县赤穗市及周边区域）47 名武士为主君复仇的 "赤穗事件"，是日本人最喜爱的复仇故事。日本有 47 个假名文字，以此暗指 47 名武士；"手本" 是 "模范" 之意；"藏" 是 "仓库" 之意，剧目全称即 "47 名堪称模范的忠义之士的集合" 之意。由于 "赤穗事件" 涉及德川幕府，隐含对幕府的不满情绪，所以采用隐晦的剧名。《忠臣藏》被不断重演、翻拍，所以也是以 "赤穗事件" 为主题的一系列日本古典戏剧、现代电影等的总称。

32. 藤原定家（1162—1241），日本镰仓时代初期和歌诗人、和歌学者，藤原俊成之子，《新古今和歌集》编撰者之一，也是《新古今和歌集》歌风形成最主要的推动者之一，著有《近代秀歌》《每月抄》等歌学著作，留有日记《明月记》，另编撰有《小仓百人一首》。

33. 源实朝（1192—1219），日本镰仓幕府第三代将军，和歌诗人，镰仓幕府第一代将军源赖朝与北条政子的次子，在政治方面是北条氏的傀儡，他将精力转向艺术等领域，和歌创作师从藤原定家，编撰有《金槐和歌集》，据传曾有意渡宋。

34. 一海知义（1929—2015），日本的中国文学学者，吉川幸次郎的弟子，神户大学名誉教授，也是研究日共思想家河上肇的知名学者。

35. 河上肇（1879—1946），日本经济学家，日本马克思主义研究的先驱者，京都大学教授，对马克思主义早期在东方国家的传播影响较大。

36. 特高警察亦称"特高"，是"特别高等警察"的略称，指日本明治末期至第二次世界大战时控制民众思想言论的秘密警察，专事镇压反政府的社会主义运动人士和反战人士。1945年日本战败后，根据占领军指令解散。

37. 日语原文作「ギリシヤ」（希腊）和「ローマ」（罗马），联系上下文，应是指古希腊和古罗马，为区别其与现代希腊和罗马，译作"古希腊"和"古罗马"，后文同。

38. 五山文化，中国禅宗文化东传日本的产物，以日本"五山文学"为中心，还涉及书画、茶艺、庭院等诸多艺术领域，对日本文化产生了深刻的影响。

39. 指日本濑户内海一带的风貌。"濑户"有狭窄的海峡之意。

40. 松尾芭蕉（1644—1694），日本江户时代著名俳句诗人，芭蕉是其俳号。其具有深厚的汉学修养，将俳句提高至主流诗歌形式的地位。其俳句风格被誉为"蕉风"，时常反映出对自然的向往，有"俳圣"之称。

41.《建礼门院右京太夫集》，日本镰仓时代初期和歌集，作者建礼门院右京太夫（1157？—1233？）是日本平安时代末期至镰仓时代初期的宫廷女官、和歌诗人，曾侍奉建礼门院，作品充满了哀伤的怀旧气息。建礼门院（1155—1213），即平德子，日本高仓天皇的皇后，也是曾经位高权重的武将平清盛之女，安德天皇之母，平氏一族灭亡后在京都出家。

第一章 《万叶集》的时代

——关于倭建命,《日本书纪》把他英雄化了,《古事记》把他描写成了自觉命运的人物。日本文学史中描写过与"命运"对决的人物吗?

我认为"命运"对"人"和"人"对"人"的斗争应该区别对待,两者性质根本不同。在《古事记》中,倭建命怀疑天皇是不是要杀了自己,这是宫廷内部两个人物之间的斗争。如果把倭建命当作主人公,那么引发问题的是另一个人,即天皇。在《古事记》中,只有天皇是神、是特别的这种观点还没有固定下来,感觉那时的人还在思考天皇是什么,我认为这是"人"对"人"的斗争。个人的力量对命运有无可奈何的一面,"人"对"人"的斗争则是存在可能性的,不仅有可能性,如果顺利,甚至可以实现个人意志,但如果对方是"命运",则不可能。

在古希腊悲剧中,俄狄浦斯王将弒父娶母是一个神

41

谕。神谕是"命运",无法改变,但作为"人"只能斗争到底,所以他成为英雄,但如果对方不值一提,他就不会成为英雄。明知不可为而为之,就产生了人的"自由"与"命运"的抗争问题。这时的"命运"是不可改变的,所以是一种必然。此外,抗争是人的意志的"自由",所以也是"必然"对"自由"的问题。在对方是神的情况下,如果向着好的方向发展,也是"恩宠"和"自由"的问题。进一步将其从宗教事件中剥离开来说,"必然"对"自由"也许还是"历史性必然"对"个人自由"的问题。这是古希腊戏剧的结构。

对个人而言,原本社会状况和历史发展就具有超越性,就是说具有个人意志无法撼动的属性。在此意义上,对个人来说是必然的、不可抗拒的条件,但个人绝不屈服,为超越不可抗拒的条件而努力,用最抽象的语言说,这是"必然"和"自由"之间的矛盾问题,这在人类生活的方方面面都能发现,所以具有普遍性。古希腊的俄狄浦斯王进行了抗争,到最后都想逃避神谕,但尽管如此,神谕还是实现了。与此不同的是"人"对"人"的抗争,在欧洲的文脉中,现代剧怎么样呢?和古希腊戏剧有什么不同?

古希腊戏剧是"命运"对"自由"的问题,即"自由意志"和"命运"。在古希腊和古罗马,"命运"也是人格化的神，有"命运"之神。根本问题与其说是命运变成了人格化的神，倒不如说是在古希腊戏剧中，通过神谕或德尔斐的女祭司之言，神的意志得以传达，这是广义的"命运"。如果将古希腊戏剧定义为"超人"对"人"的斗争，那么现代剧则是"人"对"人"的斗争，两者完全不同。

再说一点，20世纪以后，相对于"人"对"人"的戏剧，又出现了超越"人"的东西——"历史"或"组织"等。社会的经济活动具有人性的层面，但另一方面，也有非人性的层面，它们没有面孔，不是特定的什么人在做决定。例如，美国福特汽车公司出现时，那个叫福特的人担任指挥；可是，通用汽车公司这个名字中没有附带人名，谁也不知道谁是老板。为什么不知道？因为没有必要知道，老板不重要。福特公司是颇有英雄气质的福特创办的，带有人的面孔，不知是好是坏，工人得以和福特进行斗争。可是，GM[1]则无论谁当老板，"组织"都带着思想，像人一样行动，是 nameless faceless organization，"无名无脸的组织"的典型公司。

即便成为GM的牺牲品，过劳而死，工人的斗争对象不是人，而是法人，即GM这个组织。GM这家公司是20世纪经济生活的主角，这和福特所处的时代不同，正因为它担任着这样的角色，所以对个人而言，无限接近命运。在古希腊，德尔斐的女祭司宣告的神意和俄狄浦斯发生了斗争；到了20世纪，俄狄浦斯和GM进行斗争，个人和GM的胜负一开始就不值一提。在此意义上，古希腊戏剧和从文艺复兴时期到19世纪末的近代剧，即从莎士比亚到契诃夫的典型的近代剧不同，现代剧反倒越过这一阶段，更加接近古希腊戏剧。

因此，《古事记》不是明确的命运剧。如果把"人"与"人"、"命运"与"人"尖锐对立的戏剧分开来考虑，那么，可以把古希腊戏剧看作前近代剧，同时也是现代剧。《古事记》则不然，因为其中一方是天皇，所以有点像神，但不是真神，他也是单打独斗的，和古希腊戏剧的朱庇特相比较，更接近人。《古事记》的情况是，当时的人们还没把天皇当成神，因为以后想让神发挥作用，为此才写了《古事记》。

——说《万叶集》的"防人"和歌含有日本文学传统中的爱国心的说法又出现了吧？

在某种意义上，这个问题很简单。要强化国民的爱国心，不可能不立足于日本的经典、传统文化。那些人想说这不是他们自己说的，而是很早以前《万叶集》时代流传下来的。这种情况很普遍，特别是在战争时期，30年代末到40年代，军国主义逐渐变成一种狂热的信仰的时候，如果没有日本文化的支撑，说"仅仅是我发明的"是不合适的。

陆军情报部也这么认为，便立即从日本经典中找勇猛的和歌。他们拼命寻找，但因为不了解日本文学史，不管怎么找都没有找到。从宫廷选编的最早的日本正式和歌集（敕撰集）《古今集》开始，"八代集"——"八代集"从《古今集》开始到《新古今集》结束，如果再加上后面的，就是"二十一代集"[2]，但无论怎么找就是没有战死疆场之类的和歌。于是，像抓救命稻草似的（笑），找来找去，终于找到了《万叶集》中的"防人"和歌。

在这个过程中，贺茂真渊[3]也有一点罪过。搜集奈良时代到平安时代末期的古代和歌和物语，最早研究"男子汉气概"的是国学[4]学者贺茂真渊和他的弟子本居宣长[5]，那时是18世纪。贺茂真渊主要主张《万叶集》具有"男子汉气概"，可是，《万叶集》和《古今集》以后，和歌在词汇、语法和主题等形式方面与之前的存在明显的不同。由于贺茂真渊热衷于《万叶集》，所以在把《万叶集》和歌的形式特征和《古今集》进行对比时，认为前者是男性化的，也就是具有"男子汉气概"。我认为这件事本身有点可疑。本居宣长在研究了《古今集》之后，写了关于《源氏物语》的文章，提出了他的见解，他不固执于《万叶集》，反倒将重点移到《万叶集》以后的《源氏物语》。《古今集》和《源氏物语》是相连的，但《万叶集》和《源氏物语》之间是中断的。本居宣长说《古今集》以后的文化是"纤柔的"、女性化的。

这也有一番道理。即便是恋爱题材的和歌，如果是《万叶集》，通常会说"想见面"。如果白天见不到，就晚上见，总之非常具有行动性，想法非常明确。吟诵的对象不是笼统的女子，而是非常明确的哪里的什么人。可是，《古今集》则是"物哀"和"思前想后"，"思前想后"是指坐在家中莫名其妙地沉浸到恋爱的心绪中，但不知对象是谁，没有暗示将立即采取什么行动，是非常情绪性、心理性的，这是情绪的问题。《万叶集》不是情绪的问题，而是行动的问题。所以，我认为在典型性方面，《万叶集》和《古今集》之间存在"行动"与"情绪"的明显不同。

贺茂真渊赞美了《万叶集》，宣长赞美了《古今集》，但问题是能不能说富于行动力的就是男子气概的，坐在家中的情绪化的感情生活就是女性化的呢？现在的女性主义者会抗议的吧。我认为这种想法会被批判为不过是男性的妄想，是性别歧视的表现罢了。总之，在历史上，真渊为了强调男性化的，用他的话说就是"男子汉气概"，略微强调了"防人"和歌。陆军情报部自然不会读完《万叶集》，也许只读了"防人"和歌就扑了上去。

作为恋爱诗的《万叶集》

把《万叶集》全部读完，确实有一些"防人"和歌，但大多和歌描写的除了恋爱还是恋爱，最重要的主题连自然都不是，而是恋爱。在此意义上，和《古今集》在本质上没有什么不同。《古今集》则更加纯粹化了，把其他要素全部舍弃了，《万叶集》中还有很多其他要素，但最重要的主题显然是恋爱、相闻。大伴家持似乎是《万叶集》的编纂者，他的和歌中完全没有吟诵战争等内容，绝大多数是恋爱和歌，还有一些极为例外的"防人"和歌。"防人"和歌在全部作品中只占极少的比重。"防人"由两类人组成，一类是以九州为中心的沿海防备军人，是应征而来的人，其范围包括关东。他们从各地征兵募集，作为军人经过训练后，部署到九州各地。从关东到九州很远，旅途艰辛，他们离开故乡数年，没有邮政制度，且被迫与家人和恋人分开，所以即便没有病死，也够受的，当然，病死的情况也非常多。

另一类是从事征兵一方的、担任下级军官之类职务的人，但大部分"防人"和歌是应征而来者的和歌。大部分应征而来的人们究竟创作了怎样的和歌？啊，悲伤；被迫当兵，实在受不了；不得不和家人、恋人分别，想尽早回去；为什么这么不幸？尽是这样的作品，几乎全部都是。这点可以通过查阅了解。可是，下级军官是政府的下级官吏，他们把不情不愿的士兵抓来带到九州，为了激励那些士兵，才写了"防人"和歌。

这一部分"防人"和歌是下级军官创作的，所以具有战斗性，就像政府的政策一样。美国在战争时期，希望大家报名参军，所以有一种海报，上面画着山姆大叔用手指着America Needs You之类的话。这种要素即使在《万叶集》的"防人"和歌中也很少。战争时期，陆军情报部挖掘出的"防人"和歌就是这种类型的。

日本文学的传统？真想说别开玩笑了，连《万叶集》的传统都没有，别信口开河了，欺骗国民的手法竟然如此低劣。读了《万叶集》就知道，在哪一卷，有多少篇，《万叶集》全部四千五百余首和歌中，也许最多有十首或二十首的程度吧。这是被民族主义利用的《万叶集》，错误地选出《万叶集》中的和歌，说是日本文学的传统。既然研究文学，我认为有必要就此问题说明一次，战争期间，用日本文学煽动的民族主义就是这种程度的。虽然说出了"男子汉气概"，但贺茂真渊还是了不起的人物，和陆军不一样（笑），但他也有一点责任。

——山上忆良在《万叶集》的和歌诗人中是一个异端，是他在九州这个地域性的原因在起作用，还是资质问题？

我认为山上忆良在九州这件事和他的作品关系密切。日本人去中国时和中国人来日本时，基本上都会经过隐岐或九州，所以那里与大陆的接触非常多，这种频繁的接触也许是最重要的因素。山上忆良去过中国，能够自由地读、说中文，和其他《万叶集》的和歌诗人相比，他和中国的关系非常密切，他的和歌也明显受到中国诗歌的影响。

换言之，山上忆良之后的人，大约到《古今集》的时代，中文非常好的人、精通中国文学的知识分子，以及和歌诗人的创作中，有和山上忆良《贫穷问答》相近的一面。例如，菅原道真[6]，他也创作和歌，汉诗也写得非常出色，作品内容具有和《贫穷问答》非常接近的一面。

从宏观看，将从古希腊、古罗马开始，经过中世纪的近代欧洲文学的传统和中国文学的传统、日本文学的情况这三者放在一起思考，也许中国抒情诗对政治、社会问题的关心最强烈，接下来是欧洲，最冷淡的是日本。在此意义上，中国和日本正相反。所以"亚洲"这个概念太粗糙了，我认为不要轻率地说"亚洲"这个词为好。在这方面，中国和日本是两个极端，在中国，诗歌经常书写社会问题，例如，中国的诗人会把贫穷当作问题。在日本，这么做的人则是最少的，我认为欧洲居中。

如果在某种程度以上接触中国文学，日本人的诗歌中也会呈现出中国诗歌的影响，社会、政治问题会凸显出来；其中一类是关于战争与和平，另一类是物质生活之苦，比如没有食物啦、粟米不够啦、天气反常等内容。关于战争与和平、贫困的内容非常多。

仅限于诗歌所显现的，中国文学有两种类型。大体上是从汉代开始的，5—6世纪，即六朝以后，到形成近体诗的唐代为止，中国诗歌数量庞大，关于战争与和平的诗歌中，也有支持战争的立场，但与其说其中也有为皇帝而作的诗歌，倒不如说为国家而写的诗歌有很多。比如吟诵内乱频仍，所以发动内乱复仇或做好了战斗准备、英勇战斗者了不起等，总而言之，赞美战争的诗歌很多。可是，日本连这样的作品也没有，只是短暂地出现过"防人"和歌，之后就完全没有了，这和中国有明显的不同。

另一方面，中国还有厌战的诗歌。其中也有几种类型，可见强烈的反省意识——这是杀人，多么可怜！知道战场上的年轻人死了多少吗？希望快点停战！此外，也有一些荒唐的作品，比如写不知为什么而战，认为某些战争不是圣战的作品，常常引用春秋内乱时代的典故，孟子的语录中有"春秋无义战"，他说内乱时代，没有一场正义之战。日本的儒者不太引用这句话，这是厌恶"反战"啊（笑）。在中国，说"反战"，则会坚持"反战"立场，明确地说战争是不义的。就战争与和平的问题而言，中国的诗歌有这两种倾向。

除此之外，还有关于贫穷的诗歌。这些诗不是赞美贫穷，而是描写孩子在哭泣却没有食物；有时是直接的，有时是间接的暗示，对政府进行批判。诗人们认为贫穷的背后有重税，比如在这种时候赋重税是怎么一回事之类的；统治者奢侈浪费，但农民却困顿不堪，就这么置之不理吗？这种状态不可能就此放任下去等，也有相当激烈的批判。当然，哀叹贫穷的诗歌非常多。

这些是中国诗歌的特征，日本几乎一种都没有。山上忆良是因为深入了解中国，才显现出相似性。菅原道真也是能够自由读写中文的，我认为他仅次于空海。菅原道真也有政治批判的一面，被革职流放九州时，他在途中创作的类似诗歌日记的作品就涉及了这类内容。他不仅仅说自己陷入了困顿，描写从京都到九州途中看到的贫穷，他也创作了极具批判性的诗歌；不仅仅说自己没有食物，还说看到这么贫穷的村子，不可能漠然视之，世间有更重要之事，这是强烈的政治批判。而且无论汉诗还是和歌，这类创作在日本人中是极为例外的。为什么例外呢？那是因为其中有中国文学素养。

——忆良和道真是因为看到民众的贫困才写的吗？还
是因为他们是对中国文学造诣深厚的诗人才写出
来的？

我认为两者都有。忆良所处的奈良时代和道真所处的平
安时代的区别之一，是奈良时代的贵族官僚政治没有那么庞
大。从奈良的都城向外走出一步就是农村，有野兽，也真的
有贫穷的农民。在社会层面，他们并没有和大众隔绝开来。
稍微走到外面，就可以看到贫穷的民众。我认为和忆良同时
代的所有人都日常性地看到了他们，只是，是否将此纳入和
歌，是否作为和歌题材，这是基于文学传统的，由于忆良深
深地融入了中国文学传统，所以他自然而然地写了；对于其
他人而言，这种题材不适合和歌。和歌吟诵杜鹃，例如"望
月千愁涌上心……"（笑），就是这样，也许和歌诗人认为其他
话题不行。我认为中国式的修养打破了这种常规。

此外，菅原道真还会观察经济生活，并思考其中的意义。
道真的时代已经是平安时代，他不仅受到中国的影响，还例
外地是一位非常有能力的政治家，因遭遇阴谋而没落。作为
日本最有才干的行政官，他认真地观察，并基本上都进行了
调查，甚至当自己辞去大臣职务，没落后前往九州时，也对

周边事物进行了观察，这是基于行政立场的观察，是一种例外。

纪贯之是四国的地方行政官，当他的任期结束时，在乘船从四国沿海岸返回京都途中写下的是《土佐日记》。和道真诗文混杂的旅行日记相比，道真用汉文写，贯之用日文写。这很有趣，贯之是地方官吧，因为是小船，所以回到京都前，要住很多天；到达码头，官吏出来迎接，在那里喝上一杯，第二天早上出发，如果天气不好，就在那里住上两三天。

沿途民众的状态如何？富裕还是贫穷？出产什么？官吏有无腐败？关于这些，贯之全然没有观察，一项都没有。他写了什么？想尽早回到京都，这会儿京都怎么样了，尽是想象中的京都，脑海中没有京都以外的事。《土佐日记》是一部令人惊讶的、盲目的游记，他什么也没看（笑），景色也不看，连开着什么花，什么样的鸟在鸣叫也都没有。只有还需要多少天、谁会来迎接，这些内容全部都是京都，对京都以外发生的事毫不关心。而道真即使在流放的境遇中，也敏锐地观察了社会环境。和道真相比，贯之非常不同。

后来的时代，哪一种成了主流？是《土佐日记》。这种观点经过江户时代，直到现在的文部科学省的官员，都一直持续着。《土佐日记》也进入了教科书，所有人都知道，但道真被忘却了。阅读道真作品的人很少，虽然考试时考生会去神社参拜（笑）。他写的东西留存下来很多。

进入明治时代，岩仓赴欧美使节团[7]发挥了日本人令人惊讶的观察力。那真是了不起，真的进行了广泛深入的观察，并正确地记述下来，其解释几乎没有错误。广泛意义上的例子，例如，从各国宪法到邮递员用车都配上插图说明，涉及的范围太广了。深入意义上的例子，为了建设基于选举的民主主义政治，制定从宪法到刑法、民法的法律体系是重要课题，但社会秩序不能仅靠法律控制，还需要更加内在的价值观、伦理这种问题意识。这说的是在建设法律这种外在限制的同时，对精神性的、自觉性的伦理价值的介入无论如何也是必要的，社会通过这两者运转，仅靠法律是不可能顺利运行的。在美国，在法律之外是什么伦理价值体系在发挥着主导性作用呢？是教会。由此他们得出结论，说日本不久也需要一种相当于教会的价值秩序、鼓舞社会的东西。

所以，日本最终制定了天皇制、国家神道。岩仓使节团没有说"国家神道"，但说不久国家需要"国家神道"那样的伦理性、精神性权威。这太了不起了，现在的政府官员能懂得这些的人很少吧。岩仓使节团的成员实际上也去了教会，虽然没有信仰，但因为教会之于美国的存在意义重大，所以他们也参加了礼拜。

1. GM，指上文提及的通用汽车公司（General Motors Company）。

2. 二十一代集，指日本平安时代至室町时代从《古今和歌集》到《新续古今和歌集》的二十一种敕撰和歌集，包括三代集、八代集、十三代集。

3. 贺茂真渊（1697—1769），日本江户时代国学者，和歌诗人，被誉为"国学四大家"之一。师从荷田春满，致力于以《万叶集》为中心的日本古典研究，主张和歌应以"万叶调"为根本，倡导复古主义，著有《万叶考》《国意考》等。

4. 国学，指一个国家固有的学术。日本"国学"，亦称皇朝学、古学（古道学）、和学，是明治日本称其本国学术之名，导源于对中国传入的学问——"汉学"的批判，主要涉及日本国语学、国文学、和歌学、历史学、地理学、传统礼仪、神学等，主张研究日本古典，以探寻受儒学、佛教影响前的日本以及日本独有的精神世界，以日本学问与中国与西方学问的区别，证明日本文化之独特，带有鲜明的民族主义色彩，一说大致可以追溯到江户时代中期。

5. 本居宣长（1730—1801），日本"国学四大家"之一，日本国学集大成者，早年曾经学习儒学、医学等。他通过研究《古事记》，发展了贺茂真渊的古学，完善了复古思想体系；通过对《源氏物语》的研究，提出了主情主义文学论，为日本国学发展和神道复兴提供了理论基础，著有注释书《古事记传》和《源氏物语玉小栉》、和歌论集《石上私淑言》、随笔集《玉胜间》等。

6. 菅原道真（845—903），日本平安时代中期贵族、汉诗人、政治家。学识渊博，擅长汉诗文、书法等。894年被任命为遣唐使，但根据晚唐形势，提出停止派遣建议，长达260余年的日本遣唐使派遣由此停止。后遭谗言，被贬至九州，死于当地。此后，日本宫廷内外发生了诸多灵异事件，后被尊为"雷神""学问神"等，成为当今日本学子考前祈祷的对象，著有《类聚国史》、汉诗文集《菅家文草》、汉诗集《菅家后集》等。

7. 1871年12月至1873年9月，日本明治新政府为考察西方文化和制度，以实现全面改革，并尝试修改与西方各国之间的不平等条约，派使节团出使西方。岩仓使节团以岩仓具视为特命全权大使，以木户孝允、大久保利通、伊藤博文、山口尚芳为副使，这些成员均是明治维新的主力军。使节团有使节 46 名、随员 18 名、留学生 43 名，总计 107 名。历时近两年，耗资百万日元，总计访问了欧美 12 个国家，规模之大，影响之深远，有日本学者认为可与古代遣唐使媲美。本次出使并未达到修改不平等条约的目的，却成为日本现代化的原点，具有重要的历史意义。

第二讲

第二章　第一个转折期

社会变迁与艺术变化的关系

社会发生的巨大变化，称作 social change，指在经济、政治、文化、制度和行动模式全方位的巨大的社会变化。例如，如果封建社会变为资本主义社会，不仅在经济方面，政府应有的状态或法律制度也会发生变化。在日本，明治维新或第二次世界大战战败即是此类，个别政策的变化不能称作 social change，无论是什么，这都是指一种结构性的变化。

另一方面，有时文学、艺术会发生巨大的变化。就日本文学史而言，例如，从万叶假名书写变为平假名或片假名书写，书写方法自身发生了根本性变化，所以是巨大的变化。这是任何国家、任何时候都可能发生的事。在欧洲绘画史上，19 世纪末，由于塞尚的出现，大家对绘画的态度发生了变化，不是稍微变化，而是根本性的方向变化。塞尚对绘画进行了分析性的、有意识的方法论化，所以，和以前的画家不同。问题是，这种某一时期艺术上的巨大变化和社会变化存在怎样的关系？

有三种观点。一种认为没有什么关系，文学创作者之类的也是这样认为的，但在艺术评论界，这种人比较多。例如，统治阶级变了，贵族阶级被资产阶级取代了，这是非常大的变化，但他们主张艺术变化与此无关，认为即便发生了法国革命，法国文学也不会变化。在文学或艺术领域，18世纪出现了洛可可风格；虽说出现了洛可可风格，但在很长一段时期内，没有发生任何政治变化，直到18世纪末，发生了法国革命，但他们认为这两者是独立发生的。

西方绘画中的风景画在17世纪的荷兰独立出来，这种艺术革命发生在17世纪荷兰商业主义社会、新教资产阶级变得非常强大的时代。我认为，断言资产阶级的抬头与风景画的独立之间完全无关有点不合适，但这种想法至今存在，因为这种观点有诸多的便利。

文学或艺术与政治无关，"为艺术而艺术"这种想法发明于19世纪的欧洲，也传入了日本，现在坚持这种与政治无关的主张的人也相当多吧。可是，刚才也说了，在悠久的中国文学传统中，与政治无关这种想法几乎是滑稽的，因为很多中国诗人极为关心政治。日本诗人在传统上不太关心政治，这与西方发明的为艺术而艺术的想法结合在了一起。

例如，即便因为教育问题，希望文学创作者集合起来抗议，得到的回答是"不，文学不介入政治"。创作者如果不涉及政治，就不会受到压制，所以最终也很安全。是因为安全，所以主张为了艺术而艺术，还是因为是为了艺术的艺术主义者，所以安全？我认为这非常微妙。这说的是认为大规模的 social change 和艺术、文学的大的方向转换之间无关的一种立场。

认为有关的观点分为两种，最有力的观点之一是马克思主义的立场，即上层建筑论。马克思的意思是，生产力发展会引发社会革命，加速内部的阶级分化，在资本主义社会，资产阶级的力量将增强，于是，思想以及与思想有关的文学、艺术都将发生变化。其立场是一切思想、价值都是由经济基础决定的，文学、艺术则是一种自我表现，这种表现的理想状态也是由经济基础决定的。所以，在马克思主义看来，两者岂止是有关，经济基础甚至决定上层建筑。上层建筑是文学、艺术，经济基础是经济结构，用马克思的话说就是"生产力和生产方式"。

韦伯的观点

也有观点对此表示怀疑，认为也许并非如此，而是相反。

这种立足于马克思主义的观点，认为因为思想发生变化，社会结构、经济状况、生产方式也会发生变化。简明扼要地说，不是因为生产方式变化了，思想才变化，而是因为思想变化了，也许经济生产方式才变化，持此观点的是马克斯·韦伯。韦伯的代表性著作是《新教伦理与资本主义精神》，认为以16世纪加尔文主义为中心的新教的抬头形成了引领资本主义的精神，而非商业资本主义，他认为产业资本主义的基础是新教伦理。

为了奢侈而赚钱并非近代资本主义精神，无限扩大的产业资本主义的根本精神在于赚了钱就投资，投资将赚更多钱，赚了更多的钱扩大投资。从伦理性而言，赚钱本身就是"善"，而非奢侈的手段，像波斯湾石油生产国的富豪那样，拥有好几辆纯金劳斯莱斯，旅行时包下整座宾馆等并非近代资本主义。赚了钱不是购买劳斯莱斯，而是再投资，为什么这么做？因为新教的观点认为赚钱不仅有利于经济，也符合伦理需求，无需掩饰。辛勤劳动，努力将利益最大化是符合伦理需求的，而形成这种伦理的正是新教，这是《新教伦理与资本主义精神》的内容。对韦伯而言，进一步追究，古代以色列思想是活在现在新教中的精神的历史性起源。那么，犹太教的历史性意义就非常重要，他的《古犹太教》一书具有决定性的重要意义。

如果详细地说，每一项都说来话长，总而言之，以上三种是关于艺术与政治的关系的观点。很难说我是怎样处理转折期这个观点的，不能简单地说经济基础决定全部，也不能说仅仅依托新教就形成了资本主义，日本也实行了资本主义吧，新教和日本资本主义没有关系。此外，为了艺术而艺术这个观点非常愚蠢，因为艺术或多或少都和政治有关。

艺术家的政治性"中立"是政治性发言，在政府发动战争时保持沉默就是容忍现状之意吧。从政治的角度看，沉默，也就是不进行社会性发言，即是支持之意；那是现在掌握权力者的立场，所以归根结底，是对权力的支持。沉默不是"中立"，而是政治参与。人无法逃离政治，所以即便沉默也是政治参与。我认为，为了艺术而艺术是一种暧昧的观点，是不可行的。

总之，两者是复杂地纠缠在一起的问题，所以我没有说何者是因，只是有关联，相互之间有关系。我说了存在怎样的相互关系，但何者是因何者是果，原本就是一个很难的问题。

《古今集》的意义

9世纪是第一次转折期，不说过渡期而说转折期，是因为方向变了。文学在9世纪发生了巨大的变化，变化方式之一是语言。9世纪时出现了并非万叶假名的假名，并被用于文学作品。最早使用平假名的诗歌集是《古今集》，《万叶集》则使用万叶假名，所以词汇也完全不同。文学领域的变化，不仅是源自中国的语言，在内容方面也明显地出现从中国文学独立出来的情况。我认为这也作为《万叶集》和《古今集》的对立清晰地呈现出来，《万叶集》最常见的形式是长歌，但在《古今集》中，长歌几乎消失，而集中在和歌[1]。就内容而言，《万叶集》吟诵旅行（羁旅）、吊唁死者（挽歌）的和歌占相当大的一部分，但这些在《古今集》中为数甚少，《古今集》中绝大部分是春夏秋冬"四季"和"恋爱"，《万叶集》中"恋爱"最多，但也有"旅行""挽歌""雅歌"（宫中举行仪式时的和歌）。

除此之外，主题也完全变了，至少在抒情诗领域，决定此后日本美学的绝对是《古今集》，可以说，几乎所有日本文学都始于《古今集》，而非《万叶集》。因为有《古今集》，才出现了《源氏物语》，《源氏物语》中出现的很多和歌，全部是《古今集》的样式。9世纪以降，创作《万叶集》式和歌的只有源实朝一个人；接着，把《万叶集》置于《古今集》之上的是正冈子规[2]。所以，可以说正冈子规在和歌方面，提出了革命性的主张，他说了9世纪后再也没有人说的话，例外的只有源实朝。从9世纪到19世纪末,《古今集》贯穿了整个日本文学史。由于出现了这样的情况,所以说9世纪是革命性的转折期。

文学的转折期同时也是社会的转折期,社会转折之一是停止了遣唐使。此前,政府一直向中国派遣官方使者,从9世纪开始,废除了从遣隋使开始的每隔几年的派遣行为。这也和菅原道真有关,被任命为遣唐使的菅原道真建议取消这项制度,于是政府就废除了。这是对外关系的巨大变化。还有一点,国内的中央集权制变得非常强大,奈良时代出现了这种动向,但绝对性的中央集权式统治是进入9世纪平安时代以后开始的。

这点非常重要,《万叶集》的诗人们和周边的民众是有接触的,也许没有吟诵这种情况,但在日常生活中有所接触,到了平安时代就疏远了。平安时代的宫廷社会变得很大,他们为下层贵族所包围,在日常生活中和贵族以外的人几乎没有什么接触,我认为紫式部没有见过农民,或者和他们聊上一夜,说话对象最多到下层贵族,于此之外的就像外国了。9世纪转折期发生的文学、艺术方面的变化就是这种变化。

从宗教层面讲,从中国最后输入的是传教大师(最澄)[3]和弘法大师(空海)[4]吧,即比睿山和高野山、天台宗和真言宗。天台宗和真言宗作为两个强大的佛教宗派,在整个平安时代处于绝对的主导地位，佛教被吸收进天台宗和真言宗。奈良时代有南都六宗，奈良佛教虽然没有灭亡，但从平安时代开始，明显呈现出向天台、真言集中的倾向。

——为什么在当时的中国，佛教转向了道教？

唐代对佛教徒进行的镇压是"会昌毁佛"[5]，倡导道教的原因很简单，因为皇帝换了。这完全是个人的理由，因为皇帝转向了道教，所以大家也必须跟随，对不跟随的家伙则用权力进行镇压。而皇帝死了，到后面的时代，佛教就又复活了。中国的皇帝时常转向道教。

佛教认为人死后将进入一个极乐净土世界，或者认为生死一如。所以，在此意义上，经则《般若心经》，教义则禅宗，都是富于哲学色彩的。天台宗中有天台禅，就是融入了这些要素。在大众化方面，净土真宗最具典型性，总归是极乐净土世界。佛教没有在现世长生不老的观念，也没有保证，为了长生，虔诚地信仰佛教、持诵南无阿弥陀佛就可以了之类的说法。中国的皇帝奢侈地享用着美味，享受着人生，想到长生，便觉得佛教不够，所以转向道教，因为道教会具体地传授长生之法。方法有两种：一种是通过训练成为仙人，仙人是不死的，不仅能够长生，还能在空中飞（笑），没有交通堵塞之类的担心，从高野山就能飞到京都（笑）；另一种

66

是药，吃了蓬莱山采来的药就可以长生不老。皇帝拥有权力，如果把道士派到蓬莱山采来药，就可以不死了。所以，中国的皇帝为了长生，时常转向道教。

道教没有怎么进入日本，为什么呢？这是很有趣的问题。日本的皇帝因为享受人生，而想更长久地享受，所以转向了道教的先例是没有的，日本人还是没有那么享受人生吧（笑）。中国菜好吃也许也是一个原因（笑）。

——《十住心论》（空海）对大乘佛教的五派（法相、三
论、天台、华严、真言）进行了归纳，并说真言最
好，但这五派在教理方面有什么不同？

我对此不太了解，也有时间方面的考虑，所以省略。这个问题非常复杂。

不过，简单地说，法相宗是佛教唯识论的立场。唯识论是彻底、纯粹的主观主义，如果使用西方哲学术语，即主观主义存在论，认为世界上的一切都存在于意识中，眼镜、桌子，世界不过是意识中的表象的集合，只真正存在于意识中，外面一无所有，这一点和唯物论相反。这种观点古希腊就有，中国是通过佛教传入的，法相宗持这种立场。

"三论"的核心是"中观"论的龙树[6]。印度的大乘佛教，用梵语写作 Nāgārjuna。三论宗认为在意识和意识之外的物的

关系方面有唯识论的影子，但和唯识论略微不同，认为包括意识和物在内，全世界的所有东西都是"空"的，实际上什么也没有，不过是妄想而已，这叫"空论"；还有一种持实际存在的观点，认为并非如此，意识和物都是存在的，这叫"有"。所以，佛教的存在论有两种，认为世界在本质上是不存在的观点和世界原本就存在的观点，由此形成"中论"或"中观"的观念。

大致说来，这是 5 世纪前后在北印度发展起来的观念，在哲学方面非常精湛。说既非"空"也非"有"，好像重叠在一起似的，根据不同的看法，可以看作"有"，也可以看作"空"，并非纯粹的什么也没有，但也不确定有。就是说，从某种观点看，世界是"有"，但从另一种观点看，是"空"，而因为两者都不是，所以称为"中观"。

这种观点在许多佛教哲学中被认为是核心问题，认为《般若心经》真正的解释是既非"有"，也非"空"，这种两者都不是的主张非常有力。日本的禅宗也常说万法皆"空"的悟不究竟，不是真悟，道元[7]也持此说。包括我自己，因为感悟到一切皆"空"，所以去请老师印证，却被用棒子呵斥说你不行，从头再来一遍。老师是"中观"立场，所以不能说"空"；当然，说"有"也不行，而是两者都是。"空"且"有"，"有"且"空"，必须超越"存在"和"无"的二分法，真正的悟必须超越二分法本身。当到达实际上没有"有"和"空"的区别或"自他"的区别时，才是真正的悟。

空海是"雨"

"三论"的根本是"中观"。天台宗就像百科辞典，包罗万象，连神道都可以进入。华严宗是卢舍那佛，即大佛。真言宗的本尊是大日如来，用梵语写作 Vairocana，这是金刚佛的意思，大日如来竖着一根手指，在京都真言宗的寺院可以见到很多。华严宗和真言宗的哲学非常类似，华严宗认为万物是卢舍那佛的显现，卢舍那佛有无限的分身，每一个都是卢舍那佛。为了让我们能够认识，卢舍那佛出现时，幻化无穷，可以变出咖啡、录音机，当然也可以变成人。在卢舍那佛的近旁，还可以变成菩萨。这是华严宗的观点，具有高度的哲学色彩。真言宗也一样，大日如来代替卢舍那佛，以各种形象出现，世界只有大日如来。一切都是大日如来的显现，所以"一即多"，一切即一，也就是可以还原到卢舍那佛和大日如来，"一即多""多即一"。

最后，空海说真言宗的真理最为深刻。佛教重视成佛，所以即身成佛，活着的时候，如果顺利，如果顺利这种说法有点奇怪（笑），意思是可以就那么成佛。空海即身成佛了，所以是不死的，我认为没有空海死亡的记录，他死亡的时候身体发出虹光，就那么成佛了。成佛就是涅槃，所以不死，就那么进入永恒。不仅是空海，任何人都有这种可能性。可是也有观点认为这种可能性不是人人都有，而是只限于一部分人，其他宗派，三论宗那种"中观"宗派即是。总之，华严宗和真言宗主张即身成佛，是就那么活着成佛的非常美妙的教义（笑），天台宗不是即身成佛，死后才能成佛。

真言宗的仪式高度发达，非常庄严，复杂洗练的仪式体系是其特征之一。这种仪式所具有的功能，在音乐等方面有一种魔力，其重要目的之一是治病，人在个人层面最痛苦的灾祸是疾病吧。在社会层面，如果不下雨，农业将受到重创，所以真言宗的另一个魔法般的力量是降雨。传教大师和弘法大师去了中国，空海带回了真言宗，因为这是日本之前没有的宗派，天皇怎么也不认可。后来怎么样呢？干旱时节，宫廷举办了降雨比赛，大家焚烧护符祈祷，或进行了各种尝试，雨就是不下；可是，空海做完复杂的仪式后，刷地就下雨了。空海在比赛中胜出，宫廷任用了他，建成了东寺和西寺，高野山的真言宗成为以宫廷势力为背景的平安佛教的一个支柱。空海的武器是"雨"。

——《日本灵异记》[8]中，不遵从"佛""法""僧"三宝者是"恶"，但同时也出现各种荒唐的插曲。与其说是善导主义，倒不如说有发现"人"的一面？

日本人接受了佛教说话集，从《日本灵异记》开始，具有代表性的是《今昔物语》[9]，然后是《沙石集》[10]，都是同一系统的作品。佛教说话集是面向寺院僧人的、一种类似教师用参考书的东西，我想是有学问的僧人写的，不用说，是通过抄本传阅的。但聚集在寺院的大部分人不认字，寺院和宫廷不同，宫廷只有贵族，但寺院曾经是面向普通人的学校兼医院和教会。有必要把这一点放在心上——寺院不仅仅是宗教场所，寺院里也有唯一的学校。因为是学校，当然要讲课，虽然讲佛教故事，但如果话题无趣，大家会厌倦，所以需要参考书。

有说不认字的人肯定读不了《日本灵异记》的，我认为并非如此，应该是讲课的僧人从《日本灵异记》中获取有趣的话题，然后在寺院中宣讲。听众是一般大众，所以话题必须有趣，平庸的文部科学省编纂的尽是好话的无聊的善导主义不可能顺利宣讲吧，即便大众不认字，但有人生经验，如果讲那种幼稚的故事，他们不会感兴趣。为了切实地打动他们，需要身临其境，不用说，也有坏家伙，自己的内心也许既有坏的一面，也有好的一面，人生复杂，所以需要努力活下去的智慧那样的东西吧，如果不涉及这点，他们是不会理会的，这不是漂亮话。

平安时代的贵族社会靠税金维持，贵族不从事生产性劳动。平安时代的京都没有产业，是一个税金城市，而且，因为是阶级世袭制度，所以生活方面没有后顾之忧，几乎所有在《源氏物语》中登场的人物都不担心经济问题，只担心她是否爱自己。可是，《日本灵异记》的听众关心的是经济问题，如果处理不好，是无法过日子的，这是生命攸关的问题，猎人无论如何都得打猎，商人无论如何都得做生意，所以，那时的智慧，那时对人、对人的心理的现实主义认知是必要的，这些都得到了很好的反映。不仅是《日本灵异记》，《今昔物语》的本朝编，也就是日本故事部分，以及《沙石集》也一样。比起善恶之别，更重要的是如何摆脱困境的智慧、知识、战略、勇气、决断力，如果有必要，还有腕力，百分之九十的日本人都生活在这种状态中，这在故事中得到了反映——比起归顺天皇，必须维系每天的生活；如果坐着"思前想后"什么的，就吃不上饭了；如果不早点出门耕地或打鸟兽，就没饭吃了。所以，《日本灵异记》呈现出两种日本形象，文部科学省站在统治阶层的立场，只在学校教片面的东西，实际上应该两种并行施教。

不过，需要注释一下，《日本灵异记》的故事的目的我们已经了解了，那么他们为此运用了怎样的材料？一是从日本民间传说和故事中选取的，剩下的一半则是中国文学的影响，从中国佛教说话《法苑珠林》等中选取故事，《法苑珠林》则从印度选取故事。印度的佛教说话集数量庞大，一部分被译介到中国，用中文讲述，然后，又在日本被采用，并重新讲述。当然，并非全部都是这样的，也有日本本土的，但相当一部分是前者的情况。

尽管是题外话，虽然不是全部，但也有一些可以追溯的故事，地名和人名之类的，改得很巧妙，说有个什么村子的什么男子之类的，但原本是中国故事，更早则是印度故事。有趣的是，把《法苑珠林》和《日本灵异记》进行比较，故事情节完全一样，但讲述方式不同，比如哪里着重讲述、哪里只是简单涉及。不只是一个故事，这种例子有好几个，同中有异，这种不同点也许鲜明地表现出了日本民众的心理状态。考察奈良时代民众感情生活的材料非常有限，所以，在此意义上，《日本灵异记》实在非常宝贵，不仅如此，故事也很有趣。

——到《古今集》时，文学从唐风急剧地转换成和风。在汉字的唐文化向女官们的和文化转换方面，可以说一种藤原民族主义深度介入其中了吗？

不是到奈良时代一直使用的汉文书写转变成了日式书写，

而是当时在汉文书写之上添加了日式书写。最初只有一种书写方式，假名书写发展、书写范围扩大后，变成了两种。另外，《土佐日记》的序文写道："男人们可以写的日记，我作为女人也想写来试试。"作者是男性，男性假装成女性，称自己是女性，女性假装成男性写日记。这是很特殊的情况，但很好地表现出一种特点，写日记原本是男性的事，但女性也加入了进来。那么，男性怎么样呢？男性仍然用汉文书写，平安时代最典型的日记是藤原道长[11]的，他的日记仍然是汉文的。不是书写者更换了，而是出现了新的书写者，那些人添加了假名书写这种变化，虽然是转折期，但有必要了解这些变化。

可是，很久以后，本居宣长以后，出现了一种民族主义，强调日本式的倾向。在明治以后的文学史中，这种倾向大体上也很明显，汉文书写的东西开始慢慢淡出文学史，但如果不将汉文书写的东西纳入文学史，9世纪以后则是日本式的东西走到前台，看上去是这样的。迄今为止的解释或学校教育，都说到8世纪为止是万叶假名，也就是用汉文或变体汉文书写的，9世纪以后将此置换成了日本式，但事实并非如此，实际上是以前不写的人，主要是宫廷的女性们开始了假名书写。

纪贯之绝非当时知识分子的主流，他有些偏离，假装女性书写可能有点掩饰的意味。直接宣称在日本写日语用假名方便，所以用假名写也没有问题吧，但他宁可隐瞒，说因为是女性，所以才写假名。其背后有如果是男性，则应该用汉文书写之意，即便是在《土佐日记》的时代，也存在这样两种形式。

女性开始书写的理由

这么一来，自然出现了为什么女性开始书写这个问题。当时，地方行政机关好像没有一个女性，女性虽然会参与宫廷中的日常仪式，但没有进入权力机构中枢。可是，整个机构变得庞大了，在宫廷工作的女性人数也随之增加，但她们在权力机构的外面，女性没有参与权力的可能性。宫廷中有脑子好用的人，也有温和的人吧，男女天生的能力相同，可是，菅原道真那样的男性可以不断走向成功，女性则没有这种可能。于是，她们的心中萌生出作为自我表现的文学，我认为这是最大的理由。

其证据是，紫式部和清少纳言一样，也都有一点地位，但即便到平安时代末期，还被叫作"某某的女儿"，姓名不详。她们正式的地位那么低，可是，脑子那么聪明，紫式部和清少纳言都能读汉文，但她们还隐藏了一点。即便是男性，有一些家伙也只是假装会读，实际上并不会（笑）。即便是藤原道长的汉文也有一些错误，并非所有人都像菅原道真那样，能写出一手漂亮的汉文。

因此，能读汉文的女性分为两种。一种是会表现出来，自认倒霉，把流畅读写汉文的能力明确地表现出来，当然会有压力。那是清少纳言的做法，紫式部隐藏了起来，她把这些写进了《紫式部日记》，但也有人向她学习汉文。实际上她也在宫廷中教了汉文，但这么一来，不够圆滑，只是能读已经很奇怪，更何况教，实在不妙，所以她隐藏了起来，撒谎说在教假名，实际上在教汉文。但这竟然需要隐藏，说明汉文是男性的事，假名书写才是女性的。

就这样，女性进入了文坛，所以出现了用假名书写的物语。紫式部也会汉文，但因为是女性，所以选择了用假名书写的物语。《源氏物语》对人的状态进行了非常敏锐的分析，虽然只涉及了一个方面。清少纳言的《枕草子》也像 17 世纪法国的道学家似的，非常敏锐，对人性的理解深刻而敏锐，表达方式非常巧妙。

内部与外部——观察者的位置

为什么会这样呢？在刚才所说的社会状况下，有野心、有能力的人会感到强烈的沮丧，因为绝对没有可能接近权力，于是，作为能力的发泄口，自我表达的方法只有文学了。可是，她们和外部的人不同，因为是宫廷内部的人，也就是身处内部、对内部情况非常了解、每天观察着权力斗争的人们。她们属于社会边缘的存在，用英语说是 peripheral existence 或 marginal existence。这是最好的位置，如果是外部，就不太了解内部情况，如果是真正的内部，位于正中，则忙于权力斗争，不能随意观察。而位于边缘的人不能参与权力斗争，但作为观察者非常敏锐，其结果就是《源氏物语》，就是《枕草子》。

这种事或许到处都可能发生，另外一个例子是 17 世纪的法国宫廷，大贵族都在进行权力斗争，也有太阳王路易十四和大贵族之间的对立，复杂的政治斗争不断。作家莫里哀或拉辛不是大贵族，从和权力的关系而言，他们属于边缘的存在，但可以进入宫廷，由此成为纯粹的观察者。文学作品出自边缘的人们，而非大贵族，这种事和日本有点相似。17 世纪的法国宫廷非常封闭，所以这些人虽然不了解外面的世界，但非常了解宫廷内部的事情。

在 20 世纪初的巴黎，社会地位高的人们进入的沙龙，下层贵族或身为贵族亲戚的人们属于边缘的存在。据说在某个沙龙，马塞尔·普鲁斯特一个人站在房间的角落，普鲁斯特的地位不高，所以没有人理他，他不张扬，所以不引人注目。

这时，有人问他："你在这里干什么?"然后，普鲁斯特只回答了一句："我在这里观察。"用法语说是 J'observe。最适合观察的位置不是沙龙正中的桌子，而是角落的;如果在门外，则不知道里面在干什么，中间的桌子则太忙。

第二次世界大战后的美国的大学也一样。虽然是在美国社会内部，但由于人种偏见，犹太人难以获得较高的社会地位，在世界大战刚刚结束的美国，犹太人很难成为大学教授。60 年代以后，这种情况发生了变化。犹太人位于美国社会的边缘，说他们操纵着美国经济的这种说法完全是误解。美国资本主义的中心不是犹太人，他们中的一部分人受教育程度很高，非常优秀，但不能进入美国政治、经济的中心。于是，他们成为纯粹的观察者，在边缘的意义上，沙龙中的普鲁斯特和美国的犹太人社会学家是一样的。以大卫·理斯曼为首，美国社会学家中犹太人很多。在我看来，紫式部和理斯曼是一样的（笑）。位于边缘，且具有特别才华的人，他们或写作《源氏物语》，或写作《孤独的人群》，后者是理斯曼的天才成就。

——佛教存在论所说"空"和"有"及"中观"与数字 0 的发现有关吗?

不知道。我认为"空"和数学上 0 的发现没有太大关系，

"空"或"无"的观念从很久以前就在各国存在。印度人发现了 0 的意思，认为 0 不是什么都没有，0 也是数字，于是将自然数列 1、2、3、4……递进的观念，变为将 0 也作为同样资格的自然数对待。数学所说的简单的"加、减、乘、除"四则运算在自然数的相互之间成立，0 不能放到分母上，也就是虽然不能除，但作为对等资格的数字可以用于其他算法。我认为"空"的观念中没有 0 的这种观念，这是不同的问题吧。

注释

1. 此处的和歌指引音的短歌。

2. 正冈子规（1867—1902），日本明治时代著名诗人、俳句革新家、日本新闻社记者，其文学活动涉及俳句、和歌、新体诗、小说、评论、随笔等，曾经具有广泛的文学影响力。"子规"是其笔名，因患结核病咯血，取自汉语中的"子规啼血"之意。曾以从军记者身份参加中日甲午战争，不久退伍，后致力于研究和革新俳句、短歌等传统文学形式，提倡创作写实的、具有绘画性的俳句，推崇《万叶集》风格。1894年创办俳句诗人组织"松风会"，1897年参与创办《杜鹃》杂志，1899年创办和歌诗人组织"根岸短歌会"，后成为当时日本诗坛两大流派之一。有俳句集《寒山落木》、和歌集《竹里歌》，其周边文学人物辈出，包括高浜虚子、河东碧梧桐、夏目漱石、伊藤左千夫等。

3. 最澄（767？—822），日本平安时代初期高僧，日本天台宗开山之祖，谥号传教大师。804年至805年以遣唐使身份入唐求法，后在比睿山建延历寺，开日本天台宗。年轻时在唐高僧鉴真生前弘法的东大寺受具足戒，并学习鉴真及其高徒思托带来的天台宗经典，在日本佛教史上占有举足轻重的地位。

4. 空海（774—835），灌顶名号遍照金刚，谥号弘法大师，日本真言宗创始人，日本文化巨人。擅长书法，与嵯峨天皇、橘逸势并列为日本三笔。15岁开始学习《论语》《孝经》、史传等，18岁入学明经科学习《书经》《诗经》《左传》等，804年至806年以学问僧身份入唐，在唐长安青龙寺拜唐密高僧惠果大师为师，得唐密真传，被授密宗八代祖，后创立日本真言宗（又称"东密"），著有文学理论书《文镜秘府论》、日本第一部汉文辞典《篆隶万象名义》等。

5. 会昌毁佛亦称"会昌法难"或"唐武宗灭佛""武宗灭佛"，指唐武宗在位时期（840—846）推行的一系列灭佛政策，以会昌五年（845年）颁布的敕令最为严苛。会昌六年唐武宗去世，此后的唐宣宗又重新尊佛。会昌毁佛与此前北魏太武帝灭佛、北周武帝灭佛和后来的后周世宗灭佛并称为"三武一宗"。

6. 龙树菩萨，佛灭后700年出世于南天竺，著名大乘佛教论师，在印度佛教史上被誉为"第二代释迦"，首开空性的中观学说，著有《中论》

《大智度论》《十住毗婆沙论》等。

7. 道元（1200—1253），日本镰仓时代禅僧，日本曹洞宗开山之祖，日本佛教史上最富哲理的思想家，内大臣久我通亲之子，村上天皇第九代后裔，但自幼失去双亲，深感世事无常，13岁时在比睿山延历寺出家，修学天台宗。1223年入宋，在宋滞留5年，随天童如净禅师习曹洞禅，回国后先住京都建仁寺，后在越前（福井县）开创永平寺（日本曹洞宗祖寺），强调"只管打坐"，著有《正法眼藏》《普劝坐禅仪》等。

8. 《日本灵异记》，全称《日本国现报善恶灵异记》，3卷，日本最古老的佛教说话集，用汉文写成，主要收录佛教东传日本后的说话故事，讲述善因善果、恶因恶果的道理，大部分是奈良时代的作品，共收录116个故事，作者为奈良药师寺僧人景戒，大致成书于822年，该书受到唐临《冥报记》、孟献忠《金刚般若经集验记》等中国文学的影响。

9. 《今昔物语》，正式名称为《今昔物语集》，是日本文学史上规模最大的说话文学集，成书于平安时代1120年至1150年间，编撰者不详，总计收录一千多个篇目，31卷，现存28卷。内容分为佛教说话、世俗说话两大类，涉及印度、中国、日本。

10. 《沙石集》，日本镰仓时代的佛教说话集，无住一元著，10卷，成书于1283年，书名中的"沙石"有聚沙淘金、集石磨玉之义。内容涉及灵验记、高僧传、文艺谈、笑话等，以通俗轻快的语言描绘出日本中世庶民生活及其朴素信仰。

11. 藤原道长（966—1027），日本平安时代公卿、权臣，太政大臣藤原兼家第五子，先后将多个女儿送入内宫，成为三个天皇的外戚，历任摄政、太政大臣等职，极尽荣华。1019年因病出家，1020年建成京都法成寺（亦称御堂），晚年居此，故亦有"御堂关白""法成寺摄政"等称谓。留有手写体汉文日记《御堂关白记》，有学者认为其字体为仿王羲之体，是藤原氏全盛期的重要资料，2011年被日本推荐为联合国教科文组织"世界记忆遗产"。

第三章 《源氏物语》与《今昔物语》的时代

——世界上最早的长篇小说《宇津保物语》[1]为什么不在中国，而在边远的日本诞生？

和很难回答莎士比亚为什么不生在西班牙或法国，尤其是当时的先进国家意大利，而生在英国的乡下一样，很难说明天才降生的理由。比起日本，当时的中国肯定是先进国家。勉强说来，根据"周边理论"[2]，也许可以说比起中心，周边位于更能把握整体文明的优越位置。

不过，《宇津保物语》和中国有关联，物语开篇出现了很多与中国弦乐器——琴有关的音乐奇迹，这成为一个重要情节。故事的舞台不局限于日本，而来自中国。16世纪莎士比亚的舞台背景以意大利居多，为什么《罗密欧与朱丽叶》的舞台不在英国，而是意大利的维罗纳？《奥赛罗》也是在威尼斯，四大悲剧中以英国为舞台的只有《李尔王》和《麦克白》吧，意大利是当时欧洲的中心。

《宇津保物语》的舞台也不限于日本，这也许与中心有关联，日本不仅是边远地区，作者也明确地意识到了这一点吧。《宇津保物语》先行一步，所以后来写《源氏物语》的紫式部把故事只放在日本，只放在宫廷，这是不同之处。在此意义上，《源氏物语》只是宫廷中的小说，写得很精致，和以 17 世纪的宫廷为舞台的 *La princesse de clèves*（《克莱芙王妃》）这部拉法耶特的小说有点相似，虽然《源氏物语》要长很多。《宇津保物语》的情况是，其出现的理由是，充分地吸收了中心的文化的，反倒不是位于中心的人，而是位于边缘的人，这也许就是日本。但是，一个大问题是它的完成近乎奇迹。

在现在演出的戏剧中，绝对是莎士比亚占多数吧，他的作品是在 1600 年前后创作的。《源氏物语》比《宇津保物语》还要微妙得多，作为现代式心理小说，是世界上最早的作品。那是 10 世纪到 11 世纪初的作品，那时是否有英语还是一个问题，法语或意大利语从拉丁语独立出来并逐渐形成是在 9 世纪到 11 世纪期间，那时原本就不存在法国文学什么的，只是终于可以用法语说话的阶段吧。写作于那时的《源氏物语》是一部无可比拟的精湛的文学作品，可以和英国 19 世纪维多利亚时代的小说相匹敌。在法国，也必须等到 17 世纪，所以这部作品几乎是一个奇迹。

世界文学史上的事件——《源氏物语》

我认为《宇津保物语》也相当了不起，但若谈及《源氏物语》，在后来的时代它就不那么了不起了，只有《源氏物语》非常突出。我认为紫式部有点像莎士比亚，即便在英国，后来最终也没有出现足以和莎士比亚匹敌的剧作家，不应把萧伯纳和莎士比亚进行比较，我认为这是人类史上的事件般的东西。谈论世界文学时，谁都承认莎士比亚像一个奇迹，是发生了仅此一回的毫无道理之事，即便问为什么发生了，也只能说是奇迹，但《源氏物语》没有获得这样的评价。虽然被认为是日本文学的杰作，但一般不接受《源氏物语》是和莎士比亚匹敌的世界文学史上的事件的说法，我认为这是知识的不足和偏见。

因为他们读不了日语，但《源氏物语》对心理层面的细微差别的描写有时候甚至比 19 世纪维多利亚时代的英国小说更细腻，几乎接近普鲁斯特，这是令人震惊之事，无法说明缘由。在我所说的意义上，我认为世界文学史应该接受《源氏物语》是奇迹般的文学事件这一评价。

艾田蒲，René Étiemble，这位现代法国比较文学学者写了《世界文学》一书，在法语书名中，《世界文学》之前加了"真正的"字样。把 *la littérature（Vraiment）Universellé* 译成

英语是 *Really universal Literature*。它的意思是一般说的 universal 的用法错了，真正的 universal 文学是什么，这是一个极具讽刺意味的书名〔正确写法是 *Essais de Littérature（Vraiment）Générale*〕。

那本书的主要议题之一是这样的，一般法语或英语世界通行的"世界文学史"是从荷马、柏拉图、索福克勒斯、欧里庇得斯等古希腊文学开始，到贺拉斯、维吉尔等拉丁语文学，再来一点中世纪文学，然后是近代文艺复兴时期文学。例如，叙述抒情诗时完全不提及中国的抒情诗。可是，中国的抒情诗也许比全世界所有抒情诗加起来还要多，而且，出现的时期也很早，法语诗出现得非常晚，最多 13 世纪到 14 世纪以后。甚至意大利也是如此，但丁是 14 世纪的吧。中国的抒情诗在公元前就有，无可比拟，也就是说，无视中国谈论"世界文学"是无意义的。

在小说方面，欧洲进入小说的时代大概是 18 世纪至 19 世纪，在法语形成的 10 世纪，《源氏物语》就已经存在，如果不指出这一点，而只是详细讲述维多利亚小说和《呼啸山庄》，实在不对头，这不是 universal。艾田蒲的意思是，如果讲述真正的"世界文学史"，应该先涉及中国的抒情诗，讲述小说时也应该先谈论《源氏物语》，然后再慢慢进入欧洲文学。艾田蒲明确地指出了这一点。

——为什么中国没有出现作为虚构文学的小说?

吉川幸次郎[3]先生在《中国文学史》中指出:"中国空想文学——小说的出现很晚。即便出现,一直到本世纪初都不被看作是纯粹的文学"。事实确实如此吧,我觉得不用吉川先生说,这种程度的事连我都知道。中国过去不把小说当作"文学",诗文指诗和散文,但小说这种体裁,从"四大奇书"的称谓就能看出,是有点脱离常轨的书,并非正式"文学"。

这种奇书是什么时候开始出现的呢?大概是 15 世纪的明朝以后,相当晚近,有《水浒传》《三国演义》等大部头小说,这是现在看来如此,在当时的传统中国,那样的东西不是"文学"。唐代也有一些有趣的传奇小说,但无论如何,在 20 世纪初的五四运动以前的中国,小说不被认为是正业,所以,没有出现《源氏物语》。《三国志》之类的作品有各种幻想,说有趣也有趣,但细微的性格描写、随场景不断变化的心理起伏似的细微的妙处,实在无法和《源氏物语》相比,《源氏物语》讲究多了。

——最初的锁国时代,平安佛教的显著特征之一是祈祷
　　加持,相对于此岸性的土著思想,贵族社会接受超
　　越性的净土思想了吗?

平安时代的贵族社会中具有绝对影响力的佛教文献是源

信[4]的《往生要集》，其中对地狱和极乐世界都写得非常详细。但是，通过《往生要集》，净土思想是否深入了贵族社会？大致上不是净土思想打破了平安贵族社会的，也就是土著的、日本式的此岸主义、现世主义，而是平安朝贵族社会的现世主义改变了净土教，把净土带到了现世，其象征是平等院[5]，这在文献中也有记载，说"这就像净土一样"。位于权力中枢的藤原道长等藤原一族讴歌人间，认为世界将永远延续，虽然没有想永远不死，但认为现世几乎就是极乐世界了。平等院是净土的模型，他们关心的不是死后怎样，而是如何把平等院建设漂亮，这是一种自我满足吧。

可是，我想是日本史上唯一一次，净土教曾经逆袭，改变了贵族社会，那就是镰仓佛教。平安朝崩溃了，被抛弃在荒野，贵族社会秩序已经被完全毁坏，这时净土宗终于出现了，这是死后的救赎。藤原氏繁荣时，不需要死后的救赎，实际上直到真正丧失权力时，"西方净土"才出现，死后的净土变得重要起来。现世没落了，成为自以为文明的一切东西都崩溃了的世界，这时，死后世界的问题才出现。那么，问题是怎样才能去"西方净土"？靠自力去不了，所以希望依靠他力，即南无阿弥陀佛，于是阿弥陀信仰流行起来。

阿弥陀信仰受到重视后，发生了两件事。在思想方面，净土真宗具有典型性，为什么出现了法然、亲鸾的宗教？因为死后的事，无论自己怎么努力都无可奈何，所以只能依靠、请求阿弥陀佛。另一种是，即便认为只念南无阿弥陀佛就可以去"西方净土"，但仍不放心，有各种担心，所以，死后的"接引"就变得很重要。直到 12 世纪中叶前后，几乎没有"接引图"这种东西，到了镰仓时代，却出现了那么多，这是平安朝崩溃后的事。

在"山越来迎图"中，阿弥陀佛从山对面过来。京都四面环山，贵族几乎不出京都，他们希望离开已经失去权力的痛苦世界，死后往生净土。死亡真的临近时，阿弥陀佛带着观世音菩萨和大势至菩萨等眷属，从山对面乘云而来迎接，或派来使者，或用线帮助死者与净土取得联系，这就是"接引图"。

平等院的时代，源信还不能完全说服贵族，贵族们认为《往生要集》的极乐世界太庄严了，所以想在宇治建造一个极乐世界。源信没有那么说，但贵族做了那样的解释。

——为什么描写特殊的贵族社会的《源氏物语》，却具有让千年后的我们思考的普遍性？

《源氏物语》的第一个故事是桐壶[6]，adultery 是一种不诚实的恋爱关系吧，最后的故事也是，源氏的孩子也经历了同样的事。也就是，从 adultery 开始，以 adultery 结束，前后呼应，中途出现各种人物，从前爱过的人们也不断地去世，像河流似的，各种人物起起伏伏。通过阅读源氏的故事，让人强烈地感到时光的流逝，这点具有普遍性吧，哪里的人都有共性。

霍夫曼施塔尔写了理查德·施特劳斯的《玫瑰骑士》[7]歌剧的剧本，第一幕从中年元帅夫人和不久将扮演"玫瑰骑士"角色的青年的寝室对话开始。元帅夫人在那里对年轻恋人郑重宣告什么时候将分别。虽然青年否定说不可能，但夫人说与其等候分别的时刻到来，不如现在分别更好，说服他先骑马去多瑙河对面的普拉特公园，她随后也将过去。青年无可奈何地走了，但对夫人而言，他也许是彻底离去的事实还是让她感到非常痛苦，马上让仆人追，但青年骑马很快，已经追不上了。于是，独自留下的夫人说出了有名的台词："时间是不可思议的，不介意地活着的时候，什么也意识不到。就这么生活过来了，但一旦意识到时间之流逝，真的就无法思考其他了。"这是夫人一个人的舞台，是一段比较长的独唱，我认为这实在是一首很美的抒情小曲。

用德语写是 Die Zeit ist ein sonderbar Ding, sonderbar 是不可思议的意思，直译成英语是 The time is a very particular thing。《源氏物语》和 20 世纪的歌剧相距甚远，但其中所言和《玫瑰骑士》一样。即源氏在故事中去世了，但时间是不可思议的感觉一直持续着，这也是中年夫人对时间的慨叹。

还有一个，在莫扎特的《费加罗的婚礼》[8]中，伯爵夫人唱的"何处寻觅那美妙的好时光"（Dóve sono...）这首有名的抒情小曲，也是"过往的岁月很美，那些日子去了哪里"这种中年女性的慨叹，也许和《玫瑰骑士》形成双璧。真的都是很美、很令人感动的抒情小曲。莫扎特音乐的旋律和歌词都直截了当，虽然哀伤，但感觉没有那么痛苦，霍夫曼施塔尔倒是更有苦味。这和《日本文学史》没有任何关系（笑），但我认为《源氏物语》也包含这些要素。

注释 ————————

1. 《宇津保物语》，是日本平安时代中期，约 10 世纪后半期出现的日本第一部长篇物语，20 卷。作者不详，但应该具有较高汉学修养，描写了当时日本贵族演奏中国传入的琴的故事。

2. 周边理论一般称"中心—外围理论"，经济学、经济地理学、社会学、国际政治学术语，阿根廷经济学家劳尔·普雷维什于 1964 年提出，将资本主义世界划分成两个部分：生产结构同质性和多样化的"中心"与生产结构异质性和专业化的"外围"，即西方发达国家与广大发展中国家。"中心"与"外围"相互联系、互为条件，构成一个统一、动态的世界经济体系，具有整体性、差异性、不平等性。该理论对文化传播、信息传播等诸多领域亦产生了影响。

3. 吉川幸次郎（1904—1980），日本京都大学名誉教授、著名汉学家，字善之，大学时代师从狩野直喜教授。1928 年至 1931 年留学北京大学，拜杨锺义为师，专攻中国音韵学，喜逛琉璃厂。1947 年以《元杂剧研究》获博士学位。吉川幸次郎高度评价中国文学，为自己书房题名"唐学斋"等，著有《元杂剧研究》《陶渊明传》《诗经国风》《杜甫诗注》(10 卷) 等，有《吉川幸次郎全集》28 卷，其子吉川忠夫是中国史学者。

4. 源信（942—1017），亦称惠心僧都、横川僧都，日本平安时代中期天台宗僧人，日本净土教之祖，对后来的法然、亲鸾等均产生过深远的影响。幼时丧父，从比睿山中兴之祖良源出家，显密兼通，986 年将所撰的《往生要集》(3 卷) 托北宋台州居士周文德持赠浙江天台山国清寺。1001 年，弟子寂照入宋时，他提出"天台宗疑义二十七条"，转请北宋四明（今浙江宁波）知礼解疑，知礼撰"答日本国源信禅师二十七问"释疑。其思想基于天台摩诃止观，主张他力宗教，劝导人们通过信仰净土世界获得解脱，所撰《往生要集》弘扬净土思想及往生之法，对后世影响深远。

5. 平等院，位于日本京都府宇治市的佛教寺院。此处前临宇治川，远眺朝日山，嵯峨天皇之子、左大臣源融在此首开别墅。此后，阳成天皇、宇多天皇、朱雀天皇在此修建行宫，998 年藤原道长建造别墅，后其子、关白藤原赖通将其改建为寺院，以《观无量寿经》为设计理念，打造成为"净土庭园",最具代表性的建筑是其中的"阿弥陀堂"(现称"凤凰堂")。受唐代皇家园林与佛教思想影响,平等院有明显的轴线序列和水池前景,其建筑布局影响深远。

6. 桐壶,《源氏物语》第一卷题目,也是主人公光源氏母亲的名字。桐壶在宫中地位不高,却受到天皇宠爱,遭到其他妃子的嫉恨,年纪轻轻便抑郁而终。

7. 《玫瑰骑士》是德国浪漫派晚期作曲家理查德·施特劳斯于1909年创作的一部三幕歌剧,歌剧的文学剧本由奥地利作家、诗人霍夫曼施塔尔创作,1911年首演于德累斯顿宫廷剧院,在短时间内就成为当时上流阶层口耳相传之作,以18世纪维也纳贵族社会为背景,以奢华的庸俗生活为故事情节,演绎了情人和婚姻交错的游戏。有人认为《玫瑰骑士》是现代版《费加罗的婚礼》,歌剧洋溢着类似维也纳圆舞曲的气氛,是歌剧史上的经典之作。

8. 《费加罗的婚礼》是莫扎特最杰出的三部歌剧之一,完成于1786年,意大利语脚本由洛伦佐·达·彭特根据法国戏剧家博马舍的同名喜剧改编而成,也是历史上第一部把平民作为第一主角的歌剧,至今仍是上演频率最高的歌剧之一。

第三讲

第四章 第二个转折期

——《序说》指出净土宗与基督教的思想结构相似，但
　　基督教并未广泛传播，其原因是净土宗的世俗
　　化吗？

净土宗的传播与其世俗化关系密切。净土宗出现在镰仓
时代，但其势力的拓展有两个时期。最初是法然[1]、亲鸾[2]在
社会非常混乱的时代，不断地向地方传教，信众人数增加了，
信仰的渗透也加强了。此后的时代，虽然并非剧烈地，但信
众人数减少了，信仰也不断地弱化，但净土真宗曾经再次兴
起，那就是莲如[3]，一向宗[4]发起武装暴动时期。

到江户时代，净土真宗分裂成两大势力。为了压制基督
教，所有日本人必须登记到某个宗派，如果没有属于某个寺
院则是不合法的，即地方政府将寺院网络作为统治工具来使
用了，这就是寺院保证制度。如果不在某个寺院登记，则
会被看作是地下天主教徒。由此，即便是暂时的宗派，名

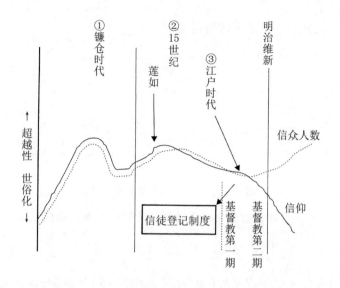

义上的信徒人数也增加了吧，净土真宗的信众人数当然也增加了。

于是，信仰的超越性便世俗化了。镰仓时代初期诉诸的"超越性"，是即便现在多么痛苦，死后也能前往净土世界，通过全力以赴地呼吁，信徒也增加了。江户时代的信徒登记制度是强制性的，所以信徒也增加了，但如果把宗教作为行政工具使用，信仰就会弱化，所以世俗化了。

超越性的信仰同时也是"彼岸性"的。通过付出佛教世俗化的代价，行政意义上的信徒增加了，信徒增加和信仰的世俗化是同时发生的。

由于基督教不存在这种情况，所以明治以后的基督教的传教遇到了障碍。日本基督教的第一期是 16 世纪，没有一个新教徒，来日本的传教士几乎都是天主教徒，绝大多数是耶稣会派的耶稣会士，沙勿略[5]就是，其传教相当成功。但是，为什么此后基督徒从日本消失了呢？理由很简单，因为受到了镇压，"长崎 26 圣人"[6]之类的即是，都被杀了。明治以后，政府还在镇压地下天主教信徒。但是，因为门户开放了，美国和欧洲抗议了，受到了外来压力（笑），明治政府虽然不情愿，但还是停止了镇压。这样一来，基督教传教士不可能仅仅是耶稣会士了，天主教都回来了，并且新教徒也第一次来到了日本。

——道元与民众的关系

亲鸾对传教活动很热心，希望增加信徒；农村的传教活动不可能独自开展，所以也增加了弟子。另一方面，道元没有显示出想要推广禅宗的意思，他通过坐禅培养专职僧人，所以没有从事传教活动，这是很大的不同。道元让决心修行的人到永平寺来，那是相当严苛的修行，永平寺会接受那些下定决心的人。坐禅的时间是规定好的，也有详细的规则。

道元应该没有认真考虑过教化民众之事，他没有作为民众应该被救赎的想法，是一个"纯粹个人主义"者。无论怎样的个人，获得救赎的前提都是"悟道"，如果没有"悟道"，就无法获得救赎。获得救赎的条件唯有"悟道"，其他所有条件都不值一提。大家不可能一起"悟道"，也不可能一起被救赎，无论什么人，"悟道"的手段都是坐禅，即只管打坐。

为什么道元特殊呢？他曾到中国跟随天童山的一位叫如净的僧人学习，回到日本后，在永平寺与同修和弟子一起坐禅，他们类似专家集团。在某种意义上，他的想法很单纯，他的立场是，悟道是最重要的，其他一切都和救赎无关。

例如，无论天台宗还是真言宗，都有"禁止妇女进入"等各种区别男女的规定。平安佛教的中心是比睿山，比睿山所谓"禁止妇女进入"等规定，在道元的《正法眼藏》看来，不过是蠢话罢了。他说区别是男是女没有什么意义，人只有两类，"悟道的人"和"不悟道的人"，此外，一切都没有兴味，也没有意义。道元尖锐地指出男女之别和佛教的教诲毫无关系，只是吵吵嚷嚷的，什么也没明白。

第一，佛教存在各种宗派是无意义的，佛教是一，没有叫禅宗的宗派。第二，"悟道"是超越所有二分法的，"空"和"有"也是由二分法得来的，超越一切阶层秩序的即是佛教，"悟道"的内容即是没有二分法。他强调接近"悟道"的手段便是坐禅。

中国和日本的区别对道元也不成问题。他说中国僧人也几乎都是俗气的僧人，什么也不明白，连中国都几乎没有明白人，更何况日本人什么的，像野人似的几个家伙凑在一起，是不可能开悟的；还说如果对佛教感兴趣就来永平寺。《正法眼藏》连这些都写了，而且，不是用汉文，而是用日语。他说因为是日本人，所以用日语说更加明白，所以，不用汉文写代表作的唯一一位高僧，至少是最早的高僧就是道元。刚才说的这些内容在《正法眼藏》中被反复提及。

悟道的根本在于超越"自"和"他"、"有"和"无"、"生"和"死"，当然还有"男"和"女"、"天台大法师"和"不认字的信徒"等二分法，即西方语言所说的 dichotomie 的问题。这些区别没有意义，如果悟道，不认字的人比认字的天台大法师更伟大。在知识方面，大法师也许多一百倍，但知识之类的东西没有任何价值，只有"悟道"才有价值。道元写了这些，《正法眼藏》呈现出一种平等主义。天台大法师在社会地位方面是最高的，但道元不承认佛教最高权威和不认字的老太婆之间的一切区别，其言辞相当激烈。

当时，几乎所有的儒者和佛教领袖都崇拜中国，几乎没有不崇拜中国的人。基督教也有类似的情况，明治以后的新教徒、到新英格兰留学的人或多或少都崇拜美国，内村鉴三[8]则是一个例外。他认为，从神的立场来看，即便是美国人，错了就是错了，这是因为，虽然是通过美国认识了神，但神在美国之上。他直截了当地反对美国参加第一次世界大战，当然也指出了日本政府的战争错误。道元也是这样，这很有趣，他们通过超越性的真理或权威，到达了所有人的平等观，他们在日本历史中也是非常稀有的存在。

道元用日语写作《正法眼藏》是划时代的，镰仓佛教有亲鸾、日莲、道元，其中只有道元一个人用日语写代表作。即便是亲鸾，虽然他对传教很热心，但代表作也是用汉文写的。日莲有一种民族主义，但他的代表作也是用汉文写的，虽然书信等是用日语写的。道元的成就是划时代的，就像笛卡尔用法语写了《方法论》一样。

——开悟由谁、如何判断？道元是怎么思考的？

只能自己判断，开悟了就不会迷茫，不再纠结悟了还是没悟，而是非常有信心。所以，虽然是自己的判断，但即便道元的弟子过来说"悟了"，其中也有没悟的家伙吧。只是本人说"悟了"，并不能确定。

开悟是在意识中发生的，在自己的意识中如何进行客观判断是一个非常难的问题，在原理上是不可能的吧。我认为道元也许知道这在原理上是不可能的，不仅仅是道元，禅宗认为自己意识之外没有任何尊贵之物，"拿起经卷，拭去不净"，所以经卷也不行，社会地位也没有意义。那么，什么具有权威？唯有老师，那是一对一的传授方式，所以叫"师徒相传"，这是禅宗用语，指如果弟子认为自己开悟了，因为意识之外唯一的权威是老师，所以老师给予印可[9]。就是"师徒相传"的客观证明，在我意识之外的证据唯有印可，所以，印可非常重要。

可是，禅宗的僧人也必须在社会中生活下去，社会需要一种规则，就像交通规则之类的东西。总之，如果没有一种秩序或规则，就不可能维系共同生活，社会也不可能成立。这规则在意识之外，但开悟发生在意识之内，这就产生了怎样联结意识内之物与意识外之物的问题。什么可以将此联结起来？在理论上，从开悟的内容中导出即可，但这是不可能的，从意识内的事件到意识外之物的道路很难搭建，无法从悟道中知道应该制定怎样的规则。

悟道的根本是超越二分法，"自他"一如，"一"即"多"，"多"即"一"，超越"一"和"多"的区别，也超越"自己"和"他者"，"生"和"死"，"有"和"无"的区别。由此，无法得出需要怎样的规则。但是，如果没有一些规则，就无法生活，那么应该怎样制定规则呢？只能以无关开悟的方式制定出来。禅宗将这种规则叫作"清规"，《永平寺清规》就是永平寺院内的规则之意。几点钟起床、几点钟开始吃饭，都是很具体的日常生活规则。如果僧人分散来食堂，不在一定时间到食堂就非常麻烦。不可能从悟道的内容中导出早上几点钟起床的问题。

中国有很多禅宗寺院，这成为一种传统。根据早上几点钟起床的人多，历代的中国寺院据此制定了"清规"，这成为先例，成为传统，所以变得极度保守。但是，在打破所有社会性、精神性规定的基础上，才能逐渐接近悟道，所以就需要有彻底革命性的破坏。但另一方面，"清规"是彻底的保守主义。为什么会这样呢？因为彼此之间没有关系，两者是不同的。知道无关，强调开悟，也就是在写《正法眼藏》的同时，写《永平清规》，在我所知道的范围内，日本只有道元这么做。不能把这两者联系起来，但如果没有悟道，就不是禅宗了，就失去存在的理由了；另一方面，只要活着，不管怎样都需要规则，所以也制定了"清规"。我认为，日本也许只有道元知道把这两者联系起来是非常困难的。

在基督教世界，这方面具有典型性的是依纳爵·罗耀拉。罗耀拉这个人是16世纪西班牙神秘主义神学家的代表性人物，是耶稣会的创立者，他的神学立场是基督教神秘主义、体验与神的一致性，这和禅宗的开悟非常接近。禅宗的开悟可以说和基督教意义上的神秘主义的一种形态非常接近，其一体感的对象是绝对者，也就是神，在精神及肉体方面达到和神的一体感，这成为信仰的核心。

罗耀拉也制定了耶稣会的规则，耶稣会的规则和《永平清规》非常相似——几点钟起床、早上在什么地方刷几分钟牙、吃饭需要几分钟，非常详细。那几乎可以说是"基督教式清规"。我认为罗耀拉当然也明白这点，从他的神秘主义神学无法导出耶稣会的规则，但是两者无论如何都是必要的。所以，他写了两种文章，在写作如何到达神秘体验这个问题的同时，也写了详细的《耶稣会会章》。罗耀拉与道元完全并行，我觉得这太有趣了。

注释

1. 法然（1133—1212），日本平安时代末期至镰仓时代前期僧人，日本净土宗开山之祖、净土真宗七祖。幼年丧父，出家比睿山，后开创净土宗，主张专修念佛，向包括妇女在内的各阶层人士弘法，在日本佛教史上具有重要意义。他曾受旧佛教迫害，被流放地方。日本净土宗以中国善导（613—681）为高祖、以日本法然为开山之祖，法然曾经受到善导《观无量寿佛经疏》的深刻影响。

2. 亲鸾（1173—1263），日本净土真宗初祖，曾自称愚秃亲鸾，幼年失怙，9岁投比睿山天台宗出家，29岁投法然门下修习念佛法门，为开显阿弥陀佛广度一切众生之义而食肉娶妻，后被流放越后国（今新潟县），遇赦后在各地弘扬念佛法门。他在净土宗"信愿行"三资粮中仅保留了"信"，建立起一种上帝崇拜式的弥陀信仰。

3. 莲如（1415—1499），日本室町时代净土真宗僧人，亲鸾十世孙，净土真宗总寺本愿寺第八代法主，本愿寺中兴之祖。

4. 一向宗，即日本净土真宗。"一向"在日语中有"完全"之意，"一向宗"即专门持诵阿弥陀佛名号的宗派，尤其是其他宗派对其的指称。一向宗宣扬无需懂得佛经及参加复杂的寺院仪式，只要加入一向宗并持诵阿弥陀佛名号，临终时就可以往生西方净土。在16世纪前后的日本战国时期，一向宗积极介入世俗纷争，形成了强大的势力。

5. 沙勿略（1506—1552），即方济各·沙勿略，西班牙人，耶稣会创始人之一，最早来东方传教的耶稣会士，也是第一个将天主教传播到亚洲的马六甲和日本的人，天主教会称其为"历史上最伟大的传教士"。在巴黎大学读哲学时，成为耶稣会第一批会士之一。1540年，接受葡萄牙国王派遣航海东来，先抵印度果阿，后经新加坡、马六甲等地，乘中国商船赴日本传教。1551年，从日本乘葡萄牙商船到中国广东上川岛，因明朝海禁严格，无法进入中国内地，翌年病死于上川岛。

6. 丰臣秀吉于1587年开始禁止天主教在日本的发展，1597年2月5日下令将在京都一带逮捕的26名天主教传教士和信徒押解至天主教盛行的长崎处以极刑，史称"26圣人殉教"，后西方天主教教会将此26人列入圣人之列，故也有"日本26圣人"之称。

7. 《正法眼藏》，日本道元禅师法语集，道元思想的集大成之作，撰于

104

1231 年至 1253 年间，也是日本曹洞宗圣典，亦称"永平正法眼藏"，从中可窥见道元吸收中国禅宗思想并将其进行日本化的轨迹。《正法眼藏》是日本佛教史上第一部用日文撰写的思想著作，被认为是日本佛教思想史的顶峰之作。此前，南宋大慧宗杲禅师也撰有同名的《正法眼藏》，亦称"大慧正法眼藏"。

8. 内村鉴三（1861—1930），日本基督教思想家、无教会主义倡导者。1877 年进入札幌农业学校学习，这期间接受洗礼。1884 年至 1888 年赴美国留学，回国后历任第一高等中学教师、《万朝报》记者等。他批判教会的繁文缛节，提倡开展以研究圣经为中心的无教会运动，并进行独立的传教活动。其宗教自由思想吸引并影响了一大批青年。

9. 佛教术语，经过印证而被认可之意，多用于禅宗。

第五章 能与狂言的时代

石母田正 [1] 与木下顺二 [2]

在进入第五章前，我想先谈谈石母田正。石母田正写了岩波新书《平家物语》，书的外形是薄还是厚，是小还是大与书的价值完全无关，真正的价值是是否说了谁都没有说过的独创性内容。不是把他人说过的再说一遍，而是是否有全新的构想，这种构想不仅谁都没有说过，而且是有理有据地说了重要而新颖的内容。石母田正的《平家物语》对 [平] 知盛 [3] 的阐释很新，不仅如此，对关系到《平家物语》整体评价的深刻而重要的问题提出了独创性见解，这两点具有决定性意义。如果做不到这两点，即便写出比这厚十倍的书取得博士学位，也没有什么用吧。

石母田的专业是古代史，在这方面也有各种发现，但这个话题我再找别的机会讲。我和石母田私下里也是朋友，也曾经一起读过《作庭记》[4]。他在《平家物语》中有了大发现，那就是关于知盛的阐释。自江户时代以来，有关《平家物语》的参考书有几百册，但知盛只是在壇浦失败的平家的大将，而非《平家物语》的主人公。

可是，石母田对知盛进行了新的阐释，以前没有像石母田那样的对知盛的阐释。木下顺二由此获得灵感，《子午线的祭祀》[5]这个戏剧整体上是木下的作品，但为什么以知盛为主人公，则依据了石母田的阐释。木下明确地说这是从"石母田平家"学的。具体而言，知盛是有才干的军人，同时是站在反战立场上的人物。源氏和平家又互相厮杀而亡，战争本身就是有组织的厮杀，实际上敌我双方都是徒然而有罪的，知盛感到了作为人的徒然般的东西。这种具有两面的人物形象很有意思。

这也出现在木下的《子午线的祭祀》中，知盛在最后吃败仗时也说着笑话。他在现场指挥，所以并非一直在天皇或宫廷中人的船上。他来到船上时，周围的人问："战况怎么样？"他回答女官们："你们不久也能见到满脸胡子的关东男人了吧。"事到如今，还开这样的玩笑，正当人们惊讶不已时，他因为忙，又到了别的船上。

这显示出一种距离感，一般而言，处于事件漩涡中的本人不可能幽默，因为和对象没有距离，只有不是直接的当事人、尝试拉开距离时才能产生幽默，所以和观察对象之间的距离是必要的。知盛是将军，是当事人中的当事人，但同时也是观察者，这是石母田的阐释，木下的工作是使这个形象进一步丰满起来。在思考作为观察者的知盛时，比较重要的一点是在《子午线的祭祀》的前半部分，知盛想停战，希望能够不战，我将深入作品的内容再讲一点。

后白河法皇掌握着源平停战的唯一方策，这位后白河法皇又是一个非常有趣的人物，他是一位观察者，但和知盛不一样，他没有军队，也没有经济实力。因为是法皇，他在制度上没有天皇的力量，虽然有天皇的权威，但因为引退了，法律上不拥有政治决定权，是暗中操纵的实力派人物，其力量的源泉不仅仅是权威。源氏和平家动用武力，怎样进行仲裁？如果只是口头劝止，谁也不会听。他施加了什么压力呢？首先，发出敕令，以法皇的名义发出命令，用平家的军事力量压制源氏；而后，当判断平家将过于强大时，私下里和源氏的大将商议，用义经压制平家。

后白河法皇在这方面非常高明，一方面，创作新式歌谣"今样"，让人以为他耽于玩乐，既没有军事力量，也没有经济力量，但会在政治方面进行操纵，实在是一个善于马基亚维利式冷静运作的人物。他的态度变化无常，快时几周之内就变了。他曾短暂支持过进入京都的木曾义仲，但一眨眼工夫就下令让义经去征讨那家伙。

知盛在关键时刻，为了调停、中止战争，考虑使用后白河法皇的 intrigue（阴谋）——桌下握手，桌上发出征讨令这样的政治阴谋。因此，把与他如影随形的巫女——《子午线的祭祀》首次上演（1979 年）时由山本安英扮演——用小船送到后白河法皇那里，让她说服法皇。那是在强调知盛的反战一面。

《平家物语》中没有那个场面。《平家物语》中原本就没有影子人物，因此，《子午线的祭祀》比《平家物语》更加彻底，木下出色地描绘了作为将军、作为当事人、作为战斗性军事战略家的知盛和作为眺望战争全局的历史学家、作为哲学家、作为反战观察者的知盛这个人物的两个分裂面。

木下一下子就触及了《平家物语》的核心，对于略微读过《平家物语》，或看过相关文献的人，这是非常新鲜有趣的，我也立即感到这是划时代的对平家的阐释。可是，立即把它作为戏剧进行作品化，还是因为这相当强烈地打动了木下吧。木下同时还在进行着莎士比亚研究，也翻译了相当多的作品。因此，我认为他是自然而然地被知盛的双重性吸引了。

《子午线的祭祀》和莎士比亚

《子午线的祭祀》在某种程度上是《哈姆雷特》。哈姆雷特是一个为父报仇的行动人物，但故事同时就像"To be or not to be"这句台词那样，是融入了丹麦王室 corruption（堕落）、intrigue（阴谋）、murder（杀人）等各种元素的复仇故事。说哈姆雷特用剑刺，所以完全是暴力复仇，但同时他也会认为自杀更好啦、逃到什么地方更好啦之类的，这是一个作为观察者怀疑整体行动的人物。这其中有根本性的不同，如果是一般的行动人物，会认为自己的行动是正确的，并勇往直前；观察全局，思考是否徒然则是哲学家或诗人的工作，他们一般不参加战争。可是，哈姆雷特却变得疑虑重重。

即便同样是复仇故事，《子午线的祭祀》和《忠臣藏》也不同。《忠臣藏》是直截了当的复仇，毫不犹豫地采取一切复仇手段。大石内藏助不会考虑不复仇也许更好，即便吉良上野介也有家人，也可能有各种原因才做下这些事。双方吵架，不太可能一方乌黑，另一方纯白。如果杀了吉良上野介，自己也会被杀，这么做也许毫无意义，但大石内藏助仍然不考虑停止袭击。可是，哈姆雷特中途犹豫了，这是木下熟知的，读石母田的《平家物语》时，他肯定联想到了那里。

然而，在"四大悲剧"中，更明显的既不是《奥赛罗》，也不是《麦克白》，而是《李尔王》。李尔王最初拥有绝对权力，把遗产分给女儿们之后，却遭到了背叛。他最终失势，在暴风雨的荒野中徘徊，因为失去了军队，只有滑稽演员跟着他。宫廷中有国王的滑稽演员，《哈姆雷特》中也出现了。最后站在他一边的是小女儿考狄利娅，因为不会阿谀奉承，所以李尔王没有分给她领地。在荒野中，脑子出了一点问题的李尔王和跟随他的滑稽演员已经不是"行动者"了。首先，他们已经失去这种能力了；其次，李尔王只有败军考狄利娅了。获得领地的两个女儿拥有军队，所以李尔王和考狄利娅都被囚禁了。

从那时开始，李尔王说的话逐渐呈现出哲学色彩，说权力斗争很无聊，他也就逐渐变成哲学家了。李尔王拥有权力时，甚至把领地分给阿谀奉承他的家伙，是一个愚蠢的国王，但失去权力后，在某种意义上，变成了非常聪明的哲学家、思想家。总之，他变成了"观察者"。刚才说了，观察者位于边缘，从广义上讲，李尔王也位于这个框架中。他觉得无聊，既不想成为权力者，也没有这个能力，但我认为人如果不行动，就能看清人类的愚蠢。

知盛也有一点这种倾向，不同时期不一样，最初他计划如何取胜。在《子午线的祭祀》中，将军同时也是反战主义者，想阻止战争；失败之后，又开始规划战争，但也感到一种徒然，是把这种多面性集于一身的存在。知盛临终前说的是有名的"该看的都看了"这句话，即值得观察的都观察了，也理解了历史之意。李尔王被抓之后，在考狄利娅被杀之前，有一个呼唤她的场面——来啊，现在一起去牢房，像笼中的鸟一样，就两个人唱歌吧！就两个人讲古老的故事吧！穿着华丽的衣服在宫廷里飞来飞去的蝴蝶，也就是拥有权力的宫廷的人们，嘲笑那些蝴蝶的愚蠢吧！"Come, let's away to prison;/We two alone will sing like birds i'th'cage;"这是非常有名的台词。

木下顺二不可能没有联想到这点，在我看来，《子午线的祭祀》的知盛是最敏锐地看透了《李尔王》中出现的那种行动者之愚蠢的"观察者"。不是 clever，而是 wise 的人，是 wise observer。将军和国王、诗人都变成了哲学家，都和人的根本属性密切相关，我认为这和石母田的《平家物语》的新阐释联结在一起，木下顺二由此创作出了《子午线的祭祀》。知盛是非常有意思的人物。

不过，我认为义经在《子午线的祭祀》中也非常有趣，他也有点偏离《平家物语》。木下的义经在开始的时候，和梶原景时争吵啦、制造鹎越奇袭啦，总是制定非常冒险的作战策略，虽然他在军事方面大获成功，但有点像希特勒，也许只是因为偶然的幸运而取得了成功。

义经是以这种形象出现在《平家物语》中的，但我认为木下顺二的义经存在两面：他以非常出色的灵感制定作战策略，在战场上是一个成功的领导者；但作为政治家，他不是赖朝那种类型的。赖朝和后白河法皇都是长于撒谎、背叛、蒙骗的政治家，是一种政治天才，义经在这方面则很拙劣。比如不应该和梶原景时争吵，那种人收买就行。因为义经是稚拙的政治家，所以和兄长赖朝的战略或后白河法皇的势力相比力量悬殊，最终失败了。义经在战场上胜利了，却在战争中失败了。To win the battle but lose the war.

义经的第二个特征并非只是勇敢、能想出一些超越常规之事，而是在战场上连战连胜，在鵯越取得胜利、在屋岛取得胜利、在壇浦取得胜利，其中也有他对高度缜密的目的的合理性的追求吧。在下关，他为了观察水流，集合船夫并认真听取意见，自己也进行确认，研究什么时候海潮变换及其流向这种非常琐碎之事，这和粗暴勇敢的大将军形象有点不同。《子午线的祭祀》中有他瞒着家臣，独自观察海潮的场面。幼稚的政治家和敏捷的将军这种矛盾得以内化，战场上的义经有两个紧张层面——精于理性、冷静地观察或计算的一面和率先骑马从崖上跳下的勇敢的一面。这些是《子午线的祭祀》中非常有意思的部分，而且有说服力。

——为什么日本戏剧的发展比中国或欧洲晚？

古希腊戏剧是公元前5世纪的。当时，日本还不存在，如果说日本始于公元7、8世纪前后，那么大致有一千年以上的时间差。这就有点无法比较了。是古希腊例外，而非日本例外。埃斯库罗斯、索福克勒斯、欧里庇得斯，古希腊三大悲剧作家的诞生是一个奇迹。与古希腊并列，或更加古老的大文明是扬子江流域产生的中国文明，但中国戏剧的历史比较晚，大约出现于13世纪至14世纪的元曲是现存最古老的中国戏剧脚本。京剧是在更晚的明代以后、清代发展起来的，不太古老。在戏剧方面，中国不占据中心位置。

所以，在中国文化圈中，没有很早出现可与古希腊戏剧匹敌的戏剧。印度也没有古希腊那么多的古典戏剧。印度有古典戏剧，但不是像古希腊戏剧那样，表现融入了人的"自由"和"必然"那样的人类存在的本质性内容的戏剧。在此意义上，我认为欧洲也许是一个例外。

可是，虽然如此，和近代欧洲文化或中国文化相比，戏剧在日本文学中的比重比较大，特别是在15世纪后变得相当重要起来。能和狂言之后，出现了傀儡戏，这和演员扮演的歌舞伎联系在一起，歌舞伎愈加发展，18世纪至19世纪是一个完美的时代。进入 20 世纪，欧洲近代剧的影响增强了。即便如此，从能和狂言诞生以来的日本戏剧传统延续了下来，并没有中途断裂，其内容也非常高雅。

——壬生狂言[6]的音调或回响和印度尼西亚的甘美兰音乐[7]相似。哑剧的动作是否有东亚的影响？

壬生狂言和甘美兰有一种类似的回响。我不是专家，所以不清楚，但哑剧不是受到东亚的影响，如果两者有影响关系，应该是相反的。我认为也许南方的甘美兰的古老形态，产生甘美兰的印度尼西亚音乐影响了东亚。我认为考虑包括日本在内的东亚文化的流入时，特别关于音乐是这样的。有两种路径，自发出现的应该更晚，大致上从南方到波利尼西亚、台湾、冲绳，一路北上。这条线和来自中亚的是两种不同的路径。后面这种当然是穿越丝绸之路而来的。在某种程度上，声音的回响、音乐的结构也是这样，乐器也是。正仓院的乐器是从中国通过朝鲜半岛进入的，但不是中国、朝鲜发明的，最初是波斯等中亚国家的发明。

——印度文化和希伯来文化之间有过关系吗？

不知道。也许不能说没有关系，但不知道确切的情况。我认为印度文化和中近东及以西的文化，尤其和犹太人的交涉有两次浪潮。第一次浪潮和这个问题的关系太远了。在语言学上，希伯来语是印欧语言的一种。欧洲语言的发展，包括阿拉伯语和希伯来语的关联，古代梵语和古代希伯来语存在关联这点已经被证明。只是，印欧语在诞生过程中不用说，肯定有过文化交流，但非常久远了，是史前时代的事了，所以和这个话题离得太远了。第二个浪潮，这下又非常近。把印度文化带到欧洲的是亚历山大大帝，之后是16世纪的大航海时代，那时已经不是梵语了。

问题是印欧语诞生时是否有影响，我认为这是否有点古老了，而亚历山大是公元前2世纪前后的事，这又太新了。也许希伯来语教材原本的观点，恐怕是没有直接的影响。历史可知的语言学关系太古老，另一个亚历山大的北印度征服又太近。这中间发生了什么？这点不清楚。

——为什么具有创造性的文化，能和狂言不是诞生在和平时代，而是内乱和武装暴动的时代？这在世界上也是共通的吗？

确实，内乱时代经常有创造性文化显现的情况。为什么会这样呢？欧洲不断地打仗，或者可以说不太有不打仗的时期，总之不断打仗。古希腊就是这样。欧洲的情况，战争是交流手段之一。

异文化间接触的三种形式

在直接回答问题之前，我先尝试考虑文化接触的基本形态。

两个国家、两个人种、两种文化——存在两个集团时，其间会产生关系。可以考虑到一种最基本的关系是和平关系，第一是结婚。合法的婚姻是两个不同的集团之间"交换"人。例如，集团 A 的男性或女性去 B 的女性或男性处——这是入赘或出嫁。同一集团内的婚姻叫 endogamy，这是一种禁忌。不同集团之间的婚姻是 exogamy，这是婚姻的常态。据说在迄今为止为人所知的人类社会，没有哪个社会没有这种禁忌。

结婚的禁忌范围各式各样。像澳大利亚土著那样，占到人口的一半。作为我们身边的具体例子，朝鲜半岛和中国的一部分地区可见禁止同姓人士结婚的例子，这个范围也相当大。可是，近代欧洲社会，现在的日本也是这样，集团很小，兄弟姊妹之间的婚姻是不可能的吧。兄弟姊妹组成的家庭，如果用双方有同样的父母来定义，那么是非常小的集团，成为近亲之间的 endogamy，禁忌。

日本古代，《古事记》《风土记》中的禁忌范围恐怕是世界上最小的情况之一。兄弟姊妹也不属于这种集团。即便父亲一样，只要母亲不一样，就可以结婚。虽然存在日本所谓近亲通奸的"近亲"指什么的问题，不是同样父母的孩子形成的集团，母亲相同时成为结婚禁忌。此外，父母和孩子不能结婚。站在母亲的立场，和自己的孩子结婚是不合适的。至少日本古代上流阶层、有文献记载的人们的情况是这样，因为有线索，所以通过调查可以发现，有同样父亲的男女可以结婚，更不用说表兄弟姊妹了。

关于作为异文化接触的结婚的基本形态，离开正题了，在所有社会的所有婚姻中，都存在 endogamy，禁忌。换言之，所有婚姻都是 exogamy，即成为集团之间的交换活动。结婚是人的交换，但也可能是物的交换，也就是交易。

关于异文化间接触的三种基本形态，进行图示说明。

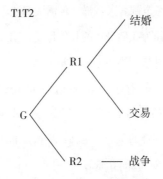

两个集团 T1 和 T2 的相互关系有两种。一种是 R1·和平关系，另一种是 R2·暴力关系。R1 之一是"结婚"，第二种是"交易"。R2 是"战争"。给出的集团有 T1、T2—Ti，其相互关系，T1 和 T2 的关系或 T2 和 T1 的关系，分成几个集团，由此构成社会，R1 之（1）是人的交换，即"结婚"，R1 之（2）是物的交换，物物交换。其暴力关系是"战争"。"战争"是两个不同集团之间交流的基本形态。异文化接触就是或"结婚"或"交易"或"战争"。内乱属于 R2。

可是，这三种形态中，"结婚"常常是个人化的，虽然不总是个人化的，但如果社会足够大，则不那么具有社会意义。当然，澳大利亚也以"结婚"为中心。可是，"交易"和"战争"是两大交流方式。虽然和平时期也有"交易"，但发生"战争"时，两个集团的关系会快速密切起来。

"战争"与文化创造的关系

一个例子是刚才提及的亚历山大大帝的"东征"。向东进军，首先打败了波斯帝国，通往亚洲的道路就打通了。因为没有任何部族具备与亚历山大的马其顿，或者说古希腊军队匹敌的抵抗力量，所以，只要对方屈服就可以了。如果抵抗，则用军事力量排除，然后前进。

其结果是什么呢？这些部族和古希腊的关系变得非常密切，进行了文化的交流。古希腊雕刻技术东进，其影响明显地呈现了出来。刚才的语言问题是很久以前的话题。只有波斯拥有那么高雅的雕刻。波斯战败，亚历山大进入后，不仅是武力的问题，神或人的雕刻技术，古希腊方面占绝对优势吧。亚历山大最初进入的是阿富汗，阿富汗美术几乎是对古希腊的模仿。再往东一点是印度，将佛教作为宗教的西北印度发生了什么？用古希腊的雕刻技术制作佛像。

关于古希腊文化和佛像文化的关系有两种学说。一种是佛像出现于犍陀罗的"一元说"。佛像的出现不是在西印度，而是在叫马图拉的尼泊尔略东的地区和犍陀罗地区，那里受到古希腊文化的强烈影响，制作了佛教雕像。犍陀罗佛像和马图拉佛像现在都有留存，马图拉佛像更具印度特色。虽然受到古希腊雕刻的影响，但有一些距离。例如，犍陀罗佛像的头发处理和古希腊一样，但马图拉的处理不一样，脸形也不一样。

怎么解释这种现象？如果认为佛像是在古希腊雕刻的绝对影响下雕制的，解释说原本就是在亚历山大带来的刺激下形成的，这种说法符合逻辑。西边的犍陀罗由于亚历山大刚刚进入，就那么模仿了，但马图拉有点远，到那里时，影响有点弱了。马图拉也许以自己的构想进行了模仿，这在时间方面也说得过去。

可是，也有其他说法，即犍陀罗受到古希腊的绝对影响，但马图拉在大概同一时期，不断独立地出现了佛像之说，这种观点认为两种佛像文化是并行出现的。说是虽然不知马图拉是否风闻了犍陀罗的情况，但并不是突然受到亚历山大的影响，这期间有一些相互影响的关系。就这样，有犍陀罗发生之"一元说"和犍陀罗、马图拉并行发生之"二元说"。

印度的佛像之后怎样了？一种向南，孟买、加尔各答、德干高原、锡兰（斯里兰卡）、泰国，佛像一路南下。从风格上讲，还是传向了北方。北上的佛像文化穿过中亚丝绸之路、撒马尔罕、尼泊尔，到达中国北方的敦煌。这里到洛阳已经不远了。时代向后推移，到5—6世纪前后的六朝时代，北魏出现了佛像。现在是在说佛像啊（笑）。北魏的佛像很重要。佛像从那里又分成两路，一路从山东省直接渡海，另一路通过朝鲜半岛——朝鲜半岛在其影响下，制作了大量佛像——到达终点站日本，就是奈良、京都。相当远吧。后面的交流不一定是"战争"。

亚历山大是"战争"，因为他率领军队侵略。但是丝绸之路就像它的名称，因为是"丝绸"之路，从那里开始不再是"战争"，而变成"交易"。所以，"战争"和"内乱"非常重要。佛像的历史如果除去亚历山大的"东征"就会无法论述。佛教文化的传播一半通过"战争"，实在是战乱时代的产物。

这种情况下的另一个特征，是雕像技术差别很大，古希腊的技术非常发达。到中国六朝时代，已经经过了将近一千年，所以，变成了中国风格，但留下了古希腊的痕迹。仔细观察六朝的敦煌壁画或雕刻，会发现明显留下了纯粹古希腊的影响，虽然和犍陀罗的佛像不一样。犍陀罗的佛像一眼就能认出来。

因此得出结论，异文化之间的交流也有和平进行的，但"战争"是其中非常重要的手段。然而，异文化接触是新文化生成最强烈的动机。所以，有时候独创性的文化能够发展。

附带提一下，奈良、京都文化本身也得以发展，到18—19世纪，出现了浮世绘。浮世绘文化又渡海到了法国，对印象派产生了影响。所以，木下杢太郎认为，源于欧洲的文化转了一圈后又回到欧洲。

另外一个例子是蒙古帝国。蒙古人向西，一种向俄罗斯北上，再南下；一种径直从印度、中亚到欧洲。两种都通过土耳其。这么一来，由战争引发的异文化接触存在于任何地方。亚历山大在美术和哲学方面都拥有绝对先进的文化，不仅在军事方面占据优势，在文化方面也占据优势。蒙古在武力方面占据优势，所以成功地征服了，但说到文化性的雕刻、文学之类的，因为是游牧民族，所以不懂这么复杂的事。

那么，发生了什么呢？出现了被占领者比占领者在文化方面高得多的反常现象。战场上的胜利者在文化方面无条件投降。军队不断向前，中途留下一个首领。例如，在北印度建立莫卧儿帝国。最大规模的案例是莫卧儿的蒙古时代，那是伊斯兰国家以前的事。蒙古人统治了那里，但他们大量汲取了印度文化。虽然加入了游牧民文化的新影响，但整体上，尤其在技术方面还是印度和波斯的。建造波斯清真寺等的是蒙古人的力量，但技师是波斯人。花砖文化这些也是，蒙古人住帐篷，帐篷和花砖相距甚远。

所以，这和亚历山大就像镜像左右错位。亚历山大是胜者强推文化，成吉思汗是胜者学习文化或者被同化。

欧洲史上发生类似情况的是罗马帝国。罗马帝国在公元前征服了古希腊，古希腊成为殖民地。但在文化方面，古罗马人学习古希腊语，而不是古希腊人学习拉丁语；发生了相反的现象。普鲁塔克是古希腊人，用古希腊语写作。所以，古罗马对古希腊，和蒙古对波斯或蒙古对北印度有点类似。

当社会规约被毁坏时

还有一种，不是异文化接触，而是一种文化内部发生内乱，国内陷入混乱状态，那么，此前那个社会拥有的社会规约就会被毁坏。不仅仅是建筑物，生活于其中的人，心中的价值体系也将被毁坏。价值不仅仅是伦理价值或政治价值，也可能是艺术价值。《建礼门院右京太夫集》中"为什么只说月亮不说星星"，这个问题的答案是，因为那是一种社会约定，没有任何其他理由。因为传统使然，"传统"是多么制约诗人或和歌诗人的感受性和表达啊。这是惊人的力量。

这种力量太强大了，所以最近的文艺理论中甚至出现了论述文学无需作者之说。因为不清楚作者和作品的关系等，所以除去这些因素，考察先行于这部作品的同时代文化，或此前文学作品给予新文学作品的影响，是认为文学作品不是作者创作的，而是文学传统创作的极端想法。这是"文本理论"，最近在大学中相当流行。竟然出现这样的理论，可见传统的力量。

可是，混乱的时代，将传统一举破坏。在"源平之战"中，平家灭亡的同时，和歌的传统也崩坏了。所以，建礼门院右京太夫仰望了星空。也就是，混乱成为从传统中解放的形式。解放是对社会规约、艺术表现规则的破坏。这样一来，艺术家就自由了，这是一点。

混乱中出现的还有"个人"。"个人"能够依靠的只有自己。过去有村子，村子里有政府官员，律令制[8]是中央集权式的制度，律令制崩溃了，则没有谁能保障村子的安全，只能自己来保护。以前的武士成为强盗来袭时，由于农民没有受过军事训练，所以无法拿起大刀厮杀，这时村子会雇用其他流浪武士集团，黑泽明的《七武士》就描绘了这样的情况。生了病则请比睿山的僧人加持祈祷，但僧人因为内乱来不了了。希望死后往生极乐世界，但比睿山已经无法信任了，或者即便可以信任，也来不了了。这是平安时代末期的情况。

这么一来，原本整个村子依靠某个寺院或神社，但因为战争，寺院和神社的人都逃离了或四分五散了，迄今为止的关系崩塌了，只能依靠自己。于是，最重要的信仰的个人化发生了。以什么形式发生的？以净土宗，尤其是以净土真宗的形式发生了。持诵"南无阿弥陀佛"是相对于难行的易行。为什么是易行？不可能突然让以前不那么热心的村民诵经，所以法然和亲鸾说不必诵经。往生净土不必诵经，只要念念不忘佛，认真持诵"阿弥陀佛"就可以了。只是需要一年到头持诵，所以给旁边的人添麻烦了（笑）。这不是我说的，而是写了《愚管抄》这部历史书的慈圆僧正——藤原家的亲属、比睿山的大僧正说的，他写道："最近，念佛宗流行，叽里呱啦的无学之辈念佛，吵得不行，就像春田里鸣叫的青蛙。"

只要持诵"南无阿弥陀佛"就可以往生净土的易行的意思，即每一个个人都可以通过努力往生净土。只要信仰深厚，就可以往生净土，这是信仰的个人化。如果是村落共同体，主管的僧人会提供帮助，所以不用担心，但如果可以独自进行，那就是"南无阿弥陀佛"。如果出现信仰的个人化，艺术范围同时也将极度扩大。

以前只是按照社会规约办事，不仅有文学传统的束缚，实际的集体也开始束缚个人和艺术家。可是，这个艺术家在从艺术传统中解放出来的同时，也从集体主义的束缚、自己所属村落的压力中解放出来，产生一种混沌状态。他们创作时常常冒着生命危险，但内乱发生时，创作变得活跃起来。这是内乱、战争的积极层面。

刚才说的是一个重大问题。一般而论，"战争"是异文化间的交流。异文化交流的程度和新艺术繁荣之间关系密切，孤立的文化必然停滞。古希腊繁荣，创造出了那样的文化的一个理由，是因为古希腊是文化的十字路口。埃及进来，叙利亚——过去的巴比伦或亚述——进来，各种不同的文化汇集于古希腊。古希腊是异文化的 carrefour，交叉点。与其说古希腊文化最初是独立发生的，倒不如说其是在和外来大量传入的东西进行融合、冲突、妥协中培养了想象力。一切文化始于杂种。如果不是杂种，则将停滞。

停滞的典型而有趣的事例，又要离题了，是墨西哥的玛雅文化。它在很长一段时期内，从石器时代到 16 世纪西班牙人来到为止都是孤立的。世界上最为孤立，且创造出洗练文化的是玛雅。如果一种文化长期和外界隔绝，其中到底会发生什么？这个话题有趣到晚上都睡不着觉（笑）。

古代文化的情况，存在是否发明了文字的问题。孤立的文化几乎都没有文字。若非很特殊的情况，不会发明文字。另外，农业方面，是否不只是到森林捡来果实，还要自己种地？如果种地，就需要灌溉，生产力将划时代地提升，所以农业技术的影响很大。此外，也存在是否只用冶金、石头，是否使用青铜器这样的金属的问题，欧洲使用了青铜器。还有，日历也是必要的，需要什么时候即将进入雨季这样的知识。

有关车轮的文化也是必要的。这也是划时代的，没有车轮，拉物时阻力太大。车轮的使用包含着巨大的可能性。牵引是一种水平力吧。可以把水平力变成旋转力，也可以把旋转力变成水平力。因此，是否发明水平运动和旋转运动的相互变换是一个大问题。大板车或自行车把轮子的旋转运动变换成了水平运动。这种相互变换的发现具有决定性的意义，关系到此后文明的方方面面。最后，还存在使用怎样的能源的问题。无论哪一种文明都使用人力，但特别是农业中是否使用家畜，耕地时是否让牛马牵拉是一个关键。锄头越深入大地，单位面积的土地产量越高。只用人力够受的，所以使用牛马。

刚才提到孤立的文化有停滞的倾向，在于已知之事不断洗练化，但对某些事似乎终究意识不到。例如，墨西哥的玛雅文化发明了若干文字，使石头建筑达到了相当的水平，但没有发明车轮；也许也有气候的问题，也没有使用家畜。在某种文化中能否形成使用动物的习惯或使用车轮，外国的影响非常大。如果没有和外国的接触，自己发明的概率非常低，连世界上高度发达的新石器文化玛雅都没有车轮。如果他们在什么地方接触过中国人——在人种方面，玛雅似乎和中国相近——那是轻而易举之事吧。看一眼，就会明白这很方便。中国人在很久以前就开始使用动物，也很了解车轮，这是异文化接触没有被隔绝的证据。玛雅拥有非常发达的太阳历，石头雕刻和建筑也非常发达。可是，因为没有和异文化接触，所以停滞了。

　　虽然达不到那种程度，但日本是岛国，曾经长期锁国。绳文时代就处于锁国时期，那时的日本和大陆不太有关系，几乎是孤立的。绳文的陶器只是居住在日本列岛的人制作的，不太有异文化的影响。绳文人到了后期，能用黑曜石制作非常漂亮的石器。我认为黑曜石制作的箭头、小刀等，这些恐怕是最为完美的，这些东西出现了。土器可以制作装饰非常精致的火焰型土器。可是，没有使用家畜和车轮，也没有文字文化。有什么、没有什么的问题非常有趣。

日本的第二次锁国是在受到强大的大陆文化的影响之后，觉得大概快要追上，然后进入接近锁国状态的平安时代。9世纪是转折期，说的就是这个意思。9世纪到12世纪的大约400年的平安时代，是和大陆文化的影响比较隔绝的时代。此后，日本又进入混乱期，和宋朝也产生了关系，镰仓、室町时代之后，到江户时代再次锁国。

日本在锁国时代做了相当具有独创性的工作。为什么内乱或混乱时代会出现创造性的文化？"混乱"和"想象力"的关系这个题目非常有趣。

古希腊人和周围所有发达文化都有接触，所以没有发明车轮的必要。埃及大量使用车轮，巴比伦的文字文化很发达，甚至有了法律，所以只要接受就可以了。文字是多么便利之物这种思想或观念就在身边演绎着，所以自己想不到也没有关系，因为古希腊人只要考虑未来就可以了。如果欧洲更早和中国接触，会很早使用纸张吧。纸张肯定比纸莎草方便，如果见到中国人，肯定马上明白。所以，异文化接触非常重要。

——新闻报道说阿富汗发现了写在桦树皮上的佛教哲学
片段。7世纪的阿富汗还没有纸吗？

至少不是好纸。如果不是上等纸，则无法长期保存。一般认为佛经是非常宝贵之物、必须保存之物，所以写在桦树皮，而不是普通的纸上吧。7世纪的中国和日本已有相当优质的纸，但阿富汗也许还没有自己制造上等纸的技术。也可能因为它偏离东西贸易路线，纸文化又来自东方的中国，所以相当远。

纸文化只有中国是非常早地凸显出来的，所以，问题是周围的文明是什么时候和中国有接触的。接触越早，肯定越早发展。也没有什么竞争，总之，早向中国人学习，就早开化，晚则晚开化。就日本而言，这个时期大约是平安时代后期吧。大概从12—13世纪开始，欧洲也逐渐开化，刚好是关键时期。此前的欧洲在技术方面不是中国的对手。中国的技术非常发达，根本无可比拟。文字、纸、毛笔、墨都是中国人发明的东西，发挥了惊人的威力。现在仍然没有超过这些的发明吧。墨水是中国墨的创意传到欧洲的产物吧。

——民族的数量很多，但文字的种类和产生的地区是有限的吗？

很难马上回答，文字在各处出现，但也有灭亡的。在中国或中东出现的文字，有可能留存在埃及等的某个地方，普及之后，不断变形，并逐渐稳定下来。但是，一部分文字形成后也会消亡。如果整体文化消亡，文字当然也会消亡，玛雅的文字还没有被完全解读。也有在形成阶段就消亡的。首先有口语，持续数千年后，某一时期想把它记录下来。如果是鸟，就画鸟的画，有两只就画两只。埃及和中国原本就是这样的。在此基础上，突然用声音来表达的是伊拉克。幼发拉底河畔留存下来的文字，为了表达语言，如果是"a"，"a"音是这样的，用刀把它刻在黏土上。

古希腊文字似乎出现于地中海的岛屿。腓尼基文字也很早就有了，文字和航海术、贸易。迦太基是在今天的突尼斯建立的古代国家，被古罗马消灭了，腓尼基文字和语言现在都没有了。维吉尔诗中出现的埃涅阿斯的恋人狄德是腓尼基的女王，所以，古罗马最初和腓尼基的女王是恋人关系。这是过去的传说。在历史上，古罗马消灭了它。

注释

1. 石母田正（1912—1986），日本历史学者，法政大学法学系名誉教授，主要研究日本古代史及中世史，其基于马克思主义唯物史观的诸多研究成果对日本战后历史学产生了较大影响。他也是一名文学爱好者，著有《日本古代国家》《中世世界的形成》《平家物语》《神话与文学》等，其中1957年出版的《平家物语》对日本古典名著《平家物语》进行了独特的阐释，深入思考了作品中一个个人物的命运。

2. 木下顺二（1914—2006），日本剧作家、评论家、左翼知识分子。擅长写作民间故事剧，在日本剧坛开创了一种新的题材领域。代表作《夕鹤》写仙鹤报恩故事，是其成名作，也是日本战后戏剧杰作之一，1964年曾来我国演出。

3. 平知盛（1152—1185），日本平安时代末期武将，平清盛第四子，在坛浦之战中，平氏大败，平知盛跳海而亡。

4. 《作庭记》，亦称《前栽秘抄》，日本平安时代的造园书，也是日本第一部造园书，所载造园及风水理论源于中国汉唐文化，故对了解汉唐风水理论等亦有参考意义。1976年出版英译本。

5. 《子午线的祭祀》，木下顺二的剧作，取材于《平家物语》，1978年发表于《文艺》杂志，1979年首演，与《夕鹤》并列为木下顺二最著名的两部代表作，把话剧与能、狂言、歌舞伎等艺术结合在一起，具有独特的表现力，被认为是日本戏剧史上的经典作品。

6. 壬生狂言，一种宗教剧，又称"壬生大念佛狂言"，是日本京都壬生寺每年4月21日至29日举办大念佛会期间演出的假面哑剧，表演者伴随着鳄嘴铃、太鼓、笛等的节拍起舞。相传1300年镰仓时代时，该寺在正行念佛之外，另创一种乱行念佛，这是其起源，距今已有约700年历史。1976年，被指定为日本重要无形民俗文化遗产。

7. 甘美兰，又译甘姆兰等，是印度尼西亚传统音乐文化的象征、民族瑰宝，早在公元8世纪的佛教庙宇浮雕上，就刻有一些甘美兰乐队的乐器。大约从16世纪开始，一些外国人把甘美兰传播到世界各地，19世纪的巴黎世博会、芝加哥世博会上出现了甘美兰音乐。甘美兰具有宫廷音乐特点，曾是权力、法力的象征。在民间生活中，多用于民俗庆典等，也可以作为古典戏剧的伴奏乐。与中国古代编钟乐队同属具有固定音高的旋律性击奏体鸣乐器群。
8. 律令制，又称律令体制，原是中国古代中央集权的统治制度。唐朝对中国自汉魏以来的律法、律令进行了非常完善的提炼，形成了律令制度，后传至日本、朝鲜半岛、越南、琉球等儒家文化圈地区。日本奈良时代在唐律的基础上，建立起较为完备的日本律令制。

第六章　第三个转折期

——关于 16 世纪中叶出现的建筑、造园、绘画、陶器等造型美术的特征。

这和上午说的在政治、社会不安定的时代，艺术想象力展现出来的话题刚好重叠在一起。16 世纪后半期是所谓的战国时代，17 世纪前半期德川幕藩体制还没有充分确定下来，所以艺术方面出现了各式各样的东西。出现在什么地方？这要看情况而定，说明其出现的理由也非常困难。总之，日本的情况是明确地表现在造型美术方面。我认为最明显地呈现在绘画方面。

绘画有两个层面，一是出现了以前就有，但不是主流，以风俗为主的、作为理解和记录环境手段的绘画。例如，手绘的早期浮世绘就是这种。我认为《汤女图》等也应列入其中。环境，特别是观察、描写风俗环境作为一种非常强大的潮流呈现出来，这是特征之一。以前有一遍上人[1]漫游时描写的风景、神社寺院或一向宗信徒们的画卷，所以，也不是没有这些要素，但无法说一遍那样的是主流。这些想法在第三个转折期中是绝对性的，那时的艺术家创作了很多手绘浮世绘。在屏风方面，《洛中洛外图屏风》进行了非常写实的观察、记录。从宏观的角度看，这是作为环境认知手段的绘画的自觉发展。

第二个特征对于绘画而言，也是非常根本性的问题，即始于俵屋宗达[2]的琳派[3]。有一种"宗达画稿"，宗达和尾形光琳[4]的书画是画与书法的突然靠近。特别是书法不是汉字，而是假名时，假名的分散书写和画的融合是这一时期日本的独创性发明。宗达的鹿的画稿上，分散书写着光悦字的美术纸笺是美之洗练的极致吧。中国是不分散书写汉字的。

琳派画的构图是有公式化的平缓的山，并涂成同质的绿色，所以不是写实性的，而像一种图案似的描绘山。宗达有一幅描绘秋天山中红叶路的屏风，构图中有大量抽象化、公式化的、处理成图案似的风景。迄今为止的美术史都说它是富于装饰性的。这么说未尝不可，但更加根本性的是同一个画面中包含了写实性要素和抽象性要素这两种要素。大部分构图呈现出抽象的线和色彩的均衡布局。这种均衡不一定是装饰性的，有时候会对观者造成强烈的压迫感。

宗达以前的画家对此是无意识的。我认为宗达可能意识到了这一点。我认为对绘画的写实性要素和结构性、抽象性要素的关系，开始进行有意识的探索的也许是宗达。这是比"装饰性"更加深刻的问题吧。我认为不应该照搬"装饰性"这个词，而是抽象性要素的有意识登场。

对绘画的方法论进行变革的宗达

在宗达的《舞乐图屏风》中，舞乐的舞者和舞台的装饰或背景一起略微出现在角落。左上方是松树，右下方是舞台的结构物，如此取得平衡。这么一来，中间就空了出来。舞台的地板没有涂色。正想着在这个空间做什么时，四个舞者围成一圈跳着舞，别处也有一个人正在指挥或观察。尤其为了处理中间的空间，必须把四个舞者配置在某个位置。因为没有画背景，所以问题是在什么都没有的空间中，在什么位置留出多少距离配置舞者。

那是写生？还是看上去像写生，才这么配置的呢？我认为并非如此。因为舞者是不断运动的，所以艺术家肯定有意识地选择了画画的位置。通过四个人物，把空间结构化，是抽象画的手法。我认为每一个人物戴的假面、穿的衣服都是比较写实性的，色彩什么的也是写实的，但舞者的位置和写实完全无关。不，怎样结构四方形空间这点恰恰是抽象画的问题。

以前有过类似的舞乐图，也有人说有先前舞乐图的影响。当然也许有，但仅此无法说明作为美术作品，舞乐图给予观者的强烈的冲击来自哪里。先前的作品比较无聊，仅仅是写生、笔记似的东西。宗达的作品作为完成了的绘画带来强烈的冲击。原因是其布局精巧，包含运动在内的平衡的空间结构，这是非常强有力的。

我认为在此意义上，宗达是划时代的。它是否产生装饰性效果这点是次要问题，不是本质性问题。问题是抽象性。空间结构和写实之间的平衡，不是凭借直觉达成的，而是有意识的。这几乎与塞尚的风景画和此前风景画的不同相匹敌。塞尚和此前的不同正是因为有意识的缘故。极为关注风景或人的环境在视角上是由怎样的要素形成的这点，无论如何想仅仅抽取必要的本质性要素，将风景进行再结构。这是理解风景的手段。在此意义上，塞尚以后的绘画，将结构性、抽象性要素和写实性要素融合在了一起。

塞尚比宗达彻底的地方，是把写实对象，比如人物，用抽象的手法将其分解成结构性要素，也就是面、线、色彩要素，然后进行再结构。再看宗达的《舞乐图屏风》，并没有对一个个舞者进行分析性处理，反倒利用了位置构成，构图是抽象性的；但是，当然也强烈地意识到了线。在《舞乐图屏风》中，服装被频繁拉扯，但服装不一定总是这么恰到好处，所以这是结构性的处理。我认为因为太缺乏分析性，所以人们使用了"装饰"这个词，但其内涵并非"装饰"。我认为绘画的中心部分并非装饰性的。

对此意识化也即方法化，绘画的方法变了。可以说，对无意识所为进行有意识地决断，所以方法论变了。我认为这是方法论的变革。琳派做了什么？一言以蔽之，改变了绘画的方法论。这和绘画变得富于"装饰性"这点是完全不同的话题。

构图的意识化

此后怎么样了呢？琳派果然弟子辈出，成为一大流派。那么，琳派的特点是什么？日本的绘画一般左右不对称，日本包括建筑在内，在所有造型中都厌恶对称。可是，琳派却使用对称。在绘画中使用对称构图是新生事物，此前是没有的。现存《源氏物语画卷》在名古屋的德川美术馆和东京的五岛美术馆，若将其最古老的部分全部看完，会发现没有一幅是左右对称的构图。这并不是那么不可思议之事，日本的绘画一般都不是对称的。可是，不一般的是琳派。宗达的弟子大量使用对称构图。因为大量存在，所以不是偶然。琳派是最早把对称构图导入绘画中的团体。

为什么会这样呢？因为不是写实，而是以有意识的构图画画。对称本身也是一种单纯而强有力的结构吧。西方建筑最重要的结构是对称，西方也把它带入了绘画。

那么，关于构图的问题，当画面上画有鱼、鸟、青蛙时，构图的力量在某种程度上被弱化，这是因为人的眼睛必定被一个个东西所吸引。构图最强烈地诉诸眼睛的是摆放同样东西的时候。即便不是绘画，例如，为了让三角形构图留下非常强烈的印象，假如在院子里竖起三棵樱花树，把空间分成三角形这点会首先映入眼帘吧。因为三棵都是樱花树，所以每一棵都没有什么不同，而当一处是草丛、一处是岩石、一处是樱花时，人会被有草、有岩石、有樱花这点吸引，三角形的印象会弱化。

如果想强调三角形布局，则摆放同样的物品为好。例如，《三个舞乐舞女》，其布局本身就变得引人注目。琳派的一个特征是用同样物品进行构图。为了使空间的结构化引人注目，反复画同样的物品为好，所以把同样的物品画成三角形或四方形。这是琳派发明的方法。西方也几乎没有产生过这种想法。博洛尼亚的乔治·莫兰迪是一个例外。为什么净摆些瓶子？他对瓶子和瓶子的距离、布局非常关心。即便不是瓶子，当希望通过某种艺术作品的布局将空间结构化时，为了最有效地强调、最明确地提出空间结构化的意图，也是用同样的物品为好。时而有瓶子，时而没有瓶子是不合适的。如果都是瓶子，结构会很好地呈现出来。

琳派的绘画革命

南宋的禅宗僧侣牧溪[5]在日本很受欢迎。京都的大德寺有几幅作品，牧溪的《柿图》比莫兰迪更为彻底，莫兰迪的作品至少桌上还有瓶子，但牧溪的是什么都没有的空间。水墨画，几乎没有色彩，柿子排成一列，没有前后关系，大体上笔直地排列着，所以，只有柿子和柿子的距离成为问题。几乎相同的柿子或近或远。这是一个重要问题，他就是想表达这一点。也就是，为了达到结构化的目的，重复同样的题材为好。

到了光琳，这也是一个典型事例。《菖蒲图》，都是菖蒲。菖蒲中有百合什么的不合适，所以全都是菖蒲为好。作品藏在根津美术馆，非常漂亮。《八桥图》既没有画桥，也没有画水，只有菖蒲。菖蒲之间的距离和位置关系几乎类似于音乐。在音乐演奏中，用各种乐器，或者通过改变和声，发出复杂的声音，各个音色不会不同，而是发出大致相同的声音，只是位置不同，节奏不同。这种时候，切分音将发挥作用，节奏将强烈地诉说。在此意义上，这几乎是富于节奏感的。就像为了把音乐的节奏在绘画中视觉性地表现出来，使用同样的主题、同样钢琴的声音。这就是光琳。

德川美术馆也有光琳的竹子画。像从窗户观看的感觉，有几根竹子。不太有叶子，可以看见茎，下面根的部分在画面外，看不见。最上面的天空部分也没有，很多竹子在窗框处被切去了，从上到下只有枝干。从窗户可以看到的竹子的枝干带着某种感觉，在左边并列着三根，稍微离开一点的有一根，几乎紧贴着的有一根，再离开一点的有几根，这种非常复杂的构图，和菖蒲的节奏相同。此外什么也没画。竹叶和小竹枝也没画，特别是上下都不画，只有中间的枝干。这明显是有意识的、彻底的相同物体的重复。

光琳做了这些工作，就好像宗达在元禄时代复活了似的。琳派的人每隔一百年会做一些有趣的事。19世纪出现了酒井抱一[6]。宗达，光琳和抱一，这三个人虽各有不同，但一以贯之的是空间的结构化。在极端情况下，同样的主题只用位置决胜负。琳派发明了这种方法，并非装饰性绘画，而类似于绘画革命。这源自宗达，从16世纪末到17世纪初，正是关原之战前后的时期，是混乱时代的事情。

宗达、光琳、抱一

琳派有很多画家，称得上卓越的有三人。16世纪的宗达，在这之后一百年的光琳，再一百年后、19世纪的抱一。此后就没有什么了不起的了。三人之间当然有时代差，但什么地方最为不同？宗达是在日本开启刚才所说的工作的人，所以就像塞尚似的，是一个大天才，是在町人登上历史舞台的前夜，接受了武士和贵族两种文化传统，并生活于内乱时代的人。这位宗达成了光悦的朋友，也是生活在平安时代开始持续的贵族性要素和镰仓时代开始融入的武士新要素这两个阶级的文化紧张关系中的人。他是那种开创新事物的人，所以有一种紧张感；虽然不是战斗，但有一种紧张感。

光琳没有开始全新的工作，他继承宗达的意识非常强烈，甚至临摹过宗达的《风神雷神图屏风》。他出身于和服文化浓厚的京都商家，是富裕的町人。和最后时期的武士以及没落贵族之间的紧张关系等的氛围完全不同，他是富裕的町人，充满了自信。总之，对他来说，未来是光明的。因为那是町人文化的成熟期，所以非常乐观。不是紧张感，而是自信、满足感、乐观性，那是町人文化的顶点。我认为再也没有像光琳那样如实反映町人文化的内容——一种建立在感觉性、物质丰盈基础上的乐天的世界观——的艺术家了。他和宗达完全不同。刚才说他们做着完全相同的事，但显明地呈现出了时代的不同特点。

抱一的时代是文化、文政时代，所以他当然非常清楚德

142

川幕藩体制也不是永久的，不知将来会怎样。他本人是领主的弟弟，拥有领地，是地位相当高的武士。可是他画画或创作狂歌，却是从高级武士社会的一种逃离。抱一岂止是自信的町人，他是成为町人或想成为町人的武士。

这是末期现象吧。无论对于武士阶级还是町人阶级，持续了数百年的江户文化接近末期的感觉是很强烈的。他是变成町人的武士，而不是天生的町人。因为是想成为町人的武士，所以也不是真正的武士。抱一既不是武士也不是町人，而是一个孤独的"个人"。他的神经很敏锐，和宗达的紧张感不同，可以说是神经性敏锐，几乎是神经质的感觉，已经没有了光琳或尾形乾山[7]的乐观主义。确切说来，是悲观的。月亮出来了，如果是光琳，因为是乐天主义，所以大大的月亮非常清晰闪耀，月光也明亮。抱一的月亮好像用银子画的细镰刀似的，怎么都不是圆满、明亮的，而是几乎接近可怕的、前面尖尖的锐利的月亮。

琳派的人画了很多秋草或春天的草。但如果是光琳，即便宗达也还是那样，秋草的茫草叶有宽度，不是细细的、前面尖尖的东西，不会扎手指。这一点直到元禄时代都是这样。可是，到了抱一，芒尖锋利到令人怀疑是不是短刀，碰触了会出血似的。这种芒草从两边迫近，只有很少的水流淌着。在光琳的《红白梅图屏风》中，画面正中的水面很宽、很丰沛，被高度地公式化了。可是抱一的河流只有象征性的一点点。我认为明显地呈现出时代不断接近终结时的神经质，几乎接近厌世主义。也有这种时代的不同。这是转折期发生的事。

桂离宫[8]与乱世

关于建筑讲几句，桂离宫，那不是处理行政事务的正式宫殿，而是离开京城中心、逃到不显眼之处的大型院政别宫。因为只有那里才有安心的环境，由此才建造的，外面是乱世。桂离宫是典型的贵族式对待乱世的反应，用高高的围墙把周围围起来，在围墙里建造理想的环境。因为治安不好，所以建造桂离宫。到外面是危险的，这种感觉在元禄时代的町人社会里是完全没有的吧。

在某种意义上，宗达的时代和抱一的时代有相似之处。琳派始于乱世。总之，逃到乱世之外为好，走在街上是危险的。这种感觉存在于宗达和桂离宫时代。抱一的时代，整个社会是颓废的，也有点类似。琳派在最初和最终都没有自足、充分满足、丰盈感。

这和光琳不同。光琳完全没有要从危险的日常空间中逃跑的感觉，他住在京都的中心地带，没有必要逃跑。如果说谁维系着这个世界，那就是我们的感觉吧。比起武士和贵族的力量，町人的力量更加强大。这些直接反映在光琳的绘画中。他们不需要桂离宫，因为京都就是桂离宫。

——朝鲜半岛的儒学和日本儒学的区别

《序说》没有涉及中国，但几乎在同一时代的中国，儒学被采用，佛教几乎失去了力量。在此意义上，中国和朝鲜在本质上相同。我认为朝鲜半岛是彻底的儒学社会，儒学在所有层面都非常强势，几乎没有容纳其他东西的余地。统治阶层的儒学也走向了民众，没有起平衡作用的其他意识形态体系。日本的情况是，佛教没有消亡，但佛教不再一统天下，儒学走向了前台。在日本，儒学和佛教在江户时代被用于维系权力，两者都发挥着作用，这是和朝鲜半岛不同的地方。

我在开始时就说了，由于日本的佛教被政府利用，所以失去了宗教的力量。江户时代的政府吸收了佛教。可是，有吸收不了的东西，那是"神佛调合"，这是又一个不同的地方。神道发挥着作用，可以说德川幕府希望利用佛教和神道配合的民众执行体系，将寺院信徒进行登记制管理，但影响民众精神的是"神佛调合"，没有到影响"神佛调合"精神的程度。在此意义上，即便日本利用了"儒学"，也是和"神佛调合"并行的双轨制。在阶层方面，日本的儒学扩展到了统治阶层。这点朝鲜半岛也一样，但至少在日本，渗透到大众中存在很大的困难，几乎都是散漫的神佛调和吧。知识阶层是儒学。日本也是儒学支持官僚机构的意识形态。

当然，朝鲜半岛也有土著信仰，但儒学太强大了。导致这种情况的最大的原因是地理条件，朝鲜半岛比日本离中国近。丸山真男对此进行了很好的说明，中国文化对朝鲜半岛的影响就像洪水，哗啦一下子进来，全都染成了中国的颜色。说日本是雨滴式的，有啪嗒啪嗒滴落的地方和滴落不到的地方，如果在滴落的地点放上水桶，就可以防止渗透到周围。我认为这也许是基本的不同。

虽然存在知识阶层是否改变了儒学内容的问题，但我没有这方面的详尽知识，想来大概朝鲜半岛的知识阶层忠实于原典，中文应该也比日本人好得多。关于意识形态体系，也更忠实于原典吧。日本则有不太会中文这个问题，对外来意识形态有可能进行所谓的"日本化"。

——在日本，荻生徂徕或伊藤仁斋[9]等分离政治和伦理的观点成为主流，与此相比，朝鲜半岛也有成为国家哲学这个问题，是否没有发生这种分离？

也许是的，但我不清楚。

从朝鲜半岛对中国、对原典更为忠实的一般论而言，我认为也许没有发生分离。徂徕学派分离成政治和伦理的观点

146

没有忠实于朱子原典。中国也出现了明代的古学派，但他们是少数派，是儒者之间的问题。在中国，一般被制度化的儒学教育是宋学。日本也是这样，只是在日本，分解成政治是政治，伦理是伦理，用我们现在的话来说，经济学、医学也有浓厚的分而论之的倾向。日本的儒学是朱子学体系的分解过程。我所说的忠实于原典的意思，是朝鲜半岛也许对朱子学更为忠实之意。朱子学是综合性、总括性的体系，但日本的朱子学被不断地分割，所以医生只在医学方面进行专业化发展，几乎对朱子学的体系化、总括性没有兴趣，实际上……

注释 ——————————

1. 一遍上人（1239—1289），日本镰仓时代中期僧侣，时宗开祖。幼名松寿丸，10 岁出家，后修习净土法门有所悟，自称"一遍"，巡游日本各地，劝人念佛并发放念佛牌（日语作"赋算"），上写"南无阿弥陀佛，决定往生六十万人"，提倡一边跳舞一边念佛的"跳舞念佛"法门。他一生总计向 250 万人发放了念佛牌，影响深远。

2. 俵屋宗达（生卒年不详），也称野野村宗达，江户时代初年画家，号"伊年""对青轩"等，著名装饰艺术大师，在江户绘画史上占有重要地位。其个人经历不明，从其作品判断，大致活跃于 1596 年至 1643 年间，主要活动在京都，是宗达光琳派，即"琳派"创始人之一，尾形光琳艺术之先驱，其诸多作品融合中国画的特色和日本的审美，形成一种新的艺术形式，代表作有《风神雷神图屏风》、水墨画《莲池水禽图》《源氏物语绘屏风》等，其诸多作品被认定为日本国宝或重要文化遗产。

3. 琳派，日本江户时代绘画流派，由俵屋宗达、本阿弥光悦创始，尾形光琳、尾形乾山兄弟发扬，并由酒井抱一、铃木其一继承，也称"宗达光琳派"。以大和绘的传统为基础，具有丰富的装饰性、设计性，多以金银箔为背景，具有精致雕琢的图案化与装饰性特征，题材与中国画题材类似，有花鸟、山水、人物、佛像等，对欧洲印象派、现代日本画、日本设计等均产生了非常大的影响。

4. 尾形光琳（1658—1716），日本江户时代中期画家，工艺美术家，出生于富裕的京都和服商家庭，早年学习狩野派水墨画和大和绘，后受到俵屋宗达装饰画的影响，继承并发展了俵屋宗达的画风，形成了宗达光琳派，即琳派。特别以屏风画、漆工艺、纺织品图案驰名，对当今日本的绘画、工艺、设计等均产生了重要影响，画面常用显色度高的群青色、朱红色、银色等，呈现艳丽的色彩效果，代表作有《燕子花图屏风》《红白梅图屏风》等。

5. 牧溪，南宋僧人，水墨画家，俗姓李，法号法常，号牧溪，其画属于禅画范畴。当时中国社会动荡，牧溪画并未受到广泛关注。随着中日禅僧之间的频繁往来，牧溪画被大量带到日本，深刻地影响了日本水墨画。在日本，牧溪是评价最高的中国画家之一。代表作有《观音猿鹤图》《烟寺晚钟图》《渔村夕照图》《老子图》《松猿图》《远浦归帆图》《潇湘八景图》等。

6. 酒井抱一（1761—1828），本名酒井忠因，日本江户时代后期画家，倾心于尾形光琳艺术，在此基础上，为其增添了纤细的抒情性，成为琳派第三代宗师，也擅长诗歌、书法等。37 岁时出家为僧，从中国《老子》"是以圣人抱一，为天下式"中取"抱一"为号，此后终生使用该号，作品有《夏秋草图屏风》《十二月花鸟图》等。

7. 尾形乾山（1663—1743），曾名新三郎等，号乾山，日本江户时代陶艺家、画家，尾形光琳的弟弟，喜爱读书、参禅，重视雅趣，自成一派，备受后人模仿。其陶窑曾经位于京都西北方位，故号"乾山"，晚年在江户开设陶窑。

8. 桂离宫，位于京都西京区桂川岸边，由江户时代初期八条宫智仁亲王创建，原是八条宫家的别墅，也是江户时代初期建造的最初的庭园和建筑物，展现了当时日本宫廷文化的精髓。亲王去世后，庭园一度荒废，此后江户幕府数次出资扩建，其环游式庭园被认为是日本庭园的杰作。此外，桂离宫内沿湖岸设茶室四处，应四季之景，展现质朴素雅之风，茶室小巧亲和，内部空间分隔自由，地板不施油彩，保持木质纹理。这种简朴的建筑风格对此后日本园林及民居风格产生了很大影响。明治十六年（1883 年）桂离宫成为皇室行宫，始称桂离宫，亦是观月名所，"桂"字源自中国"月桂"故事。

9. 伊藤仁斋（1627—1705），别号古义堂等，日本江户时代前期儒学者、思想家、古义学派（又称堀川学派）创立者，认为《论语》是"最上至极宇宙第一书"。幼时读《大学》，有感于"治国平天下"的理念，有志于儒学。大约在 36 岁时，怀疑宋儒背离孔孟，于是摈弃朱子学，独尊孔孟，主张恢复儒家经典的古义，重视《论语》和《孟子》二书，在京都堀川开设私塾"古义堂"，长期从事教育工作，培养出了一批儒学者，形成古义学派，在日本思想史上占有重要地位，著有《论语古义》《孟子古义》《中庸发挥》等。

第七章　元禄文化

——先生写有一篇《关于新井白石》的非常有趣的论文。
能否就具有可与莱布尼茨相比的实证性、合理性的
白石形象和批判他的荻生徂徕再展开说一点？

荻生徂徕厌恶白石，认为他模仿中国的"先王之道"，将
孔子以前传说中的王——尧、舜的世界理想化、绝对化。白
石关注异文化，大的层面是中国，国内有冲绳和阿伊努。冲
绳和阿伊努是日本的少数民族，他对此分别写有著作。这样
的人物别无他人。

例如，道元的情况，是采取与中国对等的立场，超越中
国和日本的不同，朝向禅宗的悟道。道元说"悟道"是绝对
性的，从"悟道"的观点看，中国人和日本人没有区别，但
白石并非如此，他从一开始就明确地站在中国、大和、冲绳、
阿伊努等复数的民族和复数的文化共同创造了世界这个立场。
而且，他独自一人会见了来自罗马神学院的有学问的神职人

员西多蒂。我认为基督教世界也进入了白石的视野。他是站在这种立场上，说自己是日本人、日本的知识分子，所以研究古代日语，用日语写了相当多的著作。

为什么谈及道元？因为他是唯一一个用日语写代表作的、有学问的僧人。白石的代表作汉文居多，但他也用日语写作。但即便用汉文写，他也编撰了古代日语辞典等，是一位对日语研究、日语表述有着非常清晰意识的人。这是很少有的。我觉得几乎没有像他这样的人了。他意识到了冲绳、阿伊努、朝鲜半岛、中国，甚至还有欧洲的基督教国家，指出国家、民族、文化是多样的，且把日本作为其中之一。他说我是日本人，所以做日本的工作。达到这种见地、且像他这样有成就的人，估计只有白石一个。

同时，我认为和刚才所说内容间接有关的是，因为如此，白石的思考具有合理性。为了说中国人、朝鲜人、冲绳人、阿伊努人都能懂的话，必须具有合理性。"以心传心"只有同村的人才懂。白石当然变得具有合理性。在日本历史上，他是非常特殊的人物吧。我认为今天的日本人或多或少也需要沿着白石的路线前行，否则无法在未来的世界中生活吧。

和道元的"不畏惧中国"有点不一样。道元有"中国对日本"的问题意识，为了成为平等的关系，必须有超越两者的权威。这是禅的"悟道"吧。白石不提及这种绝对权威，勉强说来，他相信理性的普遍性——几乎"万人共有的良识"。

如果说到我个人，我也和白石的想法相近。并非因为觉得日本是世界上最有趣的国家，或者因为相信既超越日本又超越世界的权威，而是因为我是日本人。为什么说法语而不说日语？是因为觉得日本人说日语很正常，这是相当权宜的想法。最首要的，日语是我最擅长的语言。为什么不用最擅长的语言？所以没必要特地使用中文，白石就是这种立场。

《藩翰谱》[1]和《折焚柴记》[2]也都是用日语书写的，不是汉文。重要的书用日语写作。白石选择研究对象的方法也和徂徕不同。白石的想法是，古文字学始于中国，但中国人钻研中国的古学，日本人为什么不研究日本的古学？这是一种平静的知性判断，和宣长也不一样。宣长说觉得窝心，所以希望努力，排除汉意〔唐心之意〕，和儒者进行斗争。白石没有说斗争，他是朱子学学者，他的话更加沉静。为什么不能中国人研究中国，日本人研究日本？这是非常冷静的想法。

徂徕是一个博学之人，读他的《论语征》[3]，会发现他对《论语》的解释非常有趣，可见徂徕独特的个性。

孔子曾经批评旷课的弟子宰予，那是因为宰予睡午觉的缘故。孔子非常生气，说像你这样的家伙没办法对付，没办法教，只能开除。睡午觉确实不好，但开除实在太严厉了吧。

所有儒者都在孔子是圣人、不会出错这个原则上论述，所以虽然批判孔子的反应不合适，但从常识考虑还是有点奇怪。

因此，出现了各种牵强附会的解释。徂徕的解释——虽然从原文引用比较好——认为即便原本就不是心爱的弟子，但像孔子这样的圣人因为睡午觉这样的事开除弟子是不可思议的。于是，他推测里屋即寝室，在寝室睡觉的意思并非睡午觉，也许是和女人睡觉。这样一来，因为发生在老师授课时，孔子生气也就合情合理了。这是徂徕之说。

这种理由谁也想不到吧。徂徕了不起的地方是，不仅这种解释也许成立，而且探讨了"里屋"这个词的实例，推断此处也许是"寝室"之意。不仅仅是感想，而且提出证据。所以，徂徕很有意思。

注释书的意义

这是琐碎的话题，再说个粗率的话题，我认为在日本的学问世界，大家都从一个文本出发，根据其注释分成各种学派的形态也许只有《论语》。也就是儒者中建立新的学说的人，是基于《论语》的新阐释建立新学说。无论哪个儒者，创建独特学派的人都撰写了阐释《论语》的书，伊藤仁斋也是这样。仁斋之后，徂徕写了，但在研究日本的学术界不大有这种现象。

没有根据《古事记》的解释出现各种学派的现象。

这种现象和新教神学的发展非常相似。从广义讲，是对基督教神学中的《圣经》的理解。从狭义讲，比较晚近的19世纪末到今天，新教神学学者关于神、关于基督教教义的解释很多，《罗马书》即相当于他们的《论语》。由于对《罗马书》的解释不同，由此导出的思想体系也不同。思想体系不同的起点是《罗马书》，即具有独创性的思想家都撰写《罗马书释义》。徂徕是18世纪的案例，如果我想起的是20世纪的，那就是第一次世界大战前后的卡尔·巴特的辩证法神学。

徂徕的《论语征》的散文中有一种独特的语调，非常有趣，巴特的《罗马书释义》也是。后者并非很厚的书，由于对《罗马书》的解释不同，所以巴特有关神和人的关系的新议论也和别人非常不同，读起来非常过瘾。巴特的散文绝非无聊的、学究式的、对细节刨根问底似的东西。因为是注释，所以也有看起来是这样的，但注释中流露出作者的世界观和热情，富于感染力。虽然没到口齿锋利的程度，但和徂徕类似。徂徕的文章中也有连珠炮般的批判。徂徕使用"非"或"否"等词语。其理由是第一什么什么、第二什么什么，让人无法逃遁般地穷追不舍，最后得出结论——朱子错了，完全不懂《论语》(笑)。说话犀利，非常有意思。

如果经典的解释没有不同就不会有新思想。如果新思想产生了，解释就会不一样。有必要理解这种学问状态和注释书之间的关系。

吉川幸次郎先生去世前写了《杜甫诗注》这本书，但没有书评。吉川先生是一位了不起的学者，所以也存在无法批评大先生的解释的问题吧，但我认为吉川先生是把那本书作为主要著作写的。写论文也是学者的工作之一，但注释书可以成为思想家的核心，《杜甫诗注》也许正是那样的著作，必须表示相应的敬意。《杜甫诗注》的独创性在哪里？应该强调其划时代的意义。

——在中国、日本及欧洲，文学中注释书的定位不同吗？

注释书是主要文学著作的想法是中国的。欧洲的情况并非如此，虽然《罗马书释义》是欧洲的，但欧洲或基督教国家更多地依据《圣经》。

——西乡信纲曾经写过好几册的《古事记注释》，石母田正也几乎在同一时期岩波书店的"日本思想大系"中对《古事记》进行了注释，但评论还是很少。

我认为应该纠正对经典注释书评价过低的问题。我曾经参加过岩波的《思想》书评委员会，好像那里认为文学是小说的人很多，我曾经煞有介事地宣传说注释在中国不是次要的，而具有作为主要著作的地位，是一种文学传统。于是，有人就说现在才第一卷，第二卷出来后，你写吗（笑）？那不过是借口罢了。我说问题是，从工作性质的角度对这个作者而言，是否是主要著作。最终，因为没人写，所以才问加藤先生写吗。我说我不是研究中国文学的学者（笑），没有能力评述吉川幸次郎吧。

我说岩波书店的《思想》或《文学》杂志不是为了赚钱而办的，所以，可以对此完全一言不发吗？但还是不行。这不仅仅是日本的问题，但日本既没有《圣经》，也不读《论语》。即便是以文学赚钱的人，也许全部读完《论语》的人也不多吧。《论语》是像《圣经》那样的书。阅读那种经典，肯定会有所发现的。

注释 ————————

1. 《藩翰谱》，新井白石著，全 12 卷，江户时代的家传、系谱书，略称为 "藩谱"。1700 年受甲府藩主德川纲丰之命编纂，1702 年完成。收录 1600 年至 1680 年各地大名 337 家的由来和事迹，并配有世系图。第一卷记述亲藩大名（德川诸家）、第二至第六卷记述谱代大名（又称世袭大名，即一直追随德川家康的大名）、第七至第十卷记述外样大名（即关原之战前与德川家康同为大名或后来的投降者，地位最低，常被幕府监控，后来成为倒幕的主要力量），其他两卷记述绝嗣大名。

2. 《折焚柴记》，新井白石的随笔，3 卷 3 册，约完成于 1716 年，前半部分叙述其祖父母、父母事迹和幼年故事，后半部分记载其从政期间的种种经历，具有较高的史料价值和文学价值。

3. 《论语征》，荻生徂徕著，10 卷，初刊于 1740 年，日本《论语》注释书，被认为是日本最出色、也是最具争议的《论语》注释书。徂徕认为《论语》论述了先王之道，孔子的伟大之处在于他将先王之道传给了后世。清代刘宝楠（1791—1855）曾在其《论语正义》中引用《论语征》。

第八章　町人的时代

　　——中野好夫[1]指出作为科白剧的歌舞伎中也有很多知性

　　台词……

　　中野好夫引用了"当差不自在"这句台词。在那么长一段时期里，许多日本人观看的戏剧中，富于知性、刺激性的台词很少。"不自在……"这句台词大致上是富于知性的看法，但我认为是一个例外。中野先生引用了一两个例子，这是极端的例外。一部莎士比亚的戏剧都比全部歌舞伎在知性方面更富于刺激性。所谓"不自在……"是那种牺牲一切的悲伤之事是由当差引发的意思吧，是非常情绪化的。

　　杀了尤利乌斯·恺撒的布鲁图斯说："我不是不爱恺撒，但比起恺撒，我更爱罗马。"这是对共同体的忠诚和个人友情之间的对立。恺撒有成为独裁者的野心，为除掉他而造反，这是自我辩护。自我辩护的理由很有意思。歌舞伎中个人化、情绪化的台词很多。但"吃寿司！"这种说法缺少知性刺激

158

（笑）。这是有名的台词。"绝景啊！绝景啊！"是登高望远的意思吧（笑）。我认为知性内容很贫乏。

——尽管如此，或者正因为如此，演员的演技或服装等受到町人文化时代大众支持的理由是什么？

那是场面豪华的缘故。哲学没有发展下去，而这些技术性的事物倒是得以发展，旋转舞台啦、推出装置啦、空中悬挂啦，这些非常发达。从18世纪末到19世纪，歌舞伎的舞台设备也许是世界第一，非常高效，富于变化，服装当然也很发达。我认为感觉性、技术性方面不断发展，但哲学方面的内容不一定与此相称吧。

知性台词少的另一个侧面，是歌舞伎的重要讨论都是一对一的，在舞台上表演谁说服谁的场景。这是认识的人之间的、两个人物之间的互动，所以，也许感情因素成为最重要的问题。但是，知性魅力对任何人都是通用的，理性具有普遍性。虽然江户时代的人不考虑这些，但受此限制，正如笛卡尔所说，必须合乎逻辑地、合理地说服陌生人。

在中国，周围有很多不会说中文的外国人，为了和这些人进行交流或辩论，只能进行条理清晰的、合理的议论吧。所以，我认为可能也有必须变得知性的因素。莎士比亚剧中有不是说服熟人，而是呼吁大众的场面。为了说服或煽动陌生的罗马民众，感性的、只是两个人之间的沟通的语言是不合适的，所以会使用更具普遍性的语言。

歌舞伎对感情场面的处理非常巧妙。演技、服装、背景、音乐、剧场结构等都得到了非常高度的发展，这是众所周知的。不仅如此，我认为歌舞伎的著名剧目在描写感情的高涨、高潮方面非常巧妙，只是并非知性、普遍性的。歌舞伎绝对不会呼唤"诸君"啦、"日本人啊""我的同胞啊"之类的（笑），而是个人化地对另一个人物说："吃寿司吧！"不会说"Friends, Roman's country men, please eat sushi"（笑）。

歌舞伎不会这么呼吁。即便是政治问题，例如，在《劝进帐》[2] 中，弁庆无论如何都想救义经。富樫感动于这种忠诚心，即便看破了真相，也假装不知。但是在家臣面前放跑了义经可不行，所以富樫也想说服自己的家臣，假装相信这真的不是义经，为了说服家臣而进行表演。弁庆理解了富樫的表演，于是也开始表演。两个人演戏，欺骗周围一班人。当然，这是两个人的互动。

《劝进帐》的时代背景是武装起义时代。义经和弁庆在逃亡时，为什么不组织武装起义的大众和源赖朝派出的军队战斗呢？如果失去了军队，为什么不通过大众组织战斗呢？这正是马克·安东尼所做的事。布鲁图斯想要夺取权力时，马克·安东尼是怎么做的呢？不仅和布鲁图斯讨价还价，还煽动全体罗马市民。义经没有做这种事。他虽然向奥州藤原氏诉说，但最终一次也没有向大众诉说。我认为这是背景。

歌舞伎中没有大众的登场，也没有对大众的演讲。这在莎士比亚剧中则常常出现，《尤利乌斯·恺撒》就是，历史剧《亨利五世》也是。不是一对一，而是把士兵集中起来演讲："想一起来的家伙就来！想回去的就回去！"然后，再一次说服士兵，只带走能够一起积极战斗的人。这是根本性的问题。如果大众不出现，吸引人的东西就是表现感情方面一对一的人际关系和剧场的服装或设备吧。

———以支持歌舞伎的町人为对象，较之哲学上的东西，是否不得不采取娱乐第一呢？另外，支持莎士比亚的英国人是贵族阶级，这是否是因为支持阶层不同？

莎士比亚和日本的能也许非常相似。在阶层方面，从上到下都来观看。贵族来环球剧场，但大众也来，并不仅仅是贵族支持。也有吃盒饭或喝酒的观众，似乎相当吵。莎士比亚的情况就是这样。

作为歌舞伎发展的一个理由，能和狂言在室町时代非常大众化。尤其是京都的河原能³，几乎比贫农更加底层的、近乎农奴阶级的人们也来观看。当然，僧人和贵族也来，在极端情况下，将军来。从将军到乞丐都观看的是京都的"劝

161

进能"[4]，那也是室町时代的事。可是，贵族和占统治地位的武士阶层在德川时代夺走了能和狂言。只限定统治阶层参与，不让老百姓进入。而且，由于采用专聘剧团的形式，演员能够从剧团领取工资，和大众分离了。所以，我认为大众有发展歌舞伎进行抵抗的意思。

也有些地方无法完全断言没有艰涩的哲学。狂言中有相当多哲学性的内容。材料和观者本来就是群众性的，我认为能也可以增加一点狂言的要素。也许狂言中的哲学性内容比歌舞伎反倒多一点，说话相当犀利。歌舞伎中不太涉及作为衡量生活水准的经济问题，但狂言有比较多的涉及。

还有，男女关系也是狂言中的更为自由。强化男女之别，是因为歌舞伎虽然是町人的表演艺术，但受欢迎的歌舞伎作者较多保留着武士社会的价值体系或伦理观。如此，当然也包含男女差别，所以，歌舞伎还是有男女差别的。狂言则不然，大多是太郎冠者[5]整治大名[6]，相反的则不多。"女物"[7]的情况是这样的，如果女性登场，大多是男性被整治，男性整治女性的狂言很少。无论是《钝太郎》，还是《漆匠》，都是女性聪明，有能力，教训男性。歌舞伎中几乎没有这些。

这是非常大的不同。德川以后的歌舞伎中没有对庶民生活的描写。为什么呢？无论是男女差别，还是权力方面的阶层差别，总之，江户时代是一个差别社会吧。室町时代更为开放，差别还没有那么固定。所以，会表现聪明的家伙欺负有点愚笨的上司。原则上男人了不起，女人侍奉男人，但实际情况是，女人聪明，男人则是傻瓜；男人或被嘲弄，或喊救命什么的。这种"笑"从歌舞伎中彻底消失了，这是幕藩体制阶层结构的反映，室町时代并非如此。这么说，还是曾经有过一次并非如此的时代的。

再补充一点，即便是江户时代，在农村，男女差别也是比较不明显的。可是，歌舞伎很少在农村上演，它是一种町人戏剧。町人社会导入了武士阶级的阶层性，而且，相当儒学化。

——据说让·谷克多观看了歌舞伎后，把它采用到了《美女与野兽》中。法国人怎么看歌舞伎？

谷克多这么做，还是可以想象出来的，甚至让·路易斯·巴劳特也对歌舞伎感兴趣，太阳剧团也制作了引入歌舞伎的演出。这是引入了刚才所说的舞台结构或服装色彩，和戏剧内容完全无关。他们不懂日语，仅仅观看，什么也不明白吧。花道[8]之类的很有意思，这和古希腊戏剧也有相通之处。古希腊戏剧不是画框式舞台，而是周围围一圈观众，中间有舞台。舞台位于观众中这一点，花道也有一半是相同的，因为演员就在客人旁边表演，不像现代剧那样，有举止端庄地纳入画框或舞台中这个共同点。他们对这些也感兴趣吧。

还有，假面剧的传统在欧洲也很深厚。威尔第的歌剧中也有，剧场外面也有假面舞会，狂欢节时，街上满是假面男女。我认为化妆本来就是对面具的模仿。中国戏剧中频繁使用脸谱等，用直接涂抹代替假面。现在，大家也许对旋转舞台不那么吃惊了吧，但肯定对花道等舞台空间和面容、服装色彩感兴趣。

还有，也许程式化的说话方式很有趣。在太阳剧团，一位叫姆努什金的女人采用了歌舞伎的形式，演员通过花道，两边有观众，画着脸谱出场。我们也觉得好像武士出场了。虽然不是正确的模仿，总觉得武士似的演员出来，说台词时，台词既不是法语也不是日语，只有声调，"哇——呜呜呜哇——"之类的（笑），总觉得有点像歌舞伎的语调、发声法，和古希腊戏剧也不一样。剧团进行了这样的表演，是在把文森森林中的古老兵器库进行改造后的剧场。

保尔·克洛岱尔没有就歌舞伎写什么，但就能写了。不仅如此，他还创作了深受能影响的《缎子鞋》这部戏剧。主角在前面部分是勇敢的文艺复兴时代的冒险家，后面则是没落的濒死男子。不是两个人的斗争，而是同一个人物不断变化的戏剧。

人物必须是一个，如果是卒塔婆小町，则卒塔婆小町成为核心，其他人物就像附带的吧，而不是两个人物争斗。西方式的，尤其是近代剧，两个人物是基本的，其间再发生点什么。只是只有两个人物出来会很无聊，所以，会有例如吵架啦、拥抱等场面。可见，欧洲式的戏剧就是"会发生点什么"。

可是，能不一样，无论怎么等待都不会发生什么（笑）。反正剧情发展非常缓慢，嘿，也许也有这个问题吧，总之能的出场人物是一个人，一个人不可能发生什么。不会发生什么，但人物很有意思。比如，小町那样个性化的人物到达，arriver 这个法语单词是"到达"的意思。克洛岱尔说："戏剧是会发生什么事件，但能是什么会出现、到达。"

《缎子鞋》是克洛岱尔的代表作、封笔之作。日本有渡边守章包含详细注释的出色的日语翻译版本（岩波文库）。对于克洛岱尔而言，对能的关注不仅仅是玩笑或一时的心血来潮。我认为能深深地吸引了他。"生"与"死"的剧情，人的意志和命运的必然，梦幻能[9]的结构几乎能和希腊悲剧的同类剧目相呼应。

——在"大众的眼泪和笑"（《序说》上卷，第448页）和"笑的文学"（《序说》下卷，第135页）中出现了包含町人文化中的川柳、诙谐的小故事，也写着"但是农民没笑"（《序说》下卷，第137页）。是"笑"不出来吗？西方农民的"笑"是怎么样的？

这段叙述的重点是笑不出来，农民的文学中没有"笑"。

市民文学中，"笑"逐渐增加，但天明时期发生了武装起义，所以农民相当痛苦。他们上面有町人文化和武士文化，即便酒井抱一之类的也一样，是奢侈的统治阶层。

在欧洲，存在是否可以称作农民这个问题，但在非统治阶层的民众中有"笑"的文学。创作"笑"的文学，做了大量相关工作的是16世纪法国的拉伯雷。《巨人传》是哄笑。拉伯雷的作品的一个支柱是生命力那样的东西，喝大量酒，哈哈大笑的那种，他的笑并非无害，对政府、贵族、学者，还有教会神职人员的强烈的"笑"，常常具有攻击性。

我认为从中世纪到文艺复兴时期，包括法国农民在内的民众中的"笑"是很多的。

——不断说俏皮话是町人的文化吧。与此对应的关西的"笑"的文化呢？

是的，江户时代的——尤其是18世纪至19世纪的町人文化中俏皮话比较多。大概直到18世纪中叶，日本文化重心位于关西。从那时开始，文化的新的创造力转移到江户，"别致"啦、"豪侠"啦，"男子气"等词汇就是标志。"侠客"这个词原本是中文，但江户时代也用，比如像"助六"那种人。可是，因为是《助六由缘江户樱》[10]，所以"助六"的故事发生在江户，他说着江户式卷舌连珠炮。法语到法国南部卷r音，但日本则是粗鲁而爽快的江户方言。

我也许是小时候听过"粗鲁而爽快"语言的最后一代人吧。不是我爸，但我爸的熟人中有说地道江户方言的人，是分不清"ひ"和"し"的区别的真正的江户方言。后来，去歌舞伎剧场听了舞台上歌舞伎演员的台词，最后说"粗鲁而爽快"语言的到比我大五岁左右的人为止吧。作曲家小仓朗在日常会话中留有一点轻微的卷舌调，但现在已经完全消亡了吧。嘿，这可不太知性（笑）。

——看江户时代农民的感情生活时，觉得各地留存的民谣中，有"劳动""祝贺""恋爱"等各种各样的和歌。如果仔细挑选，可以发现农民喜怒哀乐的端绪吗？

我认为是的。但这方面有点薄弱，我也就没有涉及。我认为还有民俗学方面的材料，《序说》没有充分挖掘，虽然意识到了。

过去，涉及外国影响波及前的资料太少。后来的时代，外国影响在阶级层面，从上层进入，尤其是通过政府进入。佛教具有典型性，甚至没有信徒，却建造寺院，国分寺就是这样的吧。这样一来，口传文学只能使用收录它们的文献，若非如此，口头相传的东西就会消失殆尽。当然，存在民俗学学者所谓听老辈的故事，并记录、收集起来的情况。这是柳田国男拼命做的事，但我认为应该收集这种民俗学材料和古文献，还有两者都不是的口传故事，把这些全部纳入使用范畴。若非如此，"文学史"总是统治阶层或知识阶层的文学话语，大众完全被置于圈外。

只是，将此纳入学术在技术上存在非常困难之处。古代文献，尤其佛教传入以前的资料真的非常少。书面资料就是《古事记》《风土记》，还有"古代歌谣"和"祈祷文"吧。民间故事可以想象，确实非常古老，尤其离岛的民间故事不容易发生变化，想来是被长期保存下来的。那么，是什么时候的呢？几乎陷入无法推断的状况。即便说很古老，但如果问这个故事大概几世纪出现的，则是无法知道的。这是致命性的问题。

但是，因为只有这种材料，所以极为重要。可是，由于落语啦、小笑话中有一些记录下来的东西，所以采用了，但这只是一个开始。迄今为止的"文学史"完全无视落语等内容。我认为明治以后的"文学史"也可以更多地涉及落语。漱石是东京人，所以非常看重落语，觉得很有趣。关于大众文学，战后的鹤见俊辅在《思想的科学》中有所涉及吧，但没有继续深入下去。大众文学有点无聊（笑），调查起来很困难。

——安藤昌益[11]对同时代有影响力吗？

关于安藤昌益这个人，有很多不清楚的地方。似乎完全没有对同时代产生影响，因为没有同时代的文献，没有证据表明同时代人意识到了安藤昌益的存在。任何地方都没有昌益的名字。很久之后，他的存在在他生活过的地方得以确认，但一般文献没有记载。富永仲基[12]也只有极少一部分人知道，但那部分人非常了解他。昌益被抹杀了，没有人知道。

昌益好像在东北从事农业，也行医。读他的主要著作《自然真营道》，与其说是过激的体制批判，不如说是一种无政府主义似的东西，"不耕不食"，说是真正的人之道在于耕食，禅宗中也有，就是这样的观点。由此，他主张武士放下一切，说武士只是寄生虫，从幕府将军到下级武士都不需要武士，这是非常过激的观点。这是其思想核心，当然也关涉否定体制。也许他开了私塾，也编了教材，对村民发了言，但没有外出，也没有印刷作品。

明治以后，出现了研究明治思想史的人，发现了《自然真营道》。此后的日本开始知道他，但并没有广为人知。《自然真营道》出版后，也没有被广泛阅读，只有业内人士了解，但战后不久，驻日加拿大首席代表赫伯特·诺曼广泛收集安藤昌益的资料，写了题名为《被忘却的思想家安藤昌益》的书，这是新书版[13]，不是厚书。介绍昌益，需要把他和让-雅克·卢梭进行比较。昌益是"耕作生活"的思想，卢梭也有"回归原始生活"的思想。社会的恶是由于工业化或商业的介入等产生的，所以，应该回归商业活动活跃之前的原始生活，这是卢梭的言论之一。正确地说，是卢梭某一时期的言论之一。

——日本也有接受"无政府主义＝暴力"的思想家吗？

在向镰仓时代过渡的转折时代，以京都为中心的律令体制遭到了反抗，所以，以东北为中心的地方武士阶层的变革要求内含暴力。可是，我想不起来接受无政府主义的代表性思想家。接受暴力的思想在江户时代初期也没有出现。我认为没有特别出现这样的思想家。

只是，中国的儒者在很长一段时期内有辩论的传统，即恶王出现时，是否可以征伐的问题。夏朝最后的国王桀，是一个杀人恶王。于是，原家臣汤推翻了桀，建立了殷王朝，这就是汤王朝。可是，根据儒家思想，必须宣誓对主君忠诚，所以产生了是否可以弑君的问题。殷繁荣昌盛，但最后的纣王又干了坏事，于是，其家臣、后来成为周武王的姬发杀了纣，建立了新王朝；在建立王朝的同时弑君，所以在某种意义上是一种暴力。这里又出现是否肯定消灭恶王的暴力这个问题。这是在儒学框架内，在中国反复议论过的话题，这就是"肯定还是否定汤和武王弑君"问题。

中国的议论当然也传到了日本的儒者中。这一议论进入日本的话语分成两种，德川时代的儒者中也有接受肯定说的人。若非如此，情况会有些不妙。德川家康消灭了丰臣氏，归根到底，是行使了暴力，为了肯定德川家康，自然也要肯定这点，否则有点不合适。林罗山[14]就是这样。御用学者大体上都倾向于允许弑恶君。从细的方面说，存在丰臣氏是否坏这个问题，但在此之前，作为原理性的问题，也有说法认为，如果绝对服从王，则暴力是不好的。

江户时代后期，大阪的大盐平八郎[15]是阳明学一系的人，为了拯救农民，虽然不是针对王，但他反抗政府，使用了暴力。这是"大盐平八郎之乱"事件。大盐有理论，认为如果是虐待人民的地方官，则不得不除掉；如果对方反抗，则不得不行使暴力。因此，虽然日本也有即便行使暴力也要推翻恶性权力的思想，但"大盐平八郎之乱"立刻遭到了镇压，没有成功。

虽然存在源氏和平家、丰臣家和德川家之间的那种权力者之间的战斗，但在日本，并非这种的，而是明显从下层对权力行使暴力的事例很少，也没有成功的例子。所有的武装暴动被分裂是其特点。在这类事件频发的时期，这里或那里的村子，到处发生无数的武装暴动，所以政权受到相当的震动，但武装暴动一方，内部却没有横向联系。所以，一个个地捣毁就可以了。

抵抗是个别的，所以权力得以幸存。唯一的例外是"一向起义"[16]，通过一向宗的讲经会，在起义和起义之间建立联系。这是日本史上最初，也是迄今为止最后的事例。对于农民的反抗——16世纪德国的农民战争等也是这样——武士势力派出军队进行镇压，希望挽救其统治，但起义一旦取得横向联系，就不会那么容易失败，因为抵抗的农民一方会协同作战。这么一来，武士势力进不了村子。最终，越中一带在一百年到一百五十年间形成了解放区，武士不能进入，也无法收取税金。他们得以自己生活。这是日本唯一使用暴力进行反抗的成功案例。

一向宗的背景是净土真宗，净土真宗的总寺院是本愿寺，本愿寺自身拥有武装力量。到16世纪后半期，各地的大名们也对"一向起义"无可奈何，最后动手的是织田信长。织田信长烧了本愿寺，镇压成功。从起义一方来说，他们败给了织田信长，退无可退。起义被全部镇压了。

织田信长是一个颇有创意的人，是第一个在日本的大阪湾建造了金属制的船的人。船的主体是木制，周围和船顶是金属制，以便防御，他也从海上进攻并攻陷了本愿寺。织田信长为什么做这么有趣的事，则是另外的话题了（笑）。

无政府主义在日本不流行的原因

无政府主义在日本不流行的原因是日本人不是个人主义者。无政府主义最终要把社会分解成个人，宣称捣毁一切权力、凭借个人的自由意志捣毁权力。在某种意义上，这是彻底的个人主义，政治性个人主义空想的极致就是无政府主义。

可是，无政府主义存在弱点。如果建立一个把个人的自由当作绝对、个人不受任何政府约束的体制，政府就会灭亡。可是，政府一旦灭亡了，像强盗头子那样的个人会取代政府逞威风，最终无法实现平等（笑）。说是为了平等的社会，为了不让粗暴的家伙逞威风，大家一起建立政府，但如果推翻政府，腕力强的家伙又开始发号施令。与其如此，不如大家共同协商，尽量建立一个良善的政府。无政府主义内部是存在矛盾的。

只是，我认为，为了维护民主主义、社会主义政府，无政府主义精神总是必要的。为什么？因为即便是协商建立的政府，政府也会变得一意孤行，会干一些违反人民意志、违反人民利益的事。就像在从属外国的情况下，不听日本国民说的，但对外国老子说的话表示"这个支持"什么的（笑）。也不是在被占领时期，但政府必定会有这种倾向。

如果说怎样才能抗衡这种倾向，无政府主义式的想法是很重要的。让每一个个人都不是依靠被操纵的大众组织,而是依靠每一个个人的信念进行抗争的意识深入人心,防止政府权力的滥用。所以,包含无政府主义的社会主义是合适的。若非如此,就变成斯大林主义了。布尔什维克是为了人民的社会主义革命组织,为什么变成斯大林主义了呢?一个根本问题是斯大林把无政府主义全部消灭了。以为否定永久革命、认定无政府主义是反动的,斯大林就会复苏。事实并非如此,即便在斯大林时代,革命也不会终结,革命将永久持续,如果背叛大众利益则取而代之为好。政府不是绝对权威,必须说,每一个个人都有其价值。

可以说,西方或多或少存在着无政府主义的影响。英国也是,更彻底的是法国的个人主义,即 Républicanisme,"共和国主义"。自法国革命以来,这种思想宣告人民作为集体,是自己的主人,不接受任何人的命令,君主制度应该废除。并且,在集体内部,每一个个人也主张自我。这是民主主义的观念,所以,极端地说,法国人有点无政府主义倾向。在典型事例方面,虽然看上去是非常稳健、保守的个人主义者,阿兰[17]就是这样。阿兰的哲学有点无政府主义倾向。这些距离日本那么远。日本人不独立行事,而是大家一起干。也许输入一点无政府主义精神为好。

日本的社会主义运动，在苏联革命发生后，成立了日本共产党，没有无政府主义时代。大杉荣[18]是无政府主义者，但也就到1923年为止，他在大震灾时被杀害了。由于大杉被虐杀，日本无政府主义运动急速衰退，没有留下什么。1911年幸德秋水[19]被杀害，1923年大杉被杀害，无政府主义消失殆尽，日本的社会主义运动只有布尔什维克了。

无政府主义是个人主义，所以不会成为斯大林主义。斯大林的情况是，保卫社会主义国家并使其发展的"组织"很重要。如果说，如此那个人怎么办？"稍等！将来，什么时候，美好的日子会到来的吧，现在忍耐一下！"问题是这个"现在"会持续到什么时候？"歌唱的明天 Le lendemain qui chante"的"明天"什么时候到来？无政府主义不是"歌唱的明天"也许会到来，而是今天必须歌唱。

注释 ————————

1. 中野好夫（1903—1985），日本英文学者、评论家、英美文学翻译家，历任东京大学、中央大学教授，战争时期曾任日本文学报国会外国文学部干事长，战后进行了公开谢罪。

2. 《劝进帐》，1840 年初演，日本歌舞伎十八番（十八出拿手剧目）之一，以能乐《安宅》(劝进帐）改编，讲述源赖朝消灭平家取得政权后，又想除掉功高盖主的弟弟源义经的故事。源义经与家臣弁庆化装成化缘僧逃走，逃至安宅（今天的石川县小松市）时，被源赖朝的守将怀疑，弁庆沉着应对，假装主仆一行是普通化缘僧，并大声朗读化缘簿，终于清除了守将的怀疑。《劝进帐》是日本经典剧目之一，也常常出现在当今电视剧、动漫故事中。日语"劝进"是"劝布施""化缘"之意，"劝进帐"即"化缘簿"之意。

3. 河原能，即河滩能。日语"河原"即中文"河滩"之意。"河原能"即日本古代"河原者"表演的能剧。"河原者"是古代居住在京都贺茂川河滩的人群，也称"贱民""秽多""非人"，是日本社会最底层的人，被排除在社会之外，无纳税义务，主要从事动物宰杀、皮革加工等工作，也从事一些造园、挖井等体力活或乞讨、行商等工作，演艺业也是他们的重要职业之一，这使他们成了日本艺术史的源头之一。

4. 参见《劝进帐》注释。

5. 太郎冠者，日本狂言中最重要的角色类型，一般担任大名或主人的随从、仆人，很多时候是主角。"冠者"原指成年男子，源自《礼记》"以冠而字之，成人之道也"，在狂言中指"仆人"；"太郎"是"第一个"的意思，"太郎冠者"即地位最高的仆人，他们或爱偷懒，或好饮酒，却很忠诚，总之在狂言中是充满着人情味的角色，相关角色类型还有"次郎冠者""三郎冠者"等。"狂言"是日本传统笑剧，类似中国唐代的参军戏。明治维新后，狂言与能剧一起，合称"能乐"。"狂言"二字源自佛教术语"狂言绮语"。

6. 大名，古代日本封建领主。这个词最初出现在平安时代，指拥有较多土地的领主，往往拥有自己的武力。这个词在不同时代内涵有所变化，但基本上指拥有较多领土与影响力的领主，相当于中文的"诸侯"。

7. 女物，日语也作"女能""鬘物"，指以女性为主人公的能剧或仅有女性表演的能剧。

8. 花道，日本歌舞伎等表演的舞台装置之一，与舞台等高，从观众席一直延伸至舞台的走廊，是演员的上下场的通道，演员也可以在此进行一定的表演，有利于营造一种三维的空间感。

9. 梦幻能，能剧可以分为讲述现实世界的"现在能"和讲述神鬼灵异的"梦幻能"两大类。其中，梦幻能由配角的梦境或幻境构成，主角是神、鬼、精灵等非现实存在。剧情一般是某旅行者或僧侣在似真幻的梦境或幻境中，见到故人的灵或超自然存在，听其追忆往事，最后随着配角的梦醒而剧终。《高砂》《井筒》《松风》等能剧代表作均是梦幻能，具有宗教仪式剧的性质。"梦幻"二字源自《金刚般若波罗蜜经》中的"梦幻泡影"语，展现了一种空的境界。

10.《助六由缘江户樱》，日本歌舞伎代表剧目之一。

11. 安藤昌益（1703—1762），日本江户时代中期的农民思想家、医生，代表作《自然真营道》，即"自然的真正规律"之意。长期不为人所知，1899 年被狩野亨吉发现，才开始被人知晓。1949 年加拿大赫伯特·诺曼发表了相关研究成果，其名字开始走向世界，有学者把他誉为"东方的卢梭"。

12. 富永仲基（1715—1746），日本江户时代中期大阪的思想史家，生于大阪商人家庭，10 岁入大阪怀德堂学习阳明学，其父是怀德堂的五个创办人之一。他主要基于怀德堂的理性主义、无神论立场，实证性地研究儒教、佛教、神道，在音乐方面也有较高造诣，其思想对本居宣长、平田笃胤等人影响甚深，有代表作《出定后语》等。

13. 新书版，指日本出版中丛书的一种，尺寸较小，经常为新近刊行的学术出版物，"岩波新书"就是其代表。

14. 林罗山（1583—1657），日本江户时代初期朱子学派儒学者，江户幕府儒官林家的始祖。名信胜，法号道春，曾在 12 岁时入京都建仁寺学习佛学，又拜日本近世儒学之祖藤原惺窝为师，后入仕德川家，历任四代将军的侍讲，起草外交文书和诸法度，奠定了朱子学成为日本官学的基础，也试图融合日本的固有信仰与朱子学说，著有《神道传授》《本朝神社考》《本朝通鉴》《罗山文集》等。

15. 大盐平八郎（1793—1837），名后素，通称平八郎，日本江户时代后期阳明学派儒学者，奉行知行合一。曾经长期担任"与力"（类似管理民政事务的警察）。1830 年辞职，开设阳明学私塾洗心洞，专事教育与著书。1833 年至 1839 年，日本长期低温气候造成农业歉收及全国饥荒，史称"天保饥荒"，有人趁机抬高米价，民不聊生。1837 年 2月，大盐平八郎及其门徒等揭竿而起，捣毁米店，焚烧豪商住宅，史称"大盐平八郎之乱"，起义当天就被镇压，大盐平八郎自杀而亡。

16. 一向起义，15 世纪末至 16 世纪末，日本进入战火纷飞的战国时代，净土真宗本愿寺派（一向宗）的信众们也揭竿而起，1488 年夺得加贺政权（今石川县南部），建立自治区域，之后，暴动蔓延至日本多地。1570 年至 1580 年，织田信长发动针对本愿寺的全面战争，史称"石山战争"，以本愿寺失败而告终，加贺政权也于 1582 年失败。

17. 阿兰（1868—1951），原名埃米尔–奥古斯特·沙尔捷，阿兰是笔名，法国哲学家、教育家、散文家、和平主义者，毕业于巴黎高等师范学院，曾经长期从事反法西斯斗争，著有《幸福散论》等。

18. 大杉荣（1885—1923），日本思想家，大正时代的社会运动家，无政府主义者。毕业于东京外国语学校法文专业，青年时代接触幸德秋水等创办的"平民社"，参加社会主义运动。1912 年与荒畑寒村等一起创办《近代思想》《平民新闻》等刊物，曾于 1920 年 10 月赴中国上海参加远东社会主义者会议，1922 年参加柏林国际无政府主义者大会，后在巴黎演讲时被捕，被遣返日本。1923 年 9 月 16 日，关东大地震仅仅两周后，被日本宪兵杀害。

19. 幸德秋水（1871—1911），日本思想家，日本社会主义运动的先驱和组织者之一。1904 年，与堺利彦合译《共产党宣言》，这是日本思想史上的大事件。1910 年，日本政府为了铲除社会主义者和无政府主义者，炮制了所谓图谋暗杀天皇的"大逆事件"，秋水被捕入狱，于1911 年 1 月被处死刑，著有《二十世纪之怪物帝国主义》《社会主义精髓》等著作。

第四讲

第九章　第四个转折期（上）

文学史中"近代"的划分

在什么地方划分"近代"？百分之九十九的文学史是如此，各种专业领域也是，一般习惯以明治划分。第四个转折期一般被称为"近代文学"或"近代日本"。大学里的专家的划分方式也说"明治以后"，把日本史以明治维新为界划分为"以前"和"以后"，形成对应的形式。《序说》采用第四个转折期的说法，从正面对此表示反对。认为存在第一到第三个转折期，认为所谓"近代文学"实际上不过是第四个转折期而已，这是非常富于挑战性的观点。

历史不会三天发生转折，而是需要花费数年时间。日本历史发生大规模转折时，大体上会持续一百年左右。第一个转折期是 9 世纪，文学研究者不太使用，但美术史家所说的"平安前期"这个时代持续了大约一百年。第二个转折期是镰仓时代，这个时代从12世纪末到13世纪末，大约也是一百年。第三个转折期，这是有意识地以大约一百年视之。16世纪中叶的战国时代以德川家的胜利结束，但关原之战胜利后，幕藩体制并没有立刻完成，具有典型性的幕藩体制的建成又花费了半个世纪左右的时间；最终，到17世纪中叶的一个世纪相当于第三个转折期。以这种方式发展，明治维新至今大概一百年，所以是第四个转折期。

就像明治维新的续篇，最后经过一百年，和明治以前变得不一样了。在同样水平上，明治以后相当于平安时代初期和镰仓时代、江户时代初期。明治维新一百年后是现在，但有转折期，就会有后续。平安时期的开始是9世纪初期，费时一百年。镰仓时代封建制的开始也是一百年。权力再次集中，具有并非单纯封建体制的独特的政治形态，社会组织的幕藩体制又持续了数百年，这里指其最初的一百年。这么一来，把明治以后称作"近代"的时期，实际上是转折期的一百年，也就是今后再看今后会出现什么，因为还没有出现。

各转折期的平衡

看法相当不同。反对以明治维新分为"近代以前"和

"近代以后"，这是形式问题，但几乎自动地会分成"明治以前"和"以后"。日本历史有一千五百年左右，我认为把最后一百年和之前全部一千四百年分别置于上卷、下卷很奇怪。所以，筑摩学艺文库版本的《序说》的上卷、下卷没有以明治维新断开，而显示为粗略的年数。这从第四个转折期这种命名方式，几期几期的历史划分方式、把握方式可知。其他人把第四个转折期称作"近代文学"，但我不这样，而是称其为第四个转折期。当然，各个转折期的内容不同。

从这种观点看近代文学，于是，分成两部分时，前面都是非常了不起的人物的大事件。例如，藤原定家的《明月记》这种大的话题。可是，和歌诗人很多，把许多不知是否应该纳入的都省略了。言及鸭长明[1]等是应该的，但明治以后，和歌诗人大量涌现。从日本历史整体的观点看，如果是其中的一个一百年，即便列举名字，历史从上往下选取了不起的人物，所以我认为，如果镰仓时代的选取方式和江户初期的选取方式、明治以后第四个转折期的选取方式不均衡，密度就失衡了。镰仓时代只写藤原定家，但定家是天才。

在明治维新以后的近代文学中，福泽谕吉[2]是无可争议的，但自然主义文学者很多。因为是"私小说"，所以没完没了地写自己经验之事，但每个人都有自己的经验，如果所有人都没完没了地写自己经验之事就没完了。之前的文学史研究者因为详细地写了这些作家，所以"近代文学"成为一册。我则大刀阔斧地砍掉了，保留岛崎藤村[3]，但大致到藤村下面的下面，如果都一一列出名字，叙述他什么时候出生、到什么地方写了无聊的小说之类，就不平衡了（笑）。这么一来，人们会指出漏掉了这么一个人，但这不是漏掉，而是为了保持文学史的平衡有意为之。

例如，如果问在明治以后的和歌诗人中，谁有定家或俊成[4]的水平？当然，在历史影响和创新层面，正冈子规可以纳入，但阿罗罗木派[5]的和歌诗人有几千人，再深入下去就不平衡了。我对平衡非常敏感，所以说第四个转折期也是一百年。《序说》记录了在千年以上的历史长河中留下印记的人、做了影响深远的重要工作的人，而非在百年中，更加微观地、细致地进行记录。

在这种写作思路下，战后的记述等太少了，所以有各种来自内外的反应。因此，在"后记"中添加了补遗，但这和历史不同。从我的历史立场而言，把"近代文学"看作第四个转折期时，谁留了下来？我记录了我对这个问题所作的回答。

——渡边华山[6]是幕末转折期的政治家，同时也是画家，是一个颇有意思的人物。"华山不是因为成了兰学者而批判幕政，而是因为批判幕政而成了兰学者"（《序说》下卷，第175页）的记述，感觉因为抵抗现实，所以从学问中寻求斗争的方法论这一点，与先生对抵抗天皇制、晚年好不容易走到马克思经济学的河上肇的评价相同。关于华山的人物形象……

关于华山，简单说来，不是外压。不是压力，也不是外面的知识。他不是因为通过兰学[7]获得了关于世界形势的知识，然后认为幕藩体制有问题，而是从内部进行观察，认为幕藩体制有问题。他是儒者，与政治密切相关，所以深刻地感到了体制的矛盾。

可是，更加深入地、更加缜密地思考，什么地方不好，什么地方需要改善，即从正统儒学中抽取关于另类的、代替方案的知识有局限性。这是因为朱子学原本就是作为维系幕藩体制的意识形态或知识体系导入的。以此指出什么地方不好，在某种程度上是可行的，但朱子学不可能写有具体方法。所以，把他当时的想法——怎样进行改革，以及可供替代的方案都进行更加缜密的、深入的思考时，也许华山认为兰学有用，所以就学习兰学了。这样一来，果然新视野开启了。

例如，出现了门户开放的问题。幕府对此是毫无办法的，所以也有了索性推翻幕府的想法。

华山也认识到了来自外部的压力和国际形势吧。之前处于锁国状态，所以国际形势没有进入视野，朱子学中也完全没有涉及与外国关系的内容。来自外部的刺激在明治维新中非常重要，但并非全部。内部有幕藩体制自身的矛盾，矛盾最尖锐的表现形式是农民暴动。现在有关暴动的研究成果很多，很容易找到。如果横轴写上年代，竖轴写上一年间发生的暴动数量，就可以制作出一张一目了然的图表。

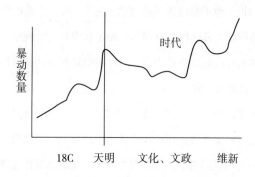

看图表，暴动的数量从 18 世纪末开始逐渐上升，天明时代增加了，文化、文政时代再次增加，明治维新前，成了二次曲线似的，呈现出明显增加的趋势。关注这点的左翼历史学家较多，之前的学究式的历史学家不太强调农民暴动。学校的历史课比较保守，不涉及农民暴动。我认为这张图表应该放入教材。说到文化、文政时，只说为永春水[8]是不行的。春水或蜀山人（大田南亩[9]）是文化、文政时期的作家，有其相应的意义，但归根到底是花街柳巷的话题。吉原扮演了非常重要的文化角色，但全日本不可能只有吉原在发挥作用吧。吉原的外面发生了什么？这个重大问题就是暴动。暴动表明各藩的经济政策出现了破绽，农民因为吃不饱，所以发起暴动。

这张图表很重要，但农民暴动和西方帝国主义完全无关，是西方帝国主义以前的事。当时的日本经济还没有实行国际化，日本经济还没有被纳入国际市场，是纯粹的国内问题，即体制的矛盾表现在了这个方面。当时有暴动的农民们和对日本体制的矛盾视而不见、详细描写吉原人情的两类人。只是，一部分知识分子看到了暴动，与行政有关的人们看到了通过负债维系的藩经济的破绽。华山在这种背景下走出来，希望改革。为了更详尽地把握这一点，和外国的关系应该怎么办，怎么看欧洲帝国主义的压力也成为必要问题。因为从文化、文政时代开始，来日本的西方船只在不断地增加。

明治维新前、19世纪初可以画两张图表。一张是暴动数量，另一张是在日本近海出现的外国船只的数量。外国船只中有要求补给燃料、水和食物的温和派，但也有不温和的。

比如说不管怎样都要水，才不管锁国什么的，如果不给水，就让水兵登陆抢。因为锁国，所以规定外国船只不能进入。19世纪初，外国船只还不多，但临近明治维新时，不断增加。佩里司令的舰队强行进入了。[10] 此后的事众所周知，但暴动和外国船只这两个数字的增加非常重要。

暴动意味着长期、持续的幕藩体制，尤其是经济政策发生了破绽。外国船只的增加是西方帝国主义的压力。华山的出色之处是立足于两者。我在这里是这样写的：并非最初就有兰学，首先是抓住国内矛盾，在追究这个矛盾的过程中，产生了当下出现的外压是怎样加入的，有什么对应的可能等问题。

远近法和写实主义

华山也是一名画家，引进了很多荷兰的绘画技术，他是根据长崎传入的荷兰书籍的插画学的。插画是印刷物，所以是铜版画。荷兰绘画对日本的影响有两种，一种是几何学式的远近法。东亚没有几何学式的远近法，所以华山觉得有趣。有一种叫远视画的看上去立体式的画法，江户人觉得别致，从好奇心出发觉得有趣。早在18世纪，画家就开始把几何式的远近法频繁地用于剧场的室内画中。建筑物是直线的，所以远近法很明显。浮世绘中的木版画中也有远近法，但对他们而言，在很长一段时期内，那是一种玩笑、绘画游戏，认为真正的作品和远近法无关。远近法是一种玩笑似的技法，只是因为看上去有纵深感，所以才觉得有趣。这是第一种影响。

第二种影响是写实主义。能否通过在日本与中国的绘画传统中导入西方技法以摸索发展方向，可能发展的方向是写实主义。西方的铜版画比日本的绘画逼真，因此画家也想在我们的绘画中导入这种逼真。无论是否别致，想在作为画家的正业中画出更加逼真的绘画，为此希望导入西式技法。怎样导入？最早的尝试可见于圆山应举[11]和司马江汉[12]，虽然应举、华山是以略微克制的形式表现出来的。

有这两种影响。使用几何式的远近法意味着视点的固定，不会这里那里地移动。中国画和日本画的视点是移动的，有意识地运用这一点的是葛饰北斋[13]。桥上有玩耍的人，可以看见船，而且还可以看见桥桁，这是不可能的视点。如果可以看见桥桁，肯定就看不到人物，同时画了二者说明视点是上下移动的。不过，在西方近代绘画中，日本人最早接触的是经由长崎传入的荷兰铜版画，其中视点不能移动。为了使用几何式的远近法，视点不能动。不动的视线朝向所谓 vanishing point，不让视点移动是根本。

于是，产生了各种问题。重要问题之一是几何学式的远近法，和不让视点移动相关出现的另一点，即光的方位的不动性。光不是从任何方位胡乱照射，而是从某一点进入某一方位的。维米尔、伦勃朗等的光是一个方向，极端的时候，像聚光灯似的。这么一来，接下来的问题是阴影。中国绘画没有阴影，人物画中也不使用阴影。可是，如果光来自一定方向，明暗的区分就很清楚。明暗区分后，不限于此，还成为表现物体的立体性，也就是表现三次元空间的有力武器。所以，几何学式的远近法和阴影不仅有趣，而且无论是否有趣，都成为在二次元平面捕捉三次元现实空间的强有力的手段。

华山导入了刚才我说的全部这些技法。可是，认真讲，他并没有强调这些技术和此前不同，不如说正相反。应举也是，是否使用了远近法，不仔细看是不知道的。华山也用阴影，但并没有刻意强调使用了阴影，而是考虑对所画人物的立体性有什么效果。这种立体效果是怎样产生的？这是画家的秘密。只能说如果仔细看，可以看出立体感吧。为此在什么地方怎样使用阴影则是画家的技术问题，他们不会炫耀，几乎隐匿般地克制，却在关键处使用。华山在肖像画中也使用了。

一流的肖像画家华山

无论中国还是日本，肖像画都不仅仅是头像速写。肖像画和头像速写不同。肖像画的创作强调人物的精神和人格、个性，不是外表的骨相或脸形，而是表现人物某一瞬间的精神状态似的东西，以及表情和面孔塑造的东西。有很多肖像画，例如17世纪的伦勃朗，他是江户时代初期光琳他们创作时代的荷兰画家，他的全部肖像画都是这样，能够立即吸引观者。虽然是画脸，但肖像画的背后有这个人的人生。老太婆的脸什么的很棒，那绝不是头像速写。

亚洲有文人画等自身的传统，但"达摩"不是写实的。雪舟[14]的"达摩"有诉诸眼珠的感染力之类的东西，但华山期望的是在不放弃这些的基础上，探索写实主义。他不是因为西方技巧有助于画头像速写才用，而是希望通过肖像画描绘精神。华山画了很多儒者的肖像画，《序说》下卷第172页涉的《佐藤一斋像》和《松崎慊堂像》等一流儒者的肖像画都目光炯炯，性格非常鲜明。也有一些烧毁了，但他也巧妙地使用了刚才所说的阴影技术，且不放弃目标，即朝着任何国家的肖像画都共通的、不仅仅是头像速写，而是超越头像速写、表现当下人格的目标。所以，华山的画了不起。如果画家没有洞察人格的眼光，作品就会成为高明的头像速写。我认为，渡边华山不是高明的头像速写者，而是一流的肖像画家。在他创作生涯的最后阶段，无论用油画还是水墨画创作，目标都是一致的。

理所当然的，高野长英[15]和佐久间象山[16]等先进知识分子洞察到了日本所处的闭塞状况，认为必须学习兰学，以便采取一些措施。

而后，他们中的相当一部分人被幕府暗杀了。幕府到末期时，连画家都被暗杀。艺术家害怕的政府似乎必定不能长久存续。

——华山这些知识分子之流刚刚涌现就遭到了镇压。另一方面，尽管水户国学[17]的尊皇攘夷民族主义是一种大义名分，却成为一种标志，其历史意义是什么？

原本有两种动向，农民暴动的增加，加上来自外国的压力。德川幕府采取锁国政策，但有例外。一定数量的荷兰船进入长崎，中国和朝鲜半岛的船比荷兰船更多入港。相当多的船进入长崎，贸易当然继续着。

19世纪上半期，中国发生鸦片战争，对日本知识阶层形成强烈的警告。我认为这个信息不为一般大众所知，但知识阶层似乎都知道。香港发生了什么？即便不是直接从兰学，也从荷兰人那里听说了。这意味着知道了西方军事力量的强大。不仅如此，清朝打了败仗这件事也是受到冲击的理由吧。日本的知识分子数百年间向中国学习，把中国当作世界的中心，所以，可以说接近中国是一种理想。可是，中国和英国舰队作战，却没有取得胜利，至少在武力方面，英国具有绝对优势。这对日本知识分子而言，是非常大的打击。

日本知识阶层的反应有两种倾向。一种认为这样下去，日本可能会被殖民地化，非常害怕英国或荷兰的压力。将反抗外国的观点进行组织化、理论化的是水户学的观念学派，成为尊皇攘夷，进行了非常激烈的反抗。这是一种民族主义。另一种是高野长英和佐久间象山、渡边华山那样的兰学者，是开明的民族主义，他们洞悉了照这个样子是比不上西方的，认为只能开国向对方学习。德川幕府对两者都进行了镇压。

明治维新以前，民族主义比较强势。由此出现第三种倾向，即萨摩藩的大久保利通[18]，他利用了"尊皇攘夷"，用水户学民族主义煽动大众，引向倒幕。他恐怕也利用了暴动吧。通过议论无法防止暴动和外国船只，揭露幕府的无能，他用具有强烈意识形态色彩的口号组织"尊皇攘夷"民族主义。西乡隆盛[19]也具有象征性，用民族主义推翻了幕府，完成了明治维新。他在明治政府中主张征伐朝鲜，煽动反抗外国的民族主义，受到了热烈的欢迎。

可是，大久保从明治维新的第二天开始就变了。我不认为是变节，他在推翻幕府前，表面上一直倡导"尊皇攘夷"，若非如此，无法推翻幕府吧。幕府垮台后，岂止是"攘夷"，马上雇用外国教师，选取优秀青年作为留学生，把他们派往英国和美国；而后制定法律，导向君主立宪制，理所当然地以西方为典范。其现代化的象征是岩仓外交使节团，从正面反对"攘夷"。萨摩藩和英国舰队作战，结果失败了，但失败后和香港不同。香港被割让了，日本没有被占领，半年以后，留学生被从萨摩藩送到英国，真是令人目瞪口呆。

意大利复兴运动和明治维新

但这也有普遍性。比明治维新还早，19世纪中叶，意大利有许多处于奥地利和法国等占领下的国土，外加梵蒂冈宫殿作为独立国，拥有许多土地。于是，想要独立时，意大利的民族主义也标榜"尊皇攘夷"。嘿，"尊皇"面比较弱，他们把北部地区的维托里奥·埃马努埃莱二世作为整个意大利统一的象征，讴歌了王制；同时从游击队的反抗开始，和外国军队战斗，最后赶走他们，迎来了统一。当时从西西里岛开始起义，在意大利统一运动中非常活跃的是常常被铸为铜像的加里波第[20]。

加里波第的故事即便在明治时代的日本也颇受欢迎。为什么呢？因为在以民族主义为杠杆，和外国战斗这一点上两者是相同的。当时的日本在不知何时会被殖民地化的状态中勉强保持着独立，追求"独立"的民族主义运动和意大利非常相似。还有"统一"，再到"天皇制"，和意大利完全一样。如果有英雄出现就更好了。日本是西乡隆盛，即便是在西南战争那样的谋反后，过不了多久，上野公园便建成了他的铜像。维新的英雄，在接下来的西南战争中成为国贼，但死后又受到了欢迎。西乡隆盛是"日本的加里波第"啊（笑）。

可是，这么充满矛盾的行事不可能顺利。实际上有必要建立君主立宪制，完善宪法和法律制度，统一后必须强化国防、军队、货币、国内市场，也需要国家银行、关税管理。加里波第是举着旗帜、驰骋猛冲型的，这么琐碎的事无法在马背上处理，必须在办公室里处理（笑）。谁在办公室里处理了呢？一个叫加富尔[21]的男人。战争结束后，意大利复兴运动（意大利统一运动）的建设者是加富尔。意大利独立与统一运动是加里波第-加富尔体制的角色分担。

日本的加富尔是大久保利通。西乡是拥有大众名望的英雄，奉行有点排外的民族主义。可是，明治维新后的日本根本谈不上能远征韩国，经济基础也薄弱，必须采取一些措施。大久保做了这些。大久保不受欢迎，最后被暗杀身亡。西乡的人望超过他一百倍，但组织明治国家的是大久保。这种和意大利的平行关系非常有趣。加富尔在日本不为人所知，但加里波第是明治初期最有名的外国人之一。

——关于对福泽谕吉的评价。他有推动日本现代化的一面，另一方面，怎样理解其"脱亚入欧"中的亚洲观？

福泽活了很长时间，所以他的思想在不同时期有变化。我认为如果不把这点放在心上，就难以进行正确的评价。他在明治维新最初阶段宣称"天赋人权"，"天不造人上之人……"啦、"一身独立、一国独立"。说到"天赋人权"，这是社会理应追求的终极价值或目标，而非手段；不是权宜手段，而是价值体系的基础。人权是"个人"成立的基本条件，其中几乎透出无政府主义式的色彩。可是，晚年的福泽慢慢地变了，在人权概念变得更加具体化的同时，也变得更加现实了，与其说是最终目标，不如说逐渐呈现出工具化的一面。

事情是这样的。"富国强兵"是必要的，如果不这样，国家会被殖民地化，所以无法向"一身独立，一国独立"的方向发展。那么，为了实现"强兵"，应该怎么办呢？福泽的说法是，平时不参与日本的政治，只是听从或不听从衙门命令的士兵，虽然凭借力气当了兵，但这样的士兵不能把日本和自己同一视之，不可能成为坚强的士兵。他们只有生起这是自己的国家的感情时，才能保卫国家，成为真正坚强的士兵。

那么，怎样才能意识到"自己的国家"呢？那就是政治参与。如果不参与政治，是不可能思考的。士兵自由并具有批判力、亲自参与政治是实现"强兵"的条件。

福泽强烈要求设立议会，但其中有手段性的层面。主张如果大家都投票，参加议会，参与政治过程，日本就会成为自己的国家。福泽说成为自己的国家的这种感情，也就是民族主义，以此为媒介，军队将真正地变强。只是因为衙门命令了，所以才听从，这样不可能变强。这么一来，在某种意义上，人权成了"富国强兵"的工具。其程度，在福泽方面，不同时期有微妙的不同。福泽是一位出色的现实主义式的理想主义者。

爱国心的条件

对 19 世纪中叶的福泽而言，拿破仑的战争是比较晚近的话题。拿破仑在最后对俄罗斯的进攻中失败了，但此前连战连胜。从科西嘉走出来的、身份不高的拿破仑，只要战斗就必定胜利。为什么？如果司马［辽太郎］[22]写，会写成军事天才吧（笑）。当然，拿破仑也许确有天赋，所用武器的性能并没有比同时代其他国家的高。但说拿破仑只是凭借天赋百战百胜则有点奇怪，此外还有两个因素。

19 世纪前半期的法国是欧洲人口最多的国家，这是一种与领袖的军事天赋无关的先天条件。另一个是民族主义，那是爱国主义打造的最初的军队。以前的军队是封建式的，城主在领地内对农民等进行征兵，但这些人没有政治权力，因此，不可能有爱国主义情感。因为没有办法，所以才勉强去当兵，和《万叶集》的"防人"一样。所以，我认为"防人"不太强（笑）。爱国主义不是拿破仑发明的，而是法国大革命的产物。推翻了君主制，法国人民的国家是法国。民族主义和爱国主义在革命的一边，不在镇压革命的君主制一边。人民有权参与一切政治过程、实际参与政治的情感表达即民族主义。这是法兰西共和国主义提倡的。

我认为，运用民族主义组织军队是拿破仑的天才之举。与其说他是军事天才，不如说是政治、思想意义上的天才。在此意义上，拿破仑军队原本就是基于最早的征兵制的军队，不是对观念形态上的领主忠诚，而是对自己的集体，也就是对民族忠诚。如果这样的军队在战场上战斗，会产生所向披靡的感觉吧。

福泽非常清楚这些。作为爱国心的条件，没有政治参与的爱国心可能吗？略微涉及一点现在的日本，政府说了为了建设强大的自卫队以便派兵，所以需要"爱国心"，但现在是21世纪吧，用爱国主义进行战争并取得胜利是18世纪末到19世纪初的事情。我认为，这当然会令人强烈地怀疑，是否是相当落后于时代的想法（笑）。那么，怎样才能培养"爱国心"？文部科学省说要改变教育基本法，在指导要领中加入"爱国心"，但通过指导不会诞生"爱国心"吧。所以，福泽说要设立议会。福泽早在一百年前就说过，在没有民主政治的地方，也就是在没有大众参与政治的地方，与其期待大众的"爱国心"，倒不如通过强调大众的权利、劳动者的权利、劳动公会的权利，"爱国心"才能诞生。想说大家读点福泽先生吧，但文部科学省的官员没有读过《福泽全集》吧（笑）。

一百年前的福泽说到了要处，如果真想实现"富国强兵"，"爱国心"无论如何都是必要的。如果说怎样培养"爱国心"，那就是政治参与。那么政治参与用什么表明？首要的是选举、议会。如果议会不够，还有其他大众组织。了不起的君王怜爱国民不是政治，因为再怜爱也不是权利，不是这种恩惠，而是作为权利行使的选举和议会。"为了国家"舍命工作，其前提是有自己的国家这种意识。福泽谈到了这些。

福泽是帝国主义者吗？

"脱亚入欧"这个词语成了丑闻，因为人们只提这一点。实际上，福泽之前怀有一种"大亚洲主义"。西方帝国主义从香港、上海逐渐逼近，终点是日本吧。如果默然坐等，则被殖民地化的可能性很大——这不是不切实际的理论,现实中存在着危机。那么,怎么办呢?福泽强调中国、朝鲜半岛和日本应该协同防御。

可是,所谓"说起来容易,做起来难",现实中和什么地方的中国政府进行交涉?清朝已经处于濒死状态。朝鲜半岛虽有中国军队,影响力颇大,但改革李朝的朝鲜半岛,建立一个强大政府的方向并不简单吧。我认为福泽的判断没有错。亚洲的海上有英国舰队,一动不动地等待是危险的。唯一的办法,是不得已地越过中国和朝鲜,也就是越过亚洲"入欧"。福泽判断,只能尽早输入、消化欧洲的技术,发展制铁和造船业。这就是"脱亚入欧"论,他的这种变化是顺应现实形势的结果。

不过,问题是是否只有福泽式的顺应是唯一的方法。我认为这种议论是好事,但我认为福泽不是帝国主义论者,而是更具防卫性吧。如果要在复杂的状况中保持独立,必须为此采取现实措施。如果是基于中国、朝鲜半岛和日本的同盟关系在现实中不可能实现这一判断,那就只能"脱亚""入欧"了。

但是,批判没有消失,入欧不止于技术的输入,"欧"是殖民主义、帝国主义,"脱亚入欧"的日本也表现出滑向殖民主义、帝国主义的倾向。不能说福泽的理论中不会产生这些因素吧,这是批判的要点。强占中国不是目的,为了防止日本不被强占，不能一起行动，所以独自行动，为此需要日英同盟。1904 年至 1905 年的日俄战争是关键吧。福泽式的逻辑延续到了那里。发展到日俄战争，日本方面的反应在相当程度上是恐惧，害怕俄罗斯从中国东北到达朝鲜半岛。日本人从明治维新开始，就认为俄罗斯不应该到朝鲜半岛来，这种恐惧感一直延续到日俄战争。即便是在第二战世界大战后，担任外相的藤山爱一郎在 1960 年安保斗争时说，红军进入釜山是可怕的。他的想法是，当时的中国和苏联的力量控制朝鲜半岛是可怕的。

——中江兆民[23] 的《三醉人经纶问答》中有不像福泽的出场人物。兆民和福泽有连接点吗？

我认为有连接点。福泽和兆民活跃的时期是萨长官僚制[24]吧。明治维新后，有过萨长阀控制的天皇制官僚寡头政治。对此官僚独裁政权的抵抗是福泽干的另一件重要事情。实际上，他没有当过一次官，没有担任过官职，创办庆应大学是选择在民间发展而非成为官僚的宣言。

兆民在时间上比福泽略晚。他考虑"国权"和"民权"的关系，主张无论对外还是对内，强化国家权力是"国权"的核心，"民权"主要在国内对"国权"进行抗争，认为目的应该是通过扩大"民权"以强化"国权"。兆民对于"国权"

的"民权扩大主义"和福泽的"民间强调主义"、反对官僚独裁的思想非常相似。岂止是连接,看上去几乎是一条心。关于这一点,两个人都一以贯之。

——兆民的"我日本自古至今无哲学"的意思是什么?

兆民用"哲学"这个词指什么?这要根据哲学的定义而定。

他在1871年去了法国,那是巴黎公社后不久。那时,击垮拿破仑三世第二帝政的公社的激进政治刚刚破产。兆民到达巴黎时,是比较稳健的资产阶级共和制回到法国的最初时期。公社激进的市民们在政治权力斗争中失败了,但他们的思想并没有完全消失,依然具有生命力。

19世纪70年代的巴黎知识阶层和政治学者中,激进人士比较多。在新闻出版界,还有很多巴黎公社和共和主义的支持者在活动。兆民接触的正是这些曾经的亲历者。公社已经成为昨日云烟,但兆民通过他们回溯到法国革命,看到了法国革命背景中的具有政治性的让-雅克·卢梭。所以,他翻译了《社会契约论》(*Contrat Social*),为什么是卢梭呢?因为通过巴黎公社的知识分子,兆民站在了法国革命的立场上。他的思想背景不是伏尔泰,而是卢梭。我认为这是兆民的核心问题。

兆民认为作为政治哲学的激进的共和思想是哲学的核心。

如果把法国革命的共和思想当作政治哲学，这么激进的共和思想，日本只有安藤昌益。但当时昌益还不为人知，而且即便是昌益，也没有直接指向天皇制。法国革命的思想是反对君主制。说这些既对不起陛下，也不能守护日本的淳风美俗，所以日本把法国革命纪念日叫作"巴黎节"（笑），有过人们跳舞的电影（笑）。法国的 7 月 14 日不是"巴黎节"，而是攻占巴士底狱，是把被旧体制逮捕的囚犯全部解放了的纪念日。在"巴黎节""跳舞"偏离了核心问题，如果让兆民说，就是"日本无哲学"。如果有哲学，就会讨论君主制和人权吧。

在某种意义上，兆民比福泽激进得多。福泽是约翰·斯图亚特·穆勒式的个人主义和民主主义吧。兆民先生非常激进。

——有同样说过 J.S. 穆勒[25] 指出的"集体平庸"的日本人吗？

没有吧。穆勒在说"集体平庸"的同时，也说过"集体压制"，tyranny，也就是"多数意见的压制"是民主主义制度中最可怕的。说民主主义的敌人是"多数派"。穆勒原本在走向民主主义之前是彻底的个人主义。他的立场是"个人的人权主义"，即便只有一个人坚持的少数意见也应该保护。在民主主义制度下，压迫个人的不是君主或独裁者，而是"多数意见"。我对此也写过几次。和穆勒几乎持同样意见的是 19

世纪法国的托克维尔，他有一本关于美国民主主义的名著，《论美国的民主》。托克维尔也说多数派的压制才是民主主义的敌人，美国最大的缺点就是这点。关于英国，穆勒说"集体平庸""集体压力"是民主主义的敌人。

这种想法源自彻底的个人主义。法国的情况是其距离法国大革命过了相当长时间，穆勒的情况也是他距离光荣革命过了相当长时间。穆勒之前有克伦威尔，英国和法国即便在欧洲也是个人主义最为强势的国家。所以，可以断言"多数派的平庸""多数派的压制"是民主主义最大的敌人。日本没有这样的个人主义，大家都属于集体，属于"平庸"的一方，日本人是集体主义。

——新教和天主教在日本的接受有什么不同吗？

新教在明治维新时第一次来到日本。明治以前都是天主教。维新初期还有镇压，但也有外来压力，就姑且撤销了。因此，两者都进来了。进入方式相当不同，新教是传教士和学校的教师，大部分是新英格兰出身的美国人，几乎都是男人，但也有女人。从新教教会的立场而言，即便是在美国本国，男女差别也很严重。尽管如此，和德川政府不同，新教徒的立场也是女性的受教育程度越高越好，所以是无可相比的。当然，他们也建立了教会。

新教和日本人的接触引发了两种反应。把教会当作工具使用的是一种立场。日本自然主义的作家，田山花袋[26]、岛崎藤村、岩野泡鸣[27]等一度都成了新教徒。在乡下，没有英语学校，他们就去教会学习英语。而一旦去了教会，又没有成为基督徒，就有点难为情。因此，他们受洗成了基督徒。

在教会，他们或者学会了英语，或者没有学会、半途而废了，总之，他们最终放弃了基督教。在我的调查范围内，平均持续五年吧（笑）。自然主义作家一个接一个的都是这样。首先，在乡下向传教士学习英语，学得差不多了，就放弃基督教，进入早稻田大学，在那里向坪内逍遥[28]学习文学。这是一种日本式的反应。通过新教学习英语，别处没有吧，即便在非英语国家也没有。这在基督教国家是无法想象的。

另一种反应就像札幌农校的克拉克先生的轶事那样，即完全信服。这不是突然说信仰"上帝"，准确地说，是信服"人"吧。佩服作为人的新教牧师。前往那里学习的是地方上的地主或武士的儿子。武士建立的伦理价值观还存在于日本社会中，所以，或多或少受其影响的青年前往札幌农校。

在那里学的是农学，但教师是有从军经历的人，他们是来自新英格兰的、虔诚的新教牧师。明治维新是1868年，牧师在19世纪70年代来到日本，当时，美国的南北战争刚刚结束。维新前的武士的儿子在教会遇到的牧师，是有驰骋战场经验的原北方军的军官。对艰难度过了维新动乱期的武士的子弟而言，听他们说话，就像听自己的父亲说话一样吧（笑）。正因为他们曾经上过战场，所以胆量够大，是能让即便一个人也要战斗的武士喜欢的一群人。牧师的经验和原日本武士的经验正好契合了吧，是"如果为了那位先生"，不一定需要上帝。

原本苏格兰系较多的新英格兰的教会和来日本的新教徒有关联，再加上南北战争的轶事；日本方面自然也在维新时多少拼过大刀，所以，在实际穿越了战火的人们之间，极端地讲，产生了连带感。因此，我认为新教带来了强烈的影响。

后来的日本基督教领袖的留学目的地几乎都是美国的新英格兰。内村鉴三和新岛襄[29]在波士顿郊外古老的阿默斯特学院留学，这下真的把新教带回了日本。植村正久[30]建立了日本的新教教会体系；内村成为无教会主义再临信仰的思想家；新岛成为教育者，在京都创办了同志社。他们都很聪明，有一点武士的气质，禁欲而富于男子气，意志坚强，把"努力抗争式"，而非"享受人生式"的基督教带回了日本。

日本的天主教神学

日本的天主教和新教的信徒人数大致相同。可是，新教对文化的影响力更大，简直无可比拟。天主教教会享受人生，也喝酒。太过享受了，也引发了各种问题（笑）。不是说干什么都不行，而是慢慢来的感觉。天主教对上流阶层千金小姐的教养很热心，创办了一些教会学校。如果是男子，是晓星中学；女子则是双叶、圣心之类的。就是说很有礼貌，对良家子弟的教育发挥了作用。新教在极端情况下，就像和堺利彦[31]联手的内村鉴三似的，在《万朝报》和《平民新闻》上反对日俄战争。天主教不可能出现这种情况。

上智大学是德国系耶稣会的大学，但天主教学校不太出现一流神学家，16世纪的沙勿略或从外面来的人除外。岩下壮一[32]是日本天主教神学家中的例外。岩下神父后来参与实践活动，献身麻风病院，但年轻时从事理论活动，是一个非常有学识的优秀人物，活跃于两次大战之间。不是以后去天堂的那种天主教，而是作为知性的天主教，岩下神父对战前、战后的日本年轻人产生了影响。现在，岩波书店再版了《岩下壮一著作集》。

另一位是吉满义彦[33]。他曾留学法国，是和在第一次世界大战后的法国兴起的天主教复兴运动的指导者雅克·马里坦、夏尔·佩吉等的"新托马斯主义者"（neo Thomiste）交往的神学家。"新托马斯主义"是托马斯·阿奎纳神学现代化或者说是天主教复兴运动。吉满以马里坦为例，论述了其周边乃至新教神学。我曾经在他担任东大文学部伦理专业讲师时听过他的课，也略微参与了《吉满义彦著作集》（讲谈社）的编辑工作。

可是，日本相当一部分富于才智的领导者是新教徒，在内村、植村、新岛之后有很多。例如，经济学的矢内原忠雄[34]、政治学的南原繁[35]，再年轻一点的隅谷三喜男[36]，都是认真的新教徒。像他们那样富于才智的领导者，并站在天主教神学立场的人很少。这是天主教和新教的不同之处。

——在第九章即将结束时，由主持人说上几句。

《序说》下卷第 245 页写着："吉田松阴[37]的思想没有独创性，计划没有现实性。但是，说着'狂愚诚可爱'的青年诗人超越了体制分派的角色，将一种直接参与历史的感觉，可以说肉体化于一身了。这种感觉才是 19 世纪 60 年代将年轻的下级武士阶层动员到维新的社会变化中的力量。"作为 20 世纪 60 年代的青年，我也感到了一种直接参与历史的感觉。

注释

1. 鸭长明（1155—1216），日本平安时代末期至镰仓时代初期和歌诗人、随笔家，出生于神社神职人员家庭，晚年出家。代表作《方丈记》是一部随笔集，"方丈"指其晚年结庐而居的"草庵"，记录了其生平及其时代感受，反映了作者对于乱世的看法及其生存哲学，其文体也是和汉混淆体的典范之一，被誉为日本三大随笔集之一。

2. 福泽谕吉（1835—1901），日本明治时代启蒙思想家、教育家，庆应义塾大学创立者，被誉为日本近代教育之父。曾经先后学习过儒学、荷兰语、英语，三次跟随江户幕府赴外使节团出访欧美，成为当时日本最具代表性的"新知识人"，1868 年创办庆应义塾。福泽谕吉一生著述丰硕，《西洋事情》有力地宣扬了西方文明，《劝学篇》宣扬了实学及西方功利主义思想，《文明论概略》贯串着资产阶级自由主义精神史观，《脱亚论》一文则是其亚洲观的集中体现。

3. 岛崎藤村（1872—1943），日本近代文学史上的重要诗人和作家，毕业于明治学院，1893 年与北村透谷等创办《文学界》杂志，出版《嫩菜集》等四部诗集，尤其是第一本浪漫诗集《嫩菜集》，开创了日本近代诗的新境界。小说《破戒》是日本自然主义文学代表作。1913 年至 1916 年旅居法国，1935 年成为第一代日本笔会会长。

4. 藤原俊成（1114—1204），日本平安时代后期至镰仓时代初期贵族、和歌诗人，著名和歌诗人藤原定家的父亲，法号释阿，敕撰和歌集《千载和歌集》编撰者，是当时和歌诗坛的第一号人物，确立了和歌的"幽玄"之风，对后世能乐、茶道的审美意识产生了重要影响，著有《古来风体抄》《古今问答》《万叶集时代考》等。

5. 阿罗罗木派，日本和歌流派，是赞同正冈子规的和歌理念、并围绕在和歌杂志《阿罗罗木》周边的和歌诗人们的流派，也是日本最大的和歌流派。《阿罗罗木》杂志导源于以正冈子规门人为中心的根岸短歌会会刊《马醉木》，1908 年整合为《阿罗々木》杂志，翌年改用日语片假名标记为"アララギ"。

6. 渡边华山（1793—1841），原名定静，日本江户时代末期儒学者、兰学者、画家，可谓开眼看世界的第一个日本人，被誉为"幕末伟人"和"日本开国史上的第一人"，1839 年因批判幕政被捕入狱，后自杀而亡。

7. 兰学，江户时代通过荷兰进入日本的欧洲学问、文化、技术的统称。江户时代末期，日本门户开放后，欧洲各国知识大量传入，开始使用"洋学"一词，即"西方知识"。"西方知识"的称谓，在江户时代有一个变化的过程，早期称"蛮学"，中期称"兰学"，后期称"洋学"。兰学促使日本学者开始关注西方的科技与军事文化，也冲击了当时日本的"华夷"观和锁国政策。

8. 为永春水（1790—1843），日本江户时代后期人情本作者，师从式亭三马，所作的人情本小说《春色梅儿誉美》颇受好评，是人情本小说风格的确立者，自称"江户人情本创始人"。1842年天保改革时期，以败坏风俗为由，他被政府处以50日手铐禁闭，不久郁郁而终。

9. 大田南亩（1749—1823），名覃，号南亩，别号蜀山人、四方赤良等，江户时代后期幕府官僚、狂歌师（狂歌是带有滑稽或嘲讽意味的和歌）、文人。大田南亩交友广泛，文名远播，创作风格洒脱不羁，被誉为"狂歌三大家"之一，也擅长汉诗创作，编有《万载狂歌集》（题名模仿敕撰和歌集《千载和歌集》），另有56卷随笔集《一话一言》等诸多作品。

10. 即黑船事件，指1853年美国以军舰逼迫日本打开国门的事件。1853年，美国海军准将马修·佩里率四艘军舰进入日本江户湾浦贺（现神奈川县横须贺市浦贺），最后双方于1854年签订《日美亲善条约》（亦称《神奈川条约》）。黑船事件是日本历史上的一次转折点，催生了日本的一系列社会变革，开启了日本现代化的大门。

11. 圆山应举（1733—1795），本名岩次郎，通称主水。日本江户时代中后期画家，圆山派创始人，出生于农家，早年学习狩野派绘画，曾将透视法应用于京都名胜图的绘制中，尝试创作一种被称为"眼镜画"（类似"西洋景"）的作品。重视写生，画过许多写生帖。1766年开始使用"应举"之名，意思是"应'钱舜举'（中国宋末元初画家）"，即"画出不亚于中国大家水准之作"的意思。代表作有15米画卷《七难七福图》《孔雀牡丹图》《雪松图》《花鸟写生图卷》等，其风格融透视法、实物写生与东方传统风格于一体，富于装饰性。

12. 司马江汉（1747—1818），日本江户时代后期画家、兰学者，原名安藤吉次郎。年轻时曾经学习过中国清代画家沈铨（号南苹，旅居日本三年，在日本形成"南苹派"）的画和西方画，成为第一个创作铜版画的日本人。他在绘画之余还从事天文学研究，是日本最早的地动说倡导者之一。

13. 葛饰北斋（1760—1849），日本江户时代后期浮世绘画家，号画狂人、为一等，曾经广泛学习和、汉、洋各种画派。以不同角度所见富士山为题材的《富岳三十六景》（共46幅）系列风景画使其名声远扬，其中《凯风快晴》与《神奈川冲浪里》最为知名，作品背景、构图、色彩均独具匠心。绘画题材包罗万象，包括各种人物画、风景画、花鸟鱼虫画、小说插画等，一生共创作34000余幅作品。其绘画风格对后来的欧洲画坛也产生了影响，在欧洲甚至引发了将近30年的和风热潮（Japonisme，或称Japonism，即日本主义），马奈、梵高、高更等许多印象派绘画大师都临摹过其作品。

14. 雪舟（1420—1506），日本室町时代水墨画家、禅僧、画僧。曾经是京都相国寺僧侣，1467年搭乘遣明船（勘合贸易船）入明，随李在学画，1469年回国。其现存的大多数作品为中国式水墨山水画，但他也画过肖像画、花鸟画。他在吸收中国宋元风格、明代浙派画风的基础上，确立了日本水墨画的风格，对后世日本绘画产生了重要影响，其诸多作品被指定为日本国宝，其中《天桥立图》《四季山水图卷》等作品表现出他对中国传统山水画的深刻理解与独特创新。至江户时代，当时最大的画派狩野派尊其为师，雪舟本人也开始被神格化。

15. 高野长英（1804—1850），日本江户时代后期医生、兰学者，1832年编译了日本第一本生理学著作《西说医原枢要》。曾经于1825年到长崎求学，在德国医生、博物学者西博尔德开设的鸣泷塾学习医学、兰学等。1830年到江户行医，这一时期与渡边华山等组成尚齿会，提倡开港论。1839年被判终身监禁，后逃出监狱，最终被发现，遭围捕后自杀而亡。

16. 佐久间象山（1811—1864），日本江户末期思想家、兵法家。名国忠，"象山"之名一说源自中国心学奠基人"陆象山"之名。曾经学习朱子学，后学习兰学，研究魏源的《海国图志》，据此撰写了《海防八策》。提倡和魂洋才，培养了胜海舟、吉田松阴、坂本龙马等一批门人，后因提倡开国论被暗杀。

17. 即水户学，是日本水户藩（现茨城县北部）在编纂《大日本史》（于

1906 年完成，费时 200 余年，共 402 卷）的过程中形成的学派，其思想以儒学为基础，融合国学、史学、神道思想等，倡导尊王和大义名分，对近代日本国体形成影响深刻。水户学始于第二代水户藩主德川光圀（水户黄门），至第九代藩主德川齐昭时发展为尊皇攘夷思想，这成为明治维新思想的原动力。《大日本史》的内容上自神武下至南北朝统一。水户学的核心思想与倒幕运动紧密相关，是倒幕运动的重要口号和思想基础。"水户学"名称出现在江户时代天保年间（1831—1845），所以也称"天保学"。

18. 大久保利通（1830—1878），倒幕派核心人物，也是明治新政府的核心人物，在内阁制建立前，实际上相当于日本第一任首相，后被刺杀。

19. 西乡隆盛（1828—1877），号南洲，通称吉之助，日本江户时代末期政治家、军人、萨摩藩武士。曾经长期从事倒幕运动，明治维新成功后鼓吹对外侵略扩张，因坚持"征韩论"遭到反对，辞职返乡兴办私学，后发动西南战争，兵败而亡。

20. 朱塞佩·加里波第（1807—1882），意大利国家独立和统一运动领袖、军事家、意大利民族英雄，献身于意大利复兴运动，亲自领导了诸多军事战役，与加富尔、马志尼并称为意大利建国三杰，并有意大利"祖国之父"之称。

21. 卡米洛·奔索·加富尔（1810—1861），意大利政治家、外交家，意大利统一运动领导人物，意大利王国第一任首相。加富尔在撒丁王国任职期间，通过军事和外交活动，自上而下地统一意大利，与加里波第、马志尼并称为意大利建国三杰。

22. 司马辽太郎（1923—1996），原名福田定一，日本作家、评论家、日本文化勋章获得者，毕业于大阪外国语学校蒙古语专业，1943 年应征入伍，不久赴中国东北地区，1946 年进入报社担任记者工作，1956 年第一次以"司马辽太郎"笔名发表《波斯的魔术师》并获奖，由此走上创作之路。代表作有《坂上之云》《龙马行》《盗国物语》《项羽与刘邦》等，另有《这个国家的形状》《日本语和日本人 司马辽太郎对谈集》《思考历史（1981）》等大量文化随笔和对谈录，且频频获奖，有日本"国民作家"之称，也受到日本政界、财界人士的热烈追捧。其历史观极大地刺激了日本新民族主义思潮，对二战后的日本人产生了深刻的影响。

23. 中江兆民（1847—1901），日本明治时代自由民权运动理论家、唯物主义哲学家。原名笃介，"兆民"二字典出《尚书·吕刑》"一人有庆，兆民赖之"，意为"亿兆之民"，即"大众"之意。1871 年至 1874 年赴法国留学，回国后开办法兰西学塾，讲授法语、政治、哲学等，并创办《东洋自由新闻》，对自由民权运动影响极大。曾用汉文译出卢梭的《社会契约论》，有"东洋卢梭"的美名，著有《三醉人经纶问答》《一年有半》等。

24. 萨长官僚制，即萨长藩阀政治，指日本明治时代，萨摩藩（今鹿儿岛县）、长州藩（今山口县）出身的政治家独占政权的政治形态。日本明治维新以萨摩藩、长州藩、土佐藩（今高知县）、肥前藩（今佐贺县）四藩为中心展开，后来这四藩出身的政治家掌握了明治新政府的实权，后因"征韩论"分裂，萨长势力不断增强，明治、大正时代的日本政府和陆海军首脑大多由此二藩人士担任。出将入相的荣耀使萨长藩阀成为当时日本最强大的政治集团，并且在第一代元老逐渐凋零后，萨长藩阀还以培养接班人的方式，利用师生、上下级关系和前后辈关系将自己的思想传承下去，希望在效忠天皇的背景下，实现日本军事现代化。对这种政治形态的反抗引发了自由民权运动和大正时代的护宪运动。

25. 约翰·穆勒（1806—1873），亦译约翰·斯图亚特·穆勒，英国著名哲学家、经济学家、心理学家，19 世纪古典自由主义思想家，代表作有《政治经济学原理》《论自由》等。

26. 田山花袋（1872—1930），日本作家，原名录弥，主张平面描写论，著有《棉被》《生》等作品，与岛崎藤村并列为日本自然主义文学代表作家。

27. 岩野泡鸣（1873—1920），日本自然主义文学派作家、诗人。最初创作新体诗，后转向小说创作，著有小说《耽溺》等，1920 年因病不治而亡。

28. 坪内逍遥（1859—1935），原名雄藏，日本评论家、作家、剧作家、翻译家，曾任早稻田大学教授。著有日本第一部近代文学评论《小说神髓》、小说《当世书生气质》，并翻译了莎士比亚全集，在日本近代文学发展及戏剧改良方面作出较大的贡献。

29. 新岛襄（1843—1890），日本著名基督徒教育家。1864年偷渡赴美，接受高中、大学、神学院教育，获得准神职人员资格。岩仓使节团在美考察时，其英文能力获得木户孝允认可，聘为随行翻译，广泛地考察了欧美教育体系。1875年回到日本，在美国第一个基督教海外传教机构——美国公理会差会及木户孝允的帮助下，在京都开办同志社英文学校（即同志社大学前身），从事贯穿基督教精神的教育事业，与福泽谕吉、森有礼等人并列为明治六大教育家。

30. 植村正久（1858—1925），日本神学者、牧师、评论家。生于德川幕臣家庭，幕府瓦解后家道中落，刻苦学习英文，创办富士见町教会、东京神学社、《福音新报》等，致力于牧师的培养及神学研究，是日本新教核心人物，被誉为日本新教"教皇"，与田村直臣、松村介石、内村鉴三并列为日本基督教界"四村"。

31. 堺利彦（1870—1933），日本社会主义运动先驱者，日共创始人之一。出生于日本福冈县的一个士族家庭，曾任《万朝报》记者，后与幸德秋水等创办平民社，坚持反战，曾经数度被捕入狱。与幸德秋水合译了日本第一个《共产党宣言》日译本。

32. 岩下壮一（1889—1940），日本天主教研究先驱，大正、昭和前期日本天主教教会精神领袖、天主教神甫，毕业于东京大学哲学系，1919年至1925年留学欧洲。曾经长期致力于麻风病患者康复事业，著有《信仰的遗产》《天主教信仰》《中世哲学思想史研究》等。

33. 吉满义彦（1904—1945），日本第一位基督教哲学家，生于鹿儿岛县奄美群岛，1928年毕业于东京大学伦理学专业，曾担任上智大学、东京公教神学校讲师，在《创造》《天主教研究》等杂志发表文章，参与"近代的超克"相关工作，有4卷本《吉满义彦著作集》(1948—1952)、5卷本《吉满义彦全集》(1984—1985)。

34. 矢内原忠雄（1893—1961），日本经济学家、殖民政策研究家，曾任东京大学校长（1951—1957）。1937年因批判日本战争政策，被迫辞职，第二次世界大战后恢复教职。他同时也是无教会派基督教传教者，著有《殖民及殖民政策》《帝国主义下的台湾》等，有29卷《矢内原忠雄全集》(1963—1964)。

35. 南原繁（1889—1974），日本政治学家、东京大学名誉教授，曾任东京大学校长（1945—1951），也是内村鉴三的弟子，有《南原繁著作集》10 卷（1972—1973）。

36. 隅谷三喜男（1916—2003），日本经济学家，东京大学名誉教授。1941 年毕业于东京大学，曾经在伪满洲国昭和制铁所工作数年，"二战"后投身和平运动，也是北京大学、辽宁大学等中国高校的名誉教授。

37. 吉田松阴（1830—1859），日本江户时代末期思想家、尊王论者。通称寅次郎，号松阴，长州藩士，明治维新的精神领袖和理论奠基者。著有《讲孟余话》《幽囚录》《留魂录》。

第十章 第四个转折期（下）

——听说您阅读了《多情多恨》，进行了重新评价……

关于尾崎红叶[1]和广津柳浪[2]等人的"砚友社"[3]，他们不一定是文学史，文艺评论家和作家等关心文学的人都有的那种通俗的印象，即有点形式化的美文家集团，代表当时保守的、源自"江户"的连带。另一方面，二叶亭四迷、岛崎藤村受到西方文学的影响，被认为是明治新文学的代表者。我以《金色夜叉》为素材，在《序说》中写了红叶，但没有读《尾崎红叶全集》，只读了代表作，大体上持有和社会一般想法相近的印象。我也基本上以此为基础进行了论述，仅限于《金色夜叉》，也许有说服力，但读了《多情多恨》等后，觉得有无法苟同之处。

具体而言，《多情多恨》这部小说是用比较平易的、近乎口语的语句写的。对话的处理也是这样。主人公是一个近乎病态的闭门不出的人，他不想见任何人，陷入不相信任何人

216

的状态，是一个独身的年轻男子，只有一个朋友。那位好友除外，包括亲属在内，他不想见任何人。见到女人，即便觉得漂亮，也说不出口，胆小到近乎恐惧的程度。红叶明确地写出了这种性格。

我认为这不是作者本人的体验。这是作者观察的结果，但不是把自己的生活经验进行改头换面后写出的所谓私小说。我认为这是虚构的，把自己见到的人物略微夸张，然后组成一种人格、性格，这是严肃小说的手法。写作手法具有客观性，即便是出场人物的想法也从外部进行描写。原则上作者什么都能看到。这是所谓的"上帝之眼"，无论怎样的人物，他这么想，她这么觉得等，作者都能写。但实际上，他人的感觉之类是不可知的。尽管如此，只有作者例外，像"上帝"一样可以写。

红叶在《多情多恨》中设置了主人公，描写了他的性格，写了由此产生的各种事件。可是，主人公的性格太过极端，好友希望好歹想点办法，把他叫到自己家中，这下他害怕起了好友的妻子。他想见好友，但害怕他妻子出现，所以乱跑一气，实在没有办法。不久，他被赶出了出租屋，没有可去的地方，决定暂住好友家。那里有好友的妻子，在同一个家中，他非常害怕，晚上也睡不着觉。最后，他却和他尤其害怕的女人建立起恋爱关系。作品讲述了这样一个故事，主人公几乎是"病态"的，虽然红叶没有使用"病"这个词。当时，把心理病当作"病"的看法没有普及，所以当作性格病了。但在我们看来，这太过极端了，确实是一种"病"。其破局是通过和最害怕女人恋爱，是这样的故事。

《多情多恨》不是私小说

第一，这不是私小说。即便是对好友的描写，也说是公司职员什么的普通的健康之人。红叶是文学家，所以从社会立场来看，这是相当例外的，出场人物并不完全是依据自己经验创作的人物，无限接近"严肃小说"。从形式上讲，一开始把主人公的日常生活全部描写出来，把性格明确地描写出来，从所呈现的有点病态的性格生出许多事件。例如，被赶出家门后无处可去，最后是怎样破局的，故事有"起承转合"。有意外的展开——凭借觉得最可怕女人的力量，病态性格得以治愈等。小说结构富于知性，不写和正题无关的内容，在追究一个主题的过程中，有开篇、有展开，最后获得解决，有相当完整的结构。

这么一来，问题是作为明治初期的小说，它代表传统吗？把《多情多恨》和略微早一点的逍遥的《当世书生气质》[4]或藤村的作品比较，他们的结构散漫多了。藤村是明治新文学的建设者，而红叶及其伙伴是保守的，他们拖着江户时代，怎么说呢，面对新动向，他们却在传统领域一决胜负。我认为这种通俗的印象有点不对吧。读了这部作品，我对红叶的看法变了。

虽然同样是"砚友社"的作家，但泉镜花[5]被认为是一个例外。关于镜花，人们承认其例外性，但红叶是"砚友社"中心的中心吧，他引领着大家。我认为如果这种中心的阐释变了，对砚友社文学的评价、定位将会发生根本性变化。日本文学被一种强大的力量拉向"私小说"，藤村也不断地朝那个方向发展，但红叶完全不同。这是为什么？

我认为红叶不仅受到传统江户文学的影响，西方文学对他的影响也许也相当强烈，和迄今为止的印象不同，反倒让人觉得有类似于19世纪西方小说似的东西。即便不能直接和托尔斯泰或勃朗特的《呼啸山庄》那样的杰作进行比较，虽然没有那么丰满，但他的作品在骨骼部分比藤村更接近西方小说。这里想补充一句，我认为谈论转折期明治以后的文学，将推翻此前文学史的常识，如果进一步追究，会很有趣吧。

红叶的作品不是写实主义的，确实是美文，是非常程式化、理想化的世界，但那是他个人的世界，不是"私小说"。和江户时代的文学相比，也并非美文。从写实主义，或从生动描写实际生活这个原则而言，和镜花完全不同。镜花的要点在于会进行强烈的美化，有美丽的场景或情景，或者抓住感情的变化。有时候，镜花的主人公直接就是艺术家。《风流佛》也是这样，我把露伴[6]作为这种类型写入了《序说》，红叶则不同。在此算是补充吧，这是将来的课题。

如果让我再次论述明治文学，那么我将重读"砚友社"，推翻固有看法；如果不推翻，只是介绍大家都在说的内容，会很无趣。文学史不是文学向导，没有改变评价的独创性是不行的。关于红叶，就是这样，非常出乎意料。尝试重读文学作品会很不一样。读原作，可以发现和世间通行印象不同的东西。几乎总是这样。

——重读红叶的契机是什么？

这么说好像成了岩波书店的广告。岩波书店送我的文库本，有新版的《多情多恨》，所以尝试着阅读。于是，知道自己被惯常的印象束缚了。我想，就《金色夜叉》而言，这些印象与此前的评价不矛盾，但就《多情多恨》而言，完全是矛盾的。所以，必须读全集，读一两种代表作的做法是危险的。于是，我想，更加深入地读下去会怎样？

以这样的观点阅读《多情多恨》，在细节方面，也明显存在英国文学的影响。之所以说一些当时明治人不会说的话，是因为读了英语小说的缘故吧。如果认真检视，写成论文，也许可以成为成果，可以从副教授晋升为教授。可是，我当了教授，却又放弃了（笑），今后也不可能当副教授，对出人头地没有任何兴趣，如果感兴趣，我把这些想法送给你。以《尾崎红叶的再评价》这样的题目写，或者如果为了成为博士，不想花太多时间，那么非常认真地读《多情多恨》，一行一行地讨论就行了（笑）。

——关于岛崎藤村的《黎明前》[7]，在维新史的解释方面没有独创性，却是"日本小说家写出的最宏大的叙事诗之一"（《序说》下卷，第363页），我想您是评价作品详尽地描写了激荡期人们的命运这点。宣长以后的平田笃胤[8]等的国学的影响是这部作品的中心主题之一吗？

如果从宣长以后说，在国学的正统继承方面，以平田笃胤、大国隆正[9]这个顺序，渐渐变得疯狂起来。国学者有意思的是，从幕末到明治，国学的中心有转移到地方的倾向。关于什么人在地方上活动并进行了怎样的议论的资料保留下来了，但我认为并没有被详细地调查。不是江户或京都的，而是调查地方上的国学学者或深受国学影响的人这一话题很有意思，特别是和明治维新的关系。不仅是水户学派或作为国学主流的平田笃胤，地方上的国学学者持有怎样的态度，即

221

便就明治民族主义这个观点而言，也是重要问题吧。不过，藤村的《黎明前》涉及了这个问题，木曾的教师是国学学者吧。我认为如果能够进一步调查会很有意思。

说到"国学民族主义"，为了对抗汉学或儒学等崇拜中国的学问是国学发生的一个重要动机。这在宣长身上有强烈的表现，因为他说要"排除汉意［唐心之意］"。这是推动他确立国学这门学问的力量。宣长通过研究《古事记》，寻求没有受到中国影响的日本人的世界观，但这些内容来自哪里？

宣长最重要的学术成果当然是《古事记传》。《古事记》中有这样的因素，但我认为他不是从《古事记》学到了"大和心"，而是领悟到"大和心"之后，才研究《古事记》的，以更为详尽的学术水准深入了这个问题。他将一生倾注于这个问题，几乎从《古事记传》中发现了人生的意义。我认为他在着手这项工作前就认为这是毕生的工作。

他和许多儒者不同，是松坂乡下的医生。祖先似乎是武士阶级，但流落民间，成为农民后，当了医生，主要担任小儿科医生。小儿科医生的职责是给生病的孩子看病，而生病的孩子不会独自到医生那里，母亲或什么人会跟来。这么一来，因为宣长是开业医生，所以肯定一天到晚都会和患儿的母亲说话。也许贫农很少来，从中流程度的农家到富农、住在农村的商人太太是宣长最主要的说话对象吧。

不断地和这样的太太说话——京都没有这样的儒者。京都的儒者当了老师，有弟子，可以收学费；即便并非如此，也可以从藩主那里领工资，所以不接触一般人。而且，宣长的说话对象多为女性。女性的意识形态渗透程度比男性弱得多，被政治组织的程度也很低。和很多男人相比，她们紧贴生活，不太受到官方的、官员强制的意识形态教育或洗脑的影响。她们也完全没有成功的可能性，不太可能发生松坂农家的太太突然留学美国，回来后参加选举之类的事（笑）。她们不考虑这些事，只操心孩子和家庭的事。

宣长曾经在京都学习，非常了解京都的儒者。可是，京都儒者说的话和松坂的太太们说的话完全不同。那么聪明的人——虽然极力掩饰，宣长这个人经常撒谎（笑）——不可能没发现这种现象。问题不在于知识程度不同之类的，而是原本的世界观结构存在根本性的不同。日本知识分子第一次洞察了这点。

小儿科医生宣长的直觉

京都儒者说的话，总归是中国儒学的影响吧。和官方意识形态纠缠在一起，他们进行了各种各样的解释，但在松坂的农家，谁都对中国没有兴趣吧。儒者和农家太太的不同，绝非脑袋聪不聪明或教育程度、知识的差别，而是更为根本的、思维方式最基本的规则或原理方面的不同。认真听取、认真调查农家太太说的话、想的事或想象的事，成为他们的代言者，收集并分析情报，建构知识体系的人，有史以来一个都没有。而且，宣长认为这才是日本式的世界观，这就是他所说的"大和心"。"大和心"不是从《古事记》学的，而是他作为开业医生，从日常体验中悟到的，的确和"汉意"形成对照，非常不一样。

关于"汉意"，大家都在说，说得几乎有点太多了。儒者说的都是"汉意"。谁都不说"大和心"。那么，如果宣长决定自己干，因为是学术问题，所以，需要对古代日语进行语言学上的研究。最古老的文献是《古事记》，所以，肯定暂且不涉及《源氏物语》，而面向《古事记》。日本可用的最古老的文献和松坂农家的太太形成了呼应。他坚信这一点，所以倾其一生，费时几十年，只是专心致志于这件事。

宣长的预想应验了，我认为这是国学的核心。国学很有意思，国学无法消除。日本的权力者在组织意识形态时，使用了各种各样的东西，使用西方意识形态，也使用近代民族主义，还使用儒者的价值观，但不能仅用这些动员全体国民。为了进行"精神总动员"，必定掺入国学元素。为什么？因为这是"大和心"。"大和心"这种东西容易被外部各种各样的意识形态渗透，但不会消失，非常执拗。

丸山把这个称作日本人意识的"古层"，我把它称作"土著世界观"。国学是"大和心"的意识化，即便让农家太太说明"大和心"，她也无法说明。实际上，"大和心"在起作用，但无法整理，或作为知识体系被理解叙述。那是宣长作为国学学者的任务。国学学者出现时，常常出现在地方上，这很自然。木曾的山里只有"大和心"，儒学不怎么进入，也没有中央的政治交易或出人头地的野心。这样一来，国学越来越强大。那是传统的土著世界观，或者感受性，或是观点的意识化，是意识化，即 prise de conscience，所以很有意思。

国学和民族主义

补充一个脚注，进入 20 世纪 30 年代，国学被用于日本的战争意识形态。但我们在战后拒绝了它，也因为这个原因，国学的研究进步不大。国学院大学等进行的都是极度反动的研究，支持侵略战争的国学学者比较多，国学被用在了那个方向，就像对于希特勒而言的瓦格纳。一直到最近，以色列都说如果演奏瓦格纳，就不允许演出，因为希特勒和纳粹利用了瓦格纳。可是，瓦格纳比纳粹早（笑），不是预测到会被利用而创作的。

瓦格纳不是御用音乐家，那是纳粹任意妄为。如果反对纳粹，那么也反对瓦格纳，这是不合适的。同样的原理，东条政权和陆军情报部狠狠地利用了国学学者。陆军情报部一沾手就脏，大家都不认真对待了，但这是麻烦事。国学开始发展时，还没有陆军什么的。"汉意"这个词并没有考虑那些事，排除"汉意"和侵略中国无关。日本侵略战争的意识形态、作为工具的国学的一面将成为遥远的过去，在大体上应该认真学习国学的关键时期，这本《序说》出版了。

我是这么想的，但不知今后又会做什么。如果再发动侵略战争，说不定又会利用国学。不能悠然地说因为很遥远了，所以现在可以自由研究之类的，我觉得很危险；毕竟也许还会被利用，因为没有其他可以替代的。为了"培养爱国心"！

讲《万叶集》的时候说过，"防人"和歌是例外。引用宣长的"若人问何谓敷岛的大和心，朝阳下散发香气的山樱花便是"是一种牵强附会。说因为樱花美丽绽放，然后突然凋谢，就说"同期的樱花"什么的（笑）。宣长没有说过这种话，不是突然绽放，为了领主、主人或其他什么人勇敢赴死的和歌。宣长研究"物哀"，所以他说"若人问何谓敷岛的大和心"？那就是"物哀"。什么是"物哀"？例如，美丽的感动，说樱花突然绽放的样子很美，那就是"物哀"。因为花朵很快凋谢，越发显出一种伴随着哀伤的美，也就是美的脆弱性和一次性似的东西。说那种东西就是"物哀",这是"大和心"的核心。没有说战死什么的,不是战争话题。"物哀"的典型是《源氏物语》。只是在说《源在物语》式、《古今集》式的审美意识时,打个比方说,那是山樱似的东西,哪里有军国主义?

注释

1. 尾崎红叶（1868—1903），日本作家、俳句诗人。本名德太郎，1885 年与山田美妙等人成立"砚友社"，这是明治时代的第一个文学结社，出版机关刊物《我乐多文库》，为日本近代文体建设作出了贡献。与幸田露伴齐名，二人活跃的时代被称为"红露时代"，在明治文坛占据重要地位。在俳句创作方面，也与正冈子规一样被称为"新派"，有作品《金色夜叉》《多情多恨》等，弟子中有泉镜花、德田秋声等著名作家。

2. 广津柳浪（1861—1928），日本作家、砚友社成员。年少时喜欢阅读《八犬传》《水浒传》等，由此培养起文学兴趣，以创作深刻小说、悲惨小说成名，曾经与樋口一叶齐名，代表作有《黑蜥蜴》《变目传》等，其子广津和郎也是著名作家。

3. 砚友社，明治日本的第一个文学结社，1885 年由尾崎红叶等四人组成，"砚友"二字有永远为友之意，发行《我乐多文库》杂志。初期受江户文学影响，着力创作娱乐小说，带有浓厚的艺术至上与游离社会的倾向，后接受坪内逍遥的写实主义，逐渐呈现出写实主义倾向，在日本自然主义文学兴起之前，是当时文坛的重要力量，为日本近代文体建设作出了贡献。

4. 《当世书生气质》，坪内逍遥的小说，最初于 1885 年至 1886 年由晚青堂以活版分册杂志形式出版发行，描写明治初期书生群体的生活，是坪内逍遥为配合其在《小说神髓》中倡导的反对劝善惩恶、主张写实主义文学理念的实践之作。

5. 泉镜花（1873—1939），原名镜太郎，日本作家、剧作家。尾崎红叶门生，活跃于明治时代后期至昭和时代初期，以《夜间巡警》《外科室》获得文坛认可，以《高野圣僧》成名，文体纤细优雅，内含诸多江户风情及民俗色彩，有幻想文学先驱者之称。

6. 幸田露伴（1867—1947），本名成行，别号蜗牛庵等，日本作家、考据家。具有汉学修养，以《风流佛》获得文坛认可，以《五重塔》和《命运》等确立起文坛地位，造就明治文坛的"红露时代"，是明治拟古典主义文学的代表作家，一般认为其文学造诣与夏目漱石、森鸥外齐名。1937 年 4 月获得日本政府颁发的"第一届文化勋章"。

7. 《黎明前》，岛崎藤村晚期长篇小说，以作者的父亲岛崎正树为原型，使用了当时的大量史料，以明治维新前后的动乱为背景，描写木曾马笼宿（原长野县木曾郡山口村，现岐阜县中津川市）旧家主青山半藏的一生，被认为是具有代表性的日本小说之一，最初于1929年至1935年连载于《中央公论》杂志，1934年被搬上戏剧舞台，1953年被翻拍成电影。

8. 平田笃胤（1776—1843），日本江户时代后期国学学者、神道家，与荷田春满、贺茂真渊、本居宣长并称为"国学四大家"。1803年，本居宣长去世两年后，平田笃胤读到本居宣长的著作，开始向往国学，自称"本居宣长身后门人"，发展了本居宣长的思想，否定儒教，宣扬复古神道，提倡尊王主义，对幕末的"尊皇攘夷"思潮产生了影响。基于对社会现实的关心，他还曾经编撰过俄语词典，对中国学、印度学亦有研究。

9. 大国隆正（1793—1871），日本幕末至明治维新时期的国学者、神道家，平田笃胤的弟子。曾经学习过儒学、兰学、梵学、音韵学等，并在诸多藩校讲授过日本国学。明治维新后，大力宣扬政教合一、天皇中心主义，对明治政府产生了较大影响。

第十一章 工业化时代／战后状况

——第十一章讲了堀辰雄[1]，"《菜穗子》和谷崎润一郎[2]的《细雪》一起，看上去甚至几乎是对军国主义的文学性抵抗"（《序说》下卷，第467页）。堀辰雄在当下的意义是什么？另外，如果有先生和堀辰雄的轶事……

从反战或对法西斯主义抵抗的立场来说，出发点是，任何抵抗，如果抵抗的这个人不反对战争，如果这个人对法西斯主义或战争没有强烈的否定性的批判，抵抗就不会开始。如果这个人赞成这些的话，简直毫无办法。我认为第一个问题在这里。不是由衷地支持战争，而是假装支持，我认为这有很多原因。但在这些原因之前，原本自己在心底里到底是赞成还是反对战争？我认为赞成的人多。这样一来，没有反对的行动很自然吧。

接下来，问题是在心底里反对的人采取了什么行动？这要看情况。有人真的希望进行有组织的抵抗，但 20 世纪 30 年代末已经不可能了，日本已经是由军部及内务部控制的警察国家，所有组织都被揭发、取缔了。于是，个人被孤立了，如果说能做点什么，也就是写下表示反对的遗书，或者作为对自身清白的证明，为了把反战意见进行形象化表述，写下点什么吧。

在最后阶段，不触及战争就是抵抗。也就是表达反战意见的唯一方法不是写意见，而是说别的话，说远离战争的话。谷崎润一郎在战争期间也继续写着《细雪》。最后，被迫中断发表，但谷崎在家中继续写作。堀辰雄的《菜穗子》完全没有战争，连一句话也没有。这种现象本身就是奇怪的，因为所有刊登在杂志、报纸上或者出版的小说都涉及战争。

《细雪》也不出现战争，是大阪富裕阶层的故事。哪位千金小姐的婚事啦、那个姑娘不会打电话，你替她打啦，和战争完全无关。这次平安神宫的赏花系什么腰带什么的，有半页左右的议论（笑）。不是"不断进攻""大东亚建设"之类的豪言壮语。如果大学生在同人杂志或文学杂志上写和战争无关的事，也只会被无视，但谷崎这么做，不会被默许，因为全日本都知道他。谷崎这次出了新小说，但如果写的内容和战争完全无关，会产生相当大的影响，几乎接近否定战争，我认为这几乎等于在说我反对战争。

堀辰雄也是有名的作家，所以我认为如果他没有得病，维持那种立场是相当困难的。另一方面，他对日本古典、王朝文化非常感兴趣，也写了《大和路·信浓路》等书。我刚才说了，国文学[3]很难。为了鼓动民族主义，国文学被彻底地利用了吧，堀辰雄的作品也有被牵连的危险。如果再进一步，《源氏物语》也成为世界第一的文学，也有人创作了富士山很美、全世界的人都仰望的和歌，但世界上的人并不知道啊，只是日本人在自我陶醉。从世界范围看，富士山也不高吧，虽说形状美，但全世界的火山都是一样的形状。正中喷火，周围流着熔岩，所以形状变得匀称（笑）。

关于后鸟羽院上皇[4]这位天皇、《新古今集》最后的和歌诗人，保田与重郎写了《戴冠诗人中的第一人》这部后鸟羽院论。通过"防人"和歌和宣长等的传统，从经典作品中抽出战斗性的语句，希望从侧面强化、支持战争的是"日本浪漫派"[5]，有保田、龟井胜一郎、芳贺檀及其交好的诗人们。其中一部人也来了追分——保田不太来——堀也知道他们，也有一些交往。尽管如此，我认为堀坚持了反战立场，尽可能地利用了疾病。立原道造[6]是堀的得意门生，但连立原似乎都被"日本浪漫派"深深地吸引了。我认为甚至在朋友中间，堀也独自坚持了反战立场。我们的反战态度虽然也很明确，但对社会完全没有影响力，所以和堀不一样。

那么，学生能够自由地思考吗？不尽然。大部分学生也在心底里支持战争，我们即便在学生中也是例外，至少在内心是彻底反战的。我认为这不能说是因为堀的缘故。领会堀的反战立场非常重要，这是我们接近他的一个条件，但堀并没有教我们反战。现在可以说了，从形式上讲（笑），我们的反战是向列宁学的，还有一个就是渡边一夫[7]。

渡边先生是 16 世纪法国文学的专家，拉伯雷研究专家，法语非常好，战争时期是东京大学法文科的老师，但因为当时正是"不断进攻""同期的樱花"的时期，即便说拉伯雷，也没有人感兴趣。而且，法国在战争中失败了，在浅薄的法国文学研究者中，甚至出现了说"所以法国文化不行"的人，来听课的学生也不断减少。尽管如此，来听龙萨或七星诗社等中世语法的课——16 世纪的法语和现在相当不同——的学生有点古怪。原本就古怪，对战争不太感到振奋，这样的人也就是四五个的样子吧。

这样一来，我们几乎就成了伙伴，所以即便在课上，渡边先生也常常这么讲，把反战的想法寄托于 16 世纪的法国。我们非常清楚先生想说什么，但中途进来的学生不清楚吧。所以，没那么可怕。学生中确有向宪兵告状的人，这样一来，会非常糟糕，但那样的学生没有来，即便来也听不太懂吧。

如果被告知："你这么说不像话！"只要回答："不，不是那个意思。"宪兵也不懂（笑）。在此意义上，相当安全。

那是坚定的反战。他在伙伴中间用讽刺的形式表达出来。辰野隆[8]教授和铃木信太郎[9]教授，渡边先生是副教授，再加上中岛健藏[10]讲师，少数的教师、两个助手和三四个学生，我是其中一个，在本乡的咖啡屋"白十字"之类的地方聚会。那时，铃木先生说："有秘密战舰，所以即便美国人攻来，也要把他们诱到水边击灭。"于是，渡边先生说："啊！那样的话太好了！要是什么地方藏着那样奇迹般的战舰，多好啊！还是大和心厉害啊！美国也无法抵抗神之道吧。"如此之类的，全部是反话（笑）。我们明白，但咖啡屋的服务员不明白这是反对还是赞成。这种事常有。

《序说》中没有写渡边一夫先生，但我慢慢地觉得可以公开说出来了。随着时间的流逝，社会在变化。有些人战争开始前是自由主义者，战争一开始就变成战争支持者，战后又回归自由主义者。最近气氛又变了，所以又有变化的迹象了吧。战前、战时、战后，大部分人和时代一起变动，完全不变的是渡边一夫。我认为谈论这是多么稀有之事以及这其中有什么意义是有价值的。

战后不久，大家都高呼"反对战争"，是和大家一起变了？还是一开始就坚持"反对战争"的立场？到底是哪一种？

我认为中野好夫坚持了。他若即若离地支持了战争，战后进行了自我批判，此后直到去世都对回头路进行了抵抗。我认为了不起。他在进行自我批判后，没有反复，没有变化。不进行自我批判的人才危险（笑）。有的人战时支持战争，战后变成和平主义者；现在慢慢地有些火药味了，又认为修改宪法、重新武装为好。很多人都是这样。但我认为一个社会如果完全没有不变的原则、不变的人及其不变的原理，这个社会是不健全的。

——关于发生显著变化的一个知识分子，清水几太郎[11]。

我认为清水不是机会主义者。他最初是自由主义者，战时也没有支持战争，战后作为自由主义左派非常活跃。他一直从事反战运动，突然转向了极右立场，转向了修宪、日本应该进行核武装的立场。我认为这个最后的走向是粗暴、粗糙的，我反对他的立场……

那么聪明的人为什么产生了那么粗糙的想法？这一点我不明白。只是，清水的情况，不是那种看形势、看上去这样比较方便，所以转向了大家一个接着一个转向的方向的吧。他不是被钱收买了，也许他真是这么想的。作为转向动机之一，也有对一起坚定地从事基地反对运动的同伴们的幻灭吧，于是跑到了另一边。

一次和他在一家出版社遇见时闲聊，清水当时是基地反对运动的明星似的知识分子，他这么说："加藤啊，你知道我为什么成了明星？为什么在内滩斗争[12]中能够吸引大众？"我问道："嗯？那是为什么？"他说："那是因为我是学习院的教授。""大众很蠢。"——可以说这是对友方的猛烈批判或是失望感吧。我觉得也许这些事情把他推向了对面，至少是一个主要原因吧。

可是，问题当然不能仅仅还原为这一点。支持他的人是以怎样的心理状态支持或不支持，与日本应不应该进行核军备是不同的问题吧。如果希望从美国独立，为此又认为有军备的必要，我认为军备内容有可能走到核军备。原本，是否应该从美国独立就是日本国民考虑的。如果独立，是否没有必要拥有独立的军事力量，这是一个难题。我认为无法那么漂亮地断言"不要"。

如果一旦认为军事力量是有必要的，则不应该一边一点点地用第九条解释进行搪塞，一边一点点地采取加强军备的权宜之计。如果真的希望拥有独立的军队，那么，也有必要讨论核军备吧。这一点清水很清楚。经过讨论，他说有必要。我认为不一定需要，反倒倾向于不需要，但有讨论的余地。我认为这种讨论是开放的。

美国进行了核军备，但加拿大没有进行。听说印度最近进行了，但没有一个非洲国家进行。欧洲只有英国和法国进行核军备。不一定说为了保持独立，无论如何都需要核武器，只是，我认为断言不要也有非常困难的一面。虽然清水得出应该进行核军备的结论有点粗暴。

但是，清水这个人不脏。虽然我认为他错了，但错了不一定脏。还有很多被钱收买的家伙吧。

不仅日本有核军备的问题，朝鲜也有。朝鲜用作核威慑的核武器表现出防御美国攻击的架势，但我认为有必要讨论开发核武器是否是对美国攻击最有效或者唯一的威慑。我很怀疑。作为威慑，核武器可能不起作用吧。朝鲜可能估计失误了。

——现在是第五个转折期，这是从什么时候开始的？高度经济发展是确定转折期的标准吗？第五个转折期的特征和根据是什么？

我认为在高度经济发展之前，战后日本的方向不清楚，不知道要朝什么方向发展。我认为，即便从日本国内因素讲，也是不确定的。占领军对日本的态度，也就是美国的态度也不清楚。

中途加入的重大因素当然是冷战。占领初期，美国对日本采取的非军事化、民主化、经济复兴等政策，和将日本作为冷战工具进行利用的政策有矛盾的一面；用一开始就矛盾的两种原理讨论日本的未来，就产生了混乱。美国自身内部存在矛盾，日本方面就发生了各种混乱。例如，即便看非武装这一点，将其强加于人的当然是美国，但后来又将再武装强加于人的也是美国。到底武装是对美国的抵抗，还是不武装是抵抗，这也要看时期，问题变得非常复杂起来。

我认为，日本的方向大致上以明确的形式呈现出来，是在 60 年代的高速经济发展时期。扩大 GNP[13]、经济扩张的目标，那是相当明确的目标，取得了相当显著的成功。可是，太过明确了，没有伴随其他目标，例如，环境保护、福祉、和平主义、贯彻人权等。在发展方面一条道跑到黑，只要扩大 GNP 就可以了。如果用池田首相的标语说，就是"收入倍增"。"收入倍增"论完全没有说如果收入真的倍增了买什么，反正就是"收入倍增"，既没有原理也没有方向。这种一根筋的做法虽然成功了，但在其他方面没有原则，出现了很多矛盾。

这就是方向转换。明治维新以后是"富国强兵"，幕藩体制完全没有意识到这点。明治政府说出了对外的"富国强兵"，但因为无法同时进行，所以，首先把强兵推到前面发起战争，但"强兵"一边倒的政策失败了。剩下的是"富国"政策。就像明治以后的日本抱有"强兵"目标一样，"富国"政策也有一根线，有方向性。只是，追求一个目标这点，战前和战后非常像。"富国"方面也不知道前面怎么办。战后在"收入倍增"以外，也说"文化国家"之类的，但那只是口头上的，没有内容，谁也没有真正地追求吧。现在是有点不可思议的停滞状态，现阶段没有方向性。作为一个国家，也许正处于不知道想干什么的状态吧。

对"第五个转折期"的说法我有点犹豫。这么勉强地说，是因为以前的转折期，例如，9世纪的转折期之后，延续三百年的平安时代来了；13世纪的转折期之后，从14世纪到16世纪，镰仓、室町时代至少持续了三个世纪；江户时代在17世纪后，也有将近三百年的历史。最后是明治维新，一百年的转折期。如果明治维新后，明治体制持续三百年，则和之前是一样的形式。但这次战败了，所以，我认为出现了由失败引发的半强制性的转折期。"强兵"失败了，"富国"失败了，所以说"这下该文化了"的说法有点太过简单。我认为不会这么简单。

原因之一是"富国"和"强兵"都一样，仅凭政府是不可能做到的，但政府可做的范围很广。可是，在文化方面，政府可做的也就是增加大学预算的程度，做不了什么了不起的事。所以有点不同，难以成为政策目标。

法国的文化预算很多，是日本无可比拟的，在国家预算中的占比也高。在某种意义上，也许可以说法国近乎文化国家。苏联也是，在文化方面出钱非常多，但不一定这样就有成果。苏联的情况是，在文化方面也出了钱，却具有明显的意识形态色彩，不管怎样都是中央集权式的政府。法国的情况，则是因为有君临世界的漫长的文化历史。为了保存历史性的不朽之作，法国政府拿出了大量资金，但日本政府拿不出。法国的文化遗产保护政策有很长的历史，安德烈·马尔罗[14]也在此基础上活动。不可能期待日本或许突然出现马尔罗这种事。

在日本，国民目标不可能是文化，嘿！有点没有方向的转向吧，不清楚要转向哪里。

——现代大众社会难以产生新文学的原因是什么？

大众社会过去也没有产生创造性的文化吧。社会主义社会也期待这点，但并没有产生。文化富于创造性需要怎样的条件，这个问题很难回答。

大众社会现在正在发生的，不如说是越来越不关心文学了。我认为兴趣转向了其他娱乐，作为娱乐的文学的魅力被削弱了。例如，体育或者音乐、影像，这些东西形成了大众文化。有大众小说，却是在非常有限的范围内活动，而且也许正在逐渐变少。文学创作越来越被科学思维超越。

这是两种不同的思维方式。文学性的思维方式、感觉方式，是关心个人、个别情况，并由此出发。但科学思维是从统计收集的资料出发。这不是程度的不同，而是方向的不同，观点不同。如果科学观点盛行，无论如何都会出现文学观点弱化的倾向。例如，这种倾向在大学里已经非常明显了，而文部科学省希望在预算分配中也反映出这种倾向。

——您在《17岁读书指引》(筑摩文库)中推荐了《论语》。关于向年轻人推荐的文学，您有什么要说的吗？

如果有一些大家都读过的书，讨论起来将非常方便。如果引用，马上就能明白，即便提出新的解释也马上就能明白，解释程度将微妙地提升。如果一部作品大家都读，这是非常方便的。虽然不能说为了这个目的，但确实也方便创作戏仿之作。因为大家都知道《伊势物语》[15]，所以觉得《仁势物语》[16]有趣（笑）。如果没有读过《伊势物语》，就不会觉得《仁势物语》有趣吧。这样的情况很多，存在很多人都知道的经典这件事本身就非常重要。

现在的日本发生了什么？战前还留下一点共通的经典吧。《论语》对日本人而言，已经不是共通的经典了。近代日本文化有点奇怪、可疑的地方是没有作为经典的《论语》。

在西方语言圈，包括《旧约》在内，《圣经》被广泛阅读。法国比较倾向于古典主义教育，所以17世纪的莫里哀、拉辛、帕斯卡、笛卡尔、拉封丹等都是共通的经典，大家都相当熟悉。日本有什么？什么也没有，这是很遗憾的事。如果大家连漱石都不读，也许原本就什么都没有吧。我之所以说《论语》，是因为考虑到没有共通经典的社会也许接近野蛮了。

注释

1. 堀辰雄（1904—1953），日本作家，毕业于东京大学日本文学专业，在校期间与中野重治等人创办《驴马》杂志。曾经师从芥川龙之介，在私小说流行时期，致力于创作富于想象的浪漫小说，积极导入法国文学的心理主义，并融入日本古典文学元素，形成融抒情与理性为一体的创作风格。代表作《神圣家族》取材于芥川龙之介之死，并根据其自身经历创作而成。他因患肺结核，长期在长野县轻井泽疗养，并以当地为舞台创作了诸多作品，在日本帝国主义时期，坚持了不迎合时局的立场，另有代表作《美丽的村庄》《起风了》《菜穗子》等。其中，1941 年出版的《菜穗子》是代表其文学成就之作，描写了摇摆于浪漫与现实之间的女性形象，与时局不相协调。

2. 谷崎润一郎（1886—1965），日本作家，《源氏物语》现代日语版译者之一，以《刺青》等短篇小说受到永井荷风的赞赏。其文学多表现病态的官能享乐，一度被称为恶魔主义。曾经来中国旅行，与郭沫若、田汉、欧阳予倩等人相识。代表作《细雪》是以大阪一个上流家庭四姐妹为中心的家族史，通过雪子的五次相亲，呈现了在时代中沉浮的家族命运，同时将赏花、赏月、捕捉萤火虫等四季风物融于其中，弹奏出了与时局不和谐的音调，因此多次被禁，日本战败后，三卷本《细雪》才全部问世，该作品也是谷崎文学中为数不多的描写正常世界的作品。

3. 国文学，参见"国学"注释。

4. 后鸟羽院上皇（1180—1239），即后鸟羽天皇，高仓天皇的第四皇子，在位时间为 1183 年 9 月至 1198 年 2 月。天皇退位称"上皇"，上皇也尊称"院"，上皇参与执政为"院政"。其于 1183 年平氏一族逃离京城后登位，生活于时代转型期，擅长文武两道，曾经支持编撰《新古今和歌集》，本人亦擅长和歌，是当时屈指可数的和歌诗人之一，执政期间曾多次举办和歌会。他也喜欢打造大刀，他在自己打造的刀身上刻十六瓣菊花纹，这是日本皇室菊花纹的由来。1198 年退位后，开启院政，希望加强朝廷政权，承久三年（1221 年）下诏讨伐镰仓幕府实权派北条义时，却惨败于幕府军，史称"承久之战"，同年被流放到隐岐岛（今岛根县），1239 年病逝于流放地。

5. 日本浪漫派，即"日本浪曼派"（ろうまん派），指 1930 年代后半期，以保田与重郎等为中心，以现代批判与古代赞美为导向，倡导"回归日本传统"的文学思想及其同名机关杂志（1935 年 3 月—1938 年 3 月），也包括具有相同理念及创作风格的作家。此流派希望通过日本古典探寻"日本精神"，以凝聚战时的思想力量。《日本浪漫派》杂志创刊于日本无产阶级文学运动遭到严酷镇压后的思想混乱期，提倡复古主义、国粹主义等日本古典学，为迎合侵略战争之需，倡导"日本精神"，支持"圣战"，具有浓重的战时色彩。

6. 立原道造（1914—1939），日本昭和初期诗人、建筑师，1937 年毕业于东京大学建筑学专业，毕业前翻译了德国诗人、作家施托姆的《苹果熟了的时候》。时常造访轻井泽，受到堀辰雄的诸多关照，擅长创作十四行诗，具有田园与忧郁风格，多表现青春的孤独。生前自费出版诗集《寄萱草》《破晓与黄昏的诗》，因肺结核不治而亡。

7. 渡边一夫（1901—1975），日本法国文学研究者、评论家、翻译家，东京大学名誉教授，日本学士院会员，1925 年毕业于东京大学法国文学专业，1931 年至 1933 年留学法国，主要研究法国文艺复兴时期人文主义作家弗朗索瓦·拉伯雷、中世纪尼德兰（今荷兰和比利时）人文主义思想家与神学家伊拉斯谟，并作为拉伯雷《巨人传》的译者广为人知，同时，他还译介了德里达、萨特、加缪等法国现代哲学家、作家。坚持反战立场，同情共产主义，学生中有加藤周一、大江健三郎等人物。

8. 辰野隆（1888—1964），日本法国文学研究者、随笔作家、东京大学教授，日本第一个真正介绍法国文学的学者。1913 年毕业于东京大学法国文学专业，曾于 1921 年至 1923 年间留学法国。

9. 铃木信太郎（1895—1970），日本法国文学研究者、东京大学教授、日本艺术院会员。毕业于东京大学法国文学专业，主要研究法国诗歌，曾于 1925 年赴法国留学，曾担任日本法语学会会长、日本法国文学会会长。

10. 中岛健藏（1903—1979），日本法国文学研究者、文艺评论家。1928 年毕业于东京大学法国文学专业，留任法国文学研究室担任助手。在译介瓦雷里、波德莱尔的同时，挖掘了宫泽贤治的文学作品。1942 年被陆军征兵，短暂赴马来战场。日本战败后，以进步知识分子身份积极参与反战和平运动，并在重建日本文艺家协会、保护著作权、重启中日文化交流等领域贡献良多，也是著名的中国邮票收集者，著有《现代文艺论》《现代作家论》《昭和时代》《点描·新中国　北京、天津、广州》《自画像》（5 卷）等，亦有很高的音乐造诣，1982 年至 2009 年间设有中岛健藏音乐奖。

11. 清水几太郎（1907—1988），日本社会学家、评论家，1949 年至 1969 年任学习院大学教授。1931 年毕业于东京大学社会学专业，留任社会学研究室担任助手，擅长德语、法语，大学时代开始研究法国"社会学之父"奥古斯特·孔德。日本战败后，于 1946 年创办二十一世纪研究所，在社会学和社会心理学方面不断提出新的问题意识，对学界产生了影响。1949 年创办和平问题谈话会，积极参与反美和平运动。也是战后日本大众传播研究先驱，汲取美国大众传播研究成果，将其与日本现实相结合，为日本大众传播研究奠定了最初的理论基础。1960 年安保斗争后，将工作重心转向著述活动，有《清水几太郎著作集》（全 19 卷）。

12. 内滩斗争，20 世纪 50 年代日本民众反对美国在日设立军事基地的斗争。由于朝鲜战争的爆发，美军的炮弹使用量激增，需要新增炮兵靶场，以检测日本所供炮弹的性能。1952 年，驻日美军决定征用石川县河北郡内滩村的沙丘地带修建炮兵靶场，遭到当地居民和地方议会的强烈反对，反对活动获得广泛的声援。翌年 3 月美军强行征用内滩村，6 月，吉田茂政府宣布允许美军无限期使用靶场，并限令当地居民按期撤离，内滩村村民进行静坐抗议，并与警察发生冲突。1957 年 1 月 31 日，美军撤离，返还靶场。

13. GNP，国民生产总值（Gross National Product）的简称。

14. 安德烈·马尔罗（1901—1976），法国作家、冒险家、政治家，戴高乐时期的法国文化部长。就读于法国东洋语学校，年轻时代有过一段在东方的传奇经历，著有中国革命三部曲《西方的诱惑》《征服者》《人的命运》等作品。

15.《伊势物语》，日本平安时代中期和歌物语，也是日本最早的和歌物语，即以和歌为中心展开的物语，具体作者、成书年份不详。大致展现了主人公在原业平从元服之礼开始，历经恋爱、漂泊、人事往来、出仕、渐入老境、辞世的人生历程，以男女恋爱铺叙展开。其中，在原业平这样一个贵公子形象也成为后世日本文学中的典型形象。

16.《仁势物语》,《伊势物语》的滑稽模仿之作。2卷,作者不详,1640年前后成书。"仁势"日语音"nise",标记为"にせ",即"模仿"之意。作品忠实地模仿了《伊势物语》的篇幅数,将日本平安时代的雅文学改写为当时的俗文学。

最后一讲　自由讨论

——20 世纪 70 年代，您在《朝日周刊》连载《序说》时，我读了。序文《日本文学的特征》是初版吗？后来改写过吗？

序文在出书时修改幅度比较大。整体构思是没到打底稿的程度，大致进行了归纳，以此为基础，或添写或略做了修改。

——页数相当多，每周连载那么多内容相当辛苦吧？

超出了相当辛苦的程度，生活差点崩溃了。也不能见朋友，也不能看电影。也就是没有睡觉和没有吃饭的时候，都在查阅资料或写作。截稿周期是一周，即使只是浪费一天的时间，也会受到严重影响。其他什么事都干不了。

——为什么选择周刊杂志？没有选择月刊杂志或新写的
　　　单行本的原因是什么？

　　那是因为周刊杂志拥有较多读者，编辑也非常热心地支持，不仅仅是我的原因。还有一种自发的强迫（笑）。如果新写或月刊，还能从容一些，不可能那样每天、一次性地完成所有工作。所以，就那么进行了自我强迫。

　　如果不那样，就不容易完成。写作材料要多少有多少，反复限定了作家的名字，才成了现在的样子。读了主要作品，全都想放入。有无止无尽的参考书，读到什么程度？如果不在什么地方了断、开启新内容，那本书是写不完的。例如，就鸥外而言，如果本周写鸥外，无论发生什么都要完成。无论如何一周都得写完。周刊杂志有这样的强制力。如果等待研究成果，会没完没了，因为也有人一辈子研究鸥外（笑）。一辈子仅仅专注于一个作家，如果不在什么地方舍弃的话……

　　周刊杂志在强制人写作的同时，也强制人放弃。就此不再考虑，从这里开始写。因为只有一周时间，所以查阅四天、写三天，或者查阅三天、写四天。

　　　——当时是一边在大学讲课一边写作吗？

　　最初在大学写，后面部分是在日本写的。[1]仅仅"子规和漱石""鸥外及其时代"就占了一节吧。日本文学有千年以上的历史，不可能没完没了地只写这部分。一节大概只有一周的时间写，但鸥外和漱石的资料有那么多。漱石全集、鸥外全集有这个的两倍（笑），还有参考书，几乎堆满了整个桌子，只是阅读就要花费数年时间。但以前读过，所以能写，我认为第一次阅读就写，谁都做不到。

我不干不读就写的事，因为不读就写，只能重复别人说过的话。我几乎都读了，也就是重读忘了的地方或需要重新思考的地方，不是第一次读，所以能写出来。什么时候读的？在大学的时候读的。以笔记上记的和记忆为基础，尝试再次翻阅，以此为基础写作。即便说翻一翻，一周也很紧张。准备时间需要三天到四天，只用三天到四天的准备时间写一节真的够受的。因为有以前长时间阅读的记忆，才能写出来。

——《日本文学史序说》出版以后，人们开始议论日本文学定义狭小的问题，但我认为明治初期到中期的文学概念确实比现在认为的广。那是作为第四个转折期的重要部分之一，包括福泽谕吉到田口卯吉[2]、陆羯南[3]。为什么会变得越来越狭小呢？

我认为从大的方面来把握整个问题，大致上明治二十年（1887年）前后是一个分界线。详细说来，有各种原因，大致上到那时为止是革命的二十年。门户开放和明治维新后不久，今后怎样建设近代日本，这样的政治选项有好几个，无论是政治意识形态方面，还是教育政策方面，都是不安定的时期。这一时期，有一种非常宽泛的看法，连福泽的作品都包含在文学内。没有到此是文学、往前不是文学的一道界线。只要是用标准、明确的日语写的，曾经都被看作是文学作品，但这种自由的解释慢慢地收窄了。

无法明确地说那是从哪一年开始的，大致上以明治二十年左右为界，日本在政治、社会方面选择了许多选项中的一项，明治天皇制官僚国家逐渐稳定、固定下来。不久，它逐渐总括为明治的帝国宪法、教育敕语、军人敕谕，19世纪末，政治、社会的大框架发生变动时，与此相应的是文学的定义也逐渐固定下来。不是使许多选项保持开放状态，而是逐渐集中于其中一种的倾向，在文学的定义方面也出现了。我认为它固定在狭小之处，一直持续到了现在。这是有必要意识到的问题，是非常重要的一点。

这是最为根本的，但再详细、具体一点，有必要正确观察怎样变得狭小了？具体有来自内外的怎样的影响？背后有怎样的历史解释？《序说》完全没有涉及这样的话题。

大体上，《序说》是一本相当禁欲的书（笑）。我认为刚才说的这些非常有趣，而且是很重要的问题，但《序说》的目的是在从《古事记》开始到近代的文学史的推移中，写出这种"推移"，所以，我认为也有人对具体作品的处理方式感到不满。这是很自然的。虽然很遗憾，偏离这点的次要因素在《序说》中被全部省略了，这种例子非常多。闲话少说，都是很有趣的问题，所以，如果是这种轻松的"围绕《日本文学史序说》"这样的话题，就可以聊聊那些被禁欲主义般舍弃的内容。

这也是因为，一项内容如果在国文学界研究没有进展，在某种程度上是不能擅自进入的，因为需要使用次要文献。连这些都自己逐一做是不得了的事，不可能写学界不知道的事。

确实在明治初期，文学史中也出现了福泽谕吉。但就福泽而言，从教育问题到历史、社会问题等，他的涉及面很广，文章是一种口语体，我认为即便在明治创作了口语体的作家中，他也是非常出色的，创作了可以说现在也没有过时的口语体。但为什么说口语体时，不提福泽呢？虽然文坛的那帮人聚在一起就说福泽不是文学家，但无论和哪个文人相比，他都创作了不俗的口语体文章，他的贡献是不可估量的。

"文学"的定义——国学的影响

那么，为什么变得那么狭小了呢？

我认为有两种非常大的力量起了作用。第一种力量是国学。从现在开始说的内容和本次学习会已经涉及的内容有关。国学自贺茂真渊以来，尤其是本居宣长，力量非常强大。从其影响下的国学的文学面向，而非政治面向而言，宣长在18世纪后半期定义了日本文学。例如，把《源氏物语》作为具有代表性的文学作品拥护的是宣长，此前对《源氏物语》批判居多。谁在批判呢？汉学家、儒者。江户时代的知识阶层是儒者、医生，具有中国古典教养。中国的儒学是非常道德主义的，所以，说那么随便地净谈恋爱不行（笑），说那种东西不利于教育，所以儒者是反源氏的。

宣长写有《紫文要领》等各种著作，他最早做的工作是道德和文学作品的分离，也就是表明给孩子讲道德和文学是不同的。文学不是为了说是否有益于伦理而存在的，而是"物哀"等美的感动的表现。断言 intensive、强烈感动的表现就是文学，具体的代表作品是《源氏物语》。他批判说《源氏物语》是文学杰作，而不是伦理教科书。

而且，宣长不在京都，而在伊势的松坂，所以是乡下的少数派。他的学问，即国学，具有绝对的独创性，以广博的学识为基础，但和多数派力量悬殊，只和几个支持者一起与人数是他们百倍的儒者相对立。为了不至于灭亡，变得好战也是没有办法的。他以很少的人数硬是反抗具有压倒性优势的儒者们，所以宣长非常具有攻击性，主张汉文之类本来就是用中文写的，用中文写的东西不是日本文学，日本文学是用日语写的文学。他强调，历史、社会方向、政治、伦理都不是文学，文学是"物哀"的自然的感情反映的表现。因为是少数派，所以他变得非常好战。

那么，明治维新以后的国学怎么样了呢？汉文的能力在一代代急剧地衰退。由于汉文教养水准不断降低，经过两代左右，就不能说儒者占主导地位了。从义务教育的小学到国立大学都不太教汉文了，情况不断地发生着变化。宣长的战斗——绝对多数派儒者对绝对少数派国学者的对立已经是过去的事了。明治以后，谁也没有为此斗争。

然而，受到国学影响的"国文学学者"原封不动地继承了宣长的"文学"定义。国文学学者继承了国学学者的血统，文学的主题不是哲学、社会问题，而变成了恋爱问题；语言不是汉文，而变成了日语。作为例外，新渡户稻造用英语写了《武士道》，此前冈仓天心用英语写了《茶之书》。冈仓用英语写的文章不再是日本文学了。文学狭小的定义确实存在这样的情况，语言是日语，内容是美学。这好像是对宣长的战斗的继承似的——只有感情生活，知性生活不能进入文学领域。

这样一来，这些国文学学者开始在大学授课，他们不断收窄日本文学的定义。然而，已经没有敌人了，可以说就像在和不存在的敌人进行拳击比赛。这就是国学传统，是使日本文学定义狭隘化的第一要素。

宣长本人因为仅仅有国学不够，所以作为知识分子，私下里会阅读汉文（笑）。关于其汉文读写水平，很多人已经指出，根据吉川幸次郎指出的，宣长说的"汉意"的汉文没有任何价值，只是破坏了日语之言，是表面上的，他写的汉文非常漂亮，那样的文章不是开玩笑就能写出来的。汉文对日本人而言是外语，所以如果没有非常用功地学习过是写不出来的。总之，宣长撒谎了。但这谎言很方便，所以一部分国文学权力集团对此避而不谈，吉川不是国文学学者。

由于这样的原因，为了不存在的敌人，用估计错误的、落后于时代的战斗，国文学学者把文学的定义狭隘化了。

西方模式的定义

然而，问题不只是这点。另一方面，还有西方模式的现代化的影响。西方模式的现代化不仅仅是政治和经济组织、纺织和铁路等技术的引入，如果推进大规模的现代化，高等教育也会卷入其中，文学等也会受到影响。现代化的第一个榜样是英美，后来德国跟上来了，法国的影响有限。学习外语的人以门户开放为界，从学习荷兰语改成学习英语，英语成为核心外语。

英国的大学里所说的文学是什么？英国文学成为大学课程是比较晚近的，文学课是古典——以古希腊语和拉丁语为中心授课，英国文学是比较新的科目。尽管如此，英国文学观念在英国长期存在，在近代文学的历史中，小说成为重要因素。在18世纪、19世纪以后的英国文学中，小说非常盛行，甚至有人称英国为"小说之国"。

再早一点，英国还是莎士比亚的国度时，戏剧也非常盛行，戏剧被看作文学。莎士比亚是诗人、剧作家、演员，莎士比亚代表的英国文学以剧本为中心。因此，诗和小说、戏剧成为英国文学的中心。抒情诗是世界共通的，但关于散文[4]文学，强调小说有英国历史的原因。

这种观念也照样进入了日本。戏剧和小说是文学的中心的想法是从英国输入的，然而，这些观点从英国输入时，如果想到宣长，正好相契合，国学的《源氏物语》中心主义和莎士比亚非常吻合。所以，其他东西都不要了，文学观念变得狭小了。

如果是中国的文学定义，传奇小说——作为虚构的小说，在中国文学史中没有占据较高地位，被叫作"四大奇书"什么的，不算正统文学。戏剧是"元曲"，这也不是中心。中国说文学时，始终都是指诗和散文，散文不是内容的问题，而是指用非常富于技巧的散文写出的东西被当作文学。中国的文学家写那样的东西，而没有写小说。所以，中国和英国的文学概念完全不同，因为历史不同。而且在日本，英国的定义和国学重叠在一起，敌人是汉文时代的习惯也还残留着，因此，这种倾向变得愈发明显。我认为这是近代日本文学定义变得狭小，并因为战争而固定下来的原因。

还有一点有必要补充的，是在更新的时代，第二次世界大战后，文学的定义也变得非常狭小。那当然也有惰性的原因，但应该是美国大学的影响吧。美国大学的文学和社会学、历史学、哲学是独立的。文学的课是 poetry 诗、drama 戏剧、fictions（novels），这是文学的三大种类。英国的情况，除此之外还重视传记、历史。例如，吉本的 *The Decline and Fall of the Roman Empire*（《罗马帝国衰亡史》），这本历史书被当作英国文学专业散文课的代表性教材。传记和那样的历史书，还有塞缪尔·约翰逊之类所写的作品被作为英国文学的杰作对待是其特征。尽管如此，特别是在美国，连历史也被排除在文学之外，poetry 和 drama、fictions 才是文学的观念蔓延开来。我认为这种影响也及于战后日本，促使狭小化的文学定义固定下来，而没有促使其扩大。

就《日本文学史序说》而言，我的立场是文学的定义因国家而异。这是因为不同国家实际创作的作品的重点，就像中国和英国那样，是不一样的，所以定义也是不同的。那么，文学在日本是什么？应该一边思考日本的文学史，一边下定义为好。这么一来，可以发现日本是国学和英国式定义的合并之物。回头看，英国无论怎样，莎士比亚都是核心，所以会考虑日本的莎士比亚是谁吧。因此，如果拼命找，就会重新发现近松门左卫门。近松门左卫门和莎士比亚不一样，但如果无论如何都不能发现相当于莎士比亚的人物，就会认为日本没有文学（笑）。

日本的小说也是明治以后被发现的。作为文学作品被高度评价的是西鹤。对西鹤进行评价是明治以后的事情，西鹤在江户时代并不怎么被认可。为什么呢？我认为陈旧、狭小的定义并非阅读日本文学史的最为有趣的工具。日本文学史无法以剧作家代表，也无法以虚构小说代表。英国 19 世纪维多利亚时期的小说很有趣，但关于江户时代的小说，虽然发现了西鹤，但其他的如龙泽马琴[5]或为永春水，近乎通俗小说，和 19 世纪的英国小说不一样，是大众娱乐。即便如此，无论如何也要把文学的定义狭隘化，把"读本"或"人情本"置于小说研究的中心，我认为这是明显的判断失误。

一边采用这种狭小的定义，一边说日本文学没有思想、没有像样的哲学，但这是当然的。因为日本人过去用汉文书写哲学、表达思想，若预先把汉文排除在外，把用日语写的小说定义为文学，那么无论怎么努力，也只能出现为永春水。也许春水也有哲学，但并非值得长期认真吹捧的东西吧，说什么"娼妓撒谎，所以要留心"，如此之类的（笑），那是非常幼稚的哲学。如果扩大文学的概念，尤其如果考虑日本人用汉文写的东西，那么，江户时代的文学并非那么没有思想。例如，新井白石。白石是历史学家、语言学家，也是政治家。他有用日语写的和用汉文写的两类著述，数量上以汉文居多。白石有个人的哲学，其知性世界极为丰富。春水或西鹤有点难以比拟。

再就是荻生徂徕。他也是历史学家、语言学家，但徂徕用汉文写的作品非常有趣。作者的个性呈现出来了吗？鲜明地呈现了出来。虽然不能进入现在英国所说的文学，尤其是美国的大学所说的文学的范畴。例如，《论语》的注释，《论语征》中有徂徕知性世界的生动表现，作者的个性也显明地呈现了出来。不过，英国没有将经典的注释定义为杰作的习惯。然而，这种事例在中国很多，江户时代也受到中国的影响，但明治以后忘却了。我想恢复这种传统。我认为，如果再次用宏阔的视野瞭望日本文学，社会思想和哲学思想都将非常丰富地呈现出来，日本文学史将变得丰厚。不是说非得这样，但加入这些会非常有趣。

即便我说像这样把定义放宽，反正也没有人听（笑），所以，实际写上一本拓宽了的文学史，就是这本。我说哪一种更有趣？选择有趣的吧。

虽然《序说》的目的不仅仅在于拓宽文学概念，却也是我强烈意识到的目的之一，这点和主要语言的问题——汉文。以前的文学史是宣长-英国情结，所以汉文被抹去了。汉文的文学非常重要。通过汉文，空海可以进入文学史，因为空海没有用日语撰写著作。

另一个是口传文学。不是书面的东西，我通过文献也阅读了通过口头互传继承下来的传说等。不过，有人会在某些机缘巧合下偶尔记录下一些口传文学。《梁尘秘抄》[6]之类的就是，原本是歌词，不是书面的东西，是在编撰《梁尘秘抄》时收集的吧，是为了记录而写的。看到这些东西，就会知道口传文学有相当丰富的内容。笑话或落语等，在江户时代非常繁荣，但几乎没有被记录下来。可是，极少一部分例外地作为文献被保留了下来，《昨日是今日物语》[7]等即是。

因此，在语言方面，我不只是把以前写的日语作为对象，也考虑用汉文写的东西；与此同时，也考虑大众化的口头互传的东西，拓宽了文学的范围。日本是佛教国家，又把儒学作为正式意识形态采用，所以，与儒学和佛教相关的概念、议论、习惯、仪式，还有文学表达非常丰富。例如，日莲写的东西、亲鸾写的书简集或《叹异抄》[8]——这是弟子写的，这些随处可见。虚构的《御伽婢子》[9]那样的大众文学，如果大张旗鼓地搜寻当然有，但出自同时代亲鸾那深厚的宗教天赋的文章也有非比寻常的妙趣。我认为那是另外一种文学。就这样，我希望拓宽文学的定义，如果拓宽了，佛教和儒学中当然都融入了大量文学、哲学观念。

——《日本文学史序说》出版后，国内外的反应怎么样？

没有特别看到文学概念通过这样的想法得以拓宽的文章。不过，如果说《序说》出版后的日本文学全集或古典文学全集中收录了怎样的文学，那么显然是拓宽了。当然，那不只是《序说》的影响，但应该有一点帮助。我希望扩大文学的概念，作为一种事实，我认为是扩大了。这是我想达成的目标，是谁都可以做的事。重要的是，如果编纂日本古典文学大系，什么作品能够进入其中，不只是小说和戏剧，我认为这一点得到了很好的实践。有很多轶事，但这是最重要的。

那么，关于你的问题，有怎样的反应这件事，直接写出来的反应中最有意思的、并且用日语写的是内田芳明的书评。忘了写在什么地方了，是相当长的书评，他给予了很高的评价。他是研究马克斯·韦伯的，也做过《古犹太教》等宏大的翻译工作，通晓韦伯的宗教社会学。读了《序说》，他高度评价了其思想史意义。关于《序说》，他论述最多的地方是指出日本有土著思想，当外国强势的意识形态或体系，佛教或儒学、基督教、马克思主义等进入时，日本方面对此是怎样反应的，这是一个大问题，对这个问题通过文学进行了考察。他从这个观点进行了论述，不是对琐碎或细微部分的议论，而是从正面回应并论述了贯穿于全书的主要"问题意识"。

我认为他的批评主要针对土著思想的定义和内容未必明确这点。这个批评非常重要。总之，他评述了作者的主要目的或中心部分，而不是拘泥于琐碎之处。在此意义上，我认为这是一种深刻的理解。他说的诚然是理所当然之事，简单说来，也就是加藤写得也不错，马克斯·韦伯更加了不起（笑）。我也非常赞成，我当然和韦伯不一样（笑）。就这样，这是一篇令我感到光荣、值得感谢的书评，同时也是一篇瞄准核心部分的本质性的书评，令人印象深刻。其他书评则是理所当然的介绍比较多。

外国书评记得两篇。其中一篇是美国介绍日本文化的杂志，名字忘了，刊登了一篇相当长的、出人意料的书评，评论说《序说》的作者是一个超级民族主义者，一味主张日本的一切都是好的。总之，我认为这是在暗示军国主义的再临，但我认为这是完全的误解（笑），完全没有读懂。再深入下去毫无意义，我经常被狠狠地攻击说是左翼、左翼，为此在日本也有各种麻烦，但这是第一次被说成"右翼"，真想让那些讨厌我的人看看（笑）。

另一篇是《世界报》上刊登的 Jacqueline Pigeot［雅克利娜·皮若］的书评。她给予了高度的评价，非常感谢，不过，她批评了没有涉及《梁尘秘抄》这点。我认为这点确实是我马虎了。我完全接受没有对《梁尘秘抄》进行充分叙述是缺点的批评。所以，在她指出以后，我对《梁尘秘抄》进行了补充，写了《阅读经典　梁尘秘抄·狂云集》（岩波书店）这本书。我认为我在书中把能说的都说了。我认为即便只是要点，如果能够放入《序说》就好了。

还有一个就是文献的变化情况。这种关于古典作品的研究都比较新，我认为新文献此后也增加了。总之，儒者这种高度知性的精英们的表述用的是汉文。其次是中间层的各类作家，如果不能自由阅读就理解不了，所以是相当有文化的人，并且使用的语言是日语。还有大众，懒得阅读，但通过口头互传，用日语进行表述。还有歌谣，"今样"歌谣之类的是一个例子，如果把它当作最"下"层，以前的日本文学史只是"上中下"的"中"。我想在此基础上，增加"上"和"下"；至少意图是这样的，把这个方向作为了目标。

内田芳明指出的问题是，佛教等国际性的强大的思想体系进入前的日本人的世界观原本是怎样的，我对此用"矢量"这个概念进行了说明。丸山真男对此用"古层"这个词汇表述，后来又表述为"执拗低音"。考虑到说"古层"时，说到"古老"，什么时代会成为问题，所以，还不如着眼于结构上成为基础的东西，这是引发所有外国思想体系发生变化的原因。

执拗低音是指一种持续的低音，用乐器说是低音大提琴，旋律从其上的高音部流过，我认为不只是低音持续着，也包括在与它的关系中，旋律得以展现这个现象。所以，也许"执拗低音"这个词比只说"古层"正确。我所说的"土著思想"几乎是同样的意思。我们特别关心的一件事是，希望回答"古层""执拗低音"或"土著思想"到底是什么这个问题。

——这是和武田清子、丸山真男、木下顺二提及过的内容（《日本文化的隐形形态》，岩波书店）吧。关于语言的问题，丸山在"古层"之后，改换成"通奏低音"，又改换成"执拗低音"。丸山用"通奏低音"这个词的时候，强调的是"反复"。开始用"执拗低音"后，出现了您刚才说的成为基础的低音在和其他音的关系中形成旋律这一点，这种三阶段的说明方式非常有意思。说"反复"时，重点放在单纯的反复上面。

波士顿交响乐团有一位名叫伯恩斯坦的优秀指挥，某个时期也兼任维也纳爱乐乐团的指挥。他曾经在哈佛大学讲过几次"音乐和诗歌"课，美国公共电视台PBS把它制成映像传向了全美。哈佛大学的学生聚在一起，中间放有钢琴，伯恩斯坦一边聊音乐，一边也聊诗歌。他的话确实有趣。内容很多，其中之一就是"反复"。我并没有像他强调的那样意识到"反复"的意义，但诗歌有反复（refrain）这种技巧吧，在诗歌一小节的结尾处出现一行或两行"反复"，说这和音乐的结构很像。但这也要看音乐，古典时代具有代表性的贝多芬或勃拉姆斯的作品中反复比较多。伯恩斯坦说诗歌和音乐都是由"反复"和"变奏"组成的。

确切地说，丸山首先强调了"反复"，后来强调了"变奏"。"变奏"是变新和"反复"的综合吧，这是我们感兴趣的话题。这最后会到达"日本人是什么"这个问题。要是丸山，这才是"日本的思想"这个题目的一个"变奏"。我也差不多。假设有成为通奏低音式的主调的土著思想，那么那是怎样的东西？作者就是想说这个，这是《序说》的文学史概念的特征，我希望读者能够读出这点。

——中国和韩国对《序说》的反应怎么样？

我迄今为止看到的都是介绍性的文章，但反应很好。很多学校好像把它作为教材在使用，好像日本的历史或日本的文学等日本文化研究人员在使用。我认为应该是给予了较高的评价。没有具体读过非常具有分析性的文章，但读过几篇推荐性质的书评。

中国人大概认为上面写的都是理所当然的吧（笑）。新井白石叙述日本古代史，那是这样的时代啦、发出了"神是人"之类过激的声明啦、其背景是这样的啦、和朱子学的关系是这样的啦，认为这种表述出现在文学史中是正常的吧，也许只有日本人感到吃惊（笑）。谈论中国的文学，不可能不谈《论语》或《孟子》。唐代有历史小说，但无法和杜甫的文学相比。杜甫也谈论日常生活中身边的庭院或景色，但同时也涉及战争。

——欧洲国家也翻译了，他们认为这是普遍性的文学史叙述，还是特殊的日本文学史呢？

论及这个问题，我认为双方都有责任。我认为，作为一般文学理论，由此汲取，并对此进行批评，同时又对此进行运用的现象非常少。关于日本的文学史，我认为《序说》几乎成了大学生的经典，但全面接受拓宽文学范围之言的人很少吧，仍然是沧海一粟。国外能读日语的研究人员，如果读一大堆东京大学或京都大学的专家的书，都是在狭小的领域内工作（笑），我是个极端少数派，所以，我认为还是有不能充分理解之处。

这是因为在外国文学研究者中，越是有能力的人越尊重当地人的意见。尊重当地意见时，必然会倾向于多数派的意见。我的情况，是在挑战日本多数派的意见（笑），要求外国人这样不合适吧。如果让日本的法国文学研究者说大部分法国人用法语这么思考，但我不这么认为，这是需要勇气的。

——欧洲语翻译版本的书评者几乎没有内田芳明这样的思想史家，而是文学方面的专家居多吗？我想如果思想史领域的人写书评，也许会有不同角度的评论……

在某种程度上，给予相关评价的不是狭义的日本文学研究者，而是比较文学的专家，在这些人中有认可的倾向。为两册法语版中的一册写序的艾田蒲是原巴黎大学的比较文学教授，他不是日本文学专家，所以从比较自由的立场进行了评论，也涉及了方法论中的马克思主义等问题，说马克思主义的影响是显而易见的，但他欢迎这种并非教条主义式的分析方法。他没有被看作是左翼。

这是触及一般知识界的话题，从宏观上看，即便不涉及我本人，丸山真男是分析日本"超国家主义"或者德川时代政治思想史方面的国际权威，他的作品是所有研究者必读的、具有代表性的经典之一。但我认为，似乎没有运用丸山的方法重写美国史或重新解释欧洲史这样的情况。这是丸山和马克斯·韦伯的不同之处。韦伯不是在说德国，他的作品不是面向德国史的经典，而是为世界范围能够考虑到的所有宗教社会学提供新方法。

丸山真男之后再进一步，不是日本的话题，而在政治史或思想史领域，应该从日本产生影响世界的方法吧，但还没有这样的征兆。

在社会科学领域还没有出现这种情况。最高峰是丸山，他出色地解释了日本。

——现在海外翻译的《序说》有七国语言吗？

英语、法语、德语、意大利语、罗马尼亚语、中文、韩语七种。翻译情况因国情有所不同。德国那边让我写之后的情况，我回答说现代文学不是历史，我不能像写历史书那样写；但作为附录，写了关于现代日本文学的感想似的笔记（备忘录），虽然不是和前面各章一样的历史。我没有用日语写，一开始就是用德语写的。

——（主持人）我想引用《序说》下卷的最后三行来结束本次学习会。

"时代的条件——或者一代人的现实，较之接受或描写，在希望批判、拒绝、超越它的表述中，也只有在这种表述中，才能呈现进退两难的极端特性。"

再次感谢五天以来陪伴我们的加藤先生！谢谢！（拍手）

注释

1. 日本《朝日周刊》于 1973 年 1 月 5 日至 1974 年 8 月 2 日期间连载《日本文学史序说》(上)，连载开始时，加藤周一在柏林自由大学东亚研究所工作，任职时间为 1969 年 9 月至 1973 年 8 月。

2. 田口卯吉（1855—1905），号鼎轩，日本明治时代经济学者、历史学者、政治家。曾经学习英语、医学，后入职大藏省（相当于"财政部"），不久退职专事著述与翻译，1879 年创办《东京经济杂志》，倡导自由主义经济，著有《日本开化小史》《自由贸易经济论》，编纂《大日本人名辞典》《国史大系》等。

3. 陆羯南（1857—1907），本名实，号羯南，日本明治时代著名报人、评论家。1889 年创办《日本》报，亲自担任社长兼主笔，展开对日本内政外交的评论，宣扬日本主义、国民主义，对当时日本社会产生了较大影响，与德富苏峰、朝比奈知泉一起，成为当时日本言论界的代表人物。

4. 此处"散文"指与"韵文"相对的文体。

5. 泷泽马琴（1767—1848），本名泷泽兴邦，号曲亭、马琴、笠翁等，日本江户时代后期作家。擅长以雅俗共赏的文体表现劝善惩恶的理念和因果报应的思想，代表作有《椿说弓张月》《南总里见八犬传》(简称《八犬传》)等，是日本第一位职业作家。《八犬传》费时 28 年完成，是作家以中国演义小说为典范创作的鸿篇巨制，也是日本江户文学的代表作。

6. 《梁尘秘抄》，日本平安时代末期今样歌谣集，由后白河法皇编撰，12 世纪后半期成书。"今样"指新式歌谣。"梁尘"是优秀歌谣、音乐之意，典出刘向《别录》："汉兴，鲁人虞公善雅乐，发声尽动梁上尘"。

7. 《昨日是今日物语》，日本江户时代初期笑话集，2 卷，作者不详，1624 年前后成书。

8. 《叹异抄》，日本镰仓时代佛教语录集，1 卷，一般认为是日本净土真宗开祖亲鸾的弟子唯圆所著，是日本净土真宗圣典。唯圆哀叹亲鸾示寂后，宗派教义分歧，故引用亲鸾法语，以阐明宗派教义。

9. 《御伽婢子》，日本假名草子（江户时代初期出现的一种小说形式），13 卷，1666 年刊，日本怪谈小说之祖，作者浅井了意（？—1691），改写自中国明代《剪灯新话》《剪灯余话》，其中，《牡丹灯笼》最为有名，对后世日本文学影响甚大。"假名草子"指日本江户时代初期出现的以假名为主的文学样式，这是相对于用汉文写作的学术类书籍的称谓。

后　记

　　本书是白沙会会员和《日本文学史序说》的作者加藤周一的合作。首先，加藤扼要地介绍了希望在《序说》(此处略记）中补充的一些内容，包括这些介绍在内，白沙会提出与《序说》相关的问题，然后作者和读者就同一个话题展开讨论。问题确实涉及许多方面，有直接讨论《序说》内容的情况和间接提出《序说》唤起的各种问题的情况。本书是以前者为中心整理的、我们历时五天讨论的内容。我认为即便看上去是断片式的话题，但因为是以《序说》为前提的，实际上还是有若干的关联吧。

　　在《序说》的框架内，也就是文学的世界和其框架外，也就是政治现实之间有什么关系？能有什么共通的接点吗？不一定总是有，但有时候可能有吧。例如，接点在这个国家有选举权者的投票行为和通过舆论调查得出的多数意见不一致时显现出来。在舆论调查方面，反对修改宪法第九条，而在政治家的支持率方面，支持主张修改第九条政治家的人数有时分别超过半数。既然发生了这样的事情，也就有必要理解为什么会这样吧。这当然有很多理由，错综复杂，舆论调查方法、九条问题在许多争论点中的比重、个别利益的重视、各种舆论操纵……但不能说这一切可以充分说明舆论调查结果和选举中投票行为之间的背离吧。那么，和所有拥有选举权的大众相关的，可以说是传统的思维习惯、精神结构、世界观和价值观（和法语中的 mentalité 类似）就成为问题了。如果希望理解现状，就有必要理解文化传统。文化传统不只是理智、逻辑的东西，同时还包含感情，还有感觉心理。怎样才能理解文化传统呢？为此最有力的方法之一，是日本文学史的分析。这样一来，政治性、经济性的现实世界和文学性、艺术性的表现世界的接点在此显现，也不得不显现。

共时性地看接点，个别文学作品看上去和政治世界完全无关，例如，平安时代的《源氏物语》《今昔物语》《往生要集》。但概括这三者的美学和人生哲学、宗教信念，整体上无非就是支撑院政这个异常政治制度的文化体系（封闭空间中的对细节的洗练）。又比如，镰仓时代到室町时代的双重政府和封建权力分散的时代，其政治状况几乎和能与狂言的美学、《正法眼藏》的超越性哲学、法然与亲鸾的依靠外力信仰这个

272

三角构成的文化体系分不开。历时性地看同样的接点，历史从院政时代发展到封建制时代，与此并列，文化——确实正如文学史鲜明地证实的，呈现出个人化、内面化、超越化的倾向。我认为虽然深入了个别问题，但《序说》的作者和白沙会会员的心中也不断浮现出这样的想法。

我们对归纳成本书的讨论感到非常愉快。如果能和更多的读者分享这种愉悦，将是无上的荣幸。

2006 年 10 月 1 日

于上野毛

加藤周一

三人谈　加藤周一持续思考的问题

大江健三郎
*
小森阳一
成田龙一

2009 年 12 月，正值加藤周一一周年忌辰之际，举办了第 61 次纪伊国屋南方研讨会"与加藤周一一起——现在，讲述《日本文学史序说》"，议程包括大江健三郎的主旨演讲及其与小森阳一、成田龙一的三人对谈。在本书推出小型平装本之际，将本次记录刊载于此。

筑摩学艺文库编辑部

大江　我一直认为，这个人是我这个时代的巨大、出色之人。收到他的讣告，如果是在年轻时，我只能悲伤。但现在上了年纪，我体验到的是震惊，几乎是恐怖。和仅有的几个友人和家人说起他，我像《新约圣经·路加福音》临近结尾处写的"脸上带着愁容"，或者独自"脸上带着愁容"那样追忆着他。

不过，随着时间的流逝，我觉得能够遇到那样的人、听

到那样的话，"听那个人说话时，我们的心不是火热的吗"？（这也是《路加福音》最后出现的话语）

加藤周一去世时，我体验到的确实就是这种状态。

我在报纸上写了一篇致加藤的、代替追悼文的谈话类的文章。我在文章中称加藤为"大知识分子"，被一份严肃杂志批评了。我给美国的一位同样的老朋友写信诉说此事，想着英语有相当于"大知识分子"的词吗？看辞典的例句，有some important figures in European intellectual life。"大知识分子"这个表述不是单独存在的，例如，在欧洲的知识分子中，有某些非常重要的人，其中之一是他，好像是这么说的。

因此，我想，日本有知性者的生活这种东西吗？又想，如果有，其中的重要人物是谁？我认为加藤确实是日本能有的、生活在知性生活中的最为重要的一个人。

这种知识分子的状况可以从《日本文学史序说》中领会。

日本最初的知识分子——纪贯之和菅原道真

大江 这本书第一次使用"知识分子"这个词是关于8世纪的山上忆良。拥有大陆文学教养的忆良型知识分子官僚，却是单独、孤立的。经过一百年，那样的人终于开始成群出现。加藤分析说这是9世纪社会的特征之一。

这样涌现的知识分子有两种类型。一种是由于藤原氏一派独霸权力，而在政治没落的贵族中出现的，从被迫远离政治权力中心的纪氏出现的代表性人物是纪贯之。另一种不是上层贵族，而是从比较下层的儒家出来、作为官僚晋升到高位的人物，从祖父那代开始就是儒者，后来成为右大臣的菅原道真是这类的典型。

纪贯之是把《万叶集》之后日本优秀的和歌编纂成《古今集》的、相当知性的人物，他也写了《土佐日记》这本游记。

加藤也把8—9世纪的僧人慈觉大师圆仁当作最初的优秀知识分子之一。圆仁写的《入唐求法巡礼行记》这本游记，描写了旅途中看到的民众的痛苦人生，但纪贯之没有写实际生活。用汉文写作的圆仁能够呈现这种写实主义，但纪贯之即便主持贵族的和歌会，也能写出自己的游记，但不能洞察并书写民众的生活。加藤说这也是日语和中文的语言差别，但大体上，日本知识分子不是先从写实主义出发的。

一方面，菅原道真用中文创作了优秀的诗作，也就是那个能够鉴赏、理解中文作品的知识分子集团已经形成。这和理解纪贯之的日语和歌的集团一样，都意味着9世纪初知识分子集团的出现。

加藤说其中有共通点，也有不同点。"月亮像镜子般澄澈，却不能帮我揭发冤罪；风像刀子般尖利，却不能击碎悲伤。所见所闻一片凄惨，此秋只是自己的悲秋。"菅原道真结合自己的经验创作了这样意思的汉诗。另一方面，纪贯之选入《古今集》的和歌中有"望月千愁涌上心，为何独我无限愁"（大江千里）。

情况正好相反。一个是受到政治追逼、被流放到地方上的知识分子创作的诗歌，另一个是宫廷的和歌诗人在赛诗会上吟诵的东西。当然，也有中文和日语的不同，但尽管如此，同时代的诗意表述中明显有相通之处。

一直到 8 世纪，例如，即便比较《怀风藻》的汉诗和《万叶集》的日语和歌，也没有这种共通的感情、共通的表述。然而，经过 9 世纪，到 10 世纪初，宫廷诗人大江千里和被追逼的官僚、写汉诗的菅原道真之间，可以感到作为同时代人的同样的内心世界。说创作这种作品的人是知识分子，这是加藤的观点。

加藤高度评价能够读外语、和外国人讨论并且共同工作的人，说从事自己的研究、也积累了海外经验、具有普遍性，在此基础上能够在国际上活动的人才是知识分子。所以，他认为年轻人有必要到国外，成为一个能够和人认真讨论的人，至少这是成为知识分子的第一步，他用自己的人生证明了这点。

像菅原道真那样用外语创作诗歌的人和加藤非常接近。

另一方面，像《古今集》的和歌诗人那样，在日语世界中，有在狭小的宫廷中创作和歌的人。加藤说这两者之间有相通的东西，那就是他们都处于同一个时代。而且，加藤展示出的知识分子的条件，就是在同一个时代，虽然持有不同的教养和职业立场，但可以共有某种文化。

加藤总是对各种各样的问题进行非常理论性的分析。而且，关于文学，关于历史书，或者关于哲学，关于各种各样的东西，他都基于日本文学的历史进行分析。他的原则中包含着高度评价文学作品的态度。他总是细致地读解一个女性和歌诗人吟诵的和歌、一个农村老俳句诗人创作的俳句，对近松门左卫门的净瑠璃、井原西鹤的小说也是这样。这些文学作品中有生活于同时代的人们共有的感情，理解这些就是理解时代、理解社会、理解日语的本质，加藤具体地展示了这种确信。

关于《序说》，外国的一位有名的文学研究者批评它是"一部优秀的作品，却是文化史，也许不能说是文学史"。但这是错误的，从来没有过像加藤那样，把一个个作品作为文学文本深入理解的文化史家、文学史家。基于具体阅读的，对于日本社会、日本文化、日本历史的结论充满了这本书的所有页面。知识分子是具有怎样条件的人？加藤严格而宽大地列出了各种类型，如此重视他们的作品。

*

百年前的知识分子——石川啄木

小森 大江指出,《序说》中"知识分子"这个词在关于山上忆良的内容中第一次出现,在此基础上,以纪贯之和菅原道真为中心做了有力的展开。

那么,时代飞速向前,如果说近代特有的"知识分子",会是谁呢?在《序说》下卷,加藤周一列举了 1830 年出生的、经历了江户幕藩体制末期到明治维新,在三十七岁左右开展工作的那代人,以及夏目漱石、德富芦花、尾崎红叶等,1867 年前后,大致出生在明治维新那年的那代人,所谓日本近代的著名小说家。

成田 我认为在《序说》中,和知识分子这条线一起,"世代"也被作为一个重要的因素。

为什么把世代作为问题?我认为这其中恐怕有加藤毕生思考的战争体验问题。对于经历过战争的人而言,不同世代的人的战争体验具有不同的意义。也许他着眼于战时及战后不同的反复了吧。

小森 1830 年出生的人在必须担起社会最核心的任务时,经历了戊辰战争这场内战,以及持续二百六十年的制度将决定性地转折这些重大事件。

另一方面，在戊辰战争期间出生的夏目漱石那一代大概开始懂事时，经历了西南战争这场最后的内战；然后，不知自己是否会被征兵的微妙时刻是甲午战争[1]，开始写小说时是日俄战争，临命终时是第一次世界大战。这些与日本相关的战争以及每个知识分子对此进行了怎样的论战是非常重要的吧。

成田 是的，我认为是这样的。您讲得很具体（笑）。

还有，我认为加藤在把世代作为一根轴进行思考的同时，也在思考知识分子的型，即类型这样的东西。近代部分是世代和类型的组合，通过《序说》，类型被不断地提炼出来。我认为探讨知识分子在同时代呈现了怎样的类型，并把它提炼出来是加藤写作《序说》的一个方法。

大江 我认为，与其说加藤思考了"世代"，不如说他是一位"时代"的思考者。而且，他简单整理了明治初年的历史事件——这是加藤自己整理的东西。加藤重视甲午战争。日本的轻工业发展了，通过纤维制品，国家在某种程度上富裕了，而且能打甲午战争了。接下来打日俄战争，日俄战争是重工业发展的时代，因此能打一场大战。

从甲午战争到日俄战争时期开展文化活动的人们，正冈子规、幸田露伴、夏目漱石、森鸥外等，也是带着明治维新、甲午战争、日俄战争这种深刻的时代印记的知识分子，但加藤重视的是接下来的那一代，生于明治维新到两次战争时期的，青年时代直面不安且不幸的时代状况的文学家，直截了当地说，就是石川啄木。

石川啄木生于1885年，卒于1912年，了解走向甲午战争的社会变动。而且，他在二十岁出头作为文学家开始活动时，立即碰上了巨大的时代壁垒。加藤认为最明确地体现且书写日俄战争后到十月革命前，也就是1910年前后时代特征的是石川啄木。

从现在开始大约一百年前的1907年、1908年，出现了和现在的日本相同的社会现象，即年轻人即便大学毕业也无法就业。石川啄木对此进行了批判，写了《时代闭塞的现状》。闭塞是封闭的意思，也是使其封闭的意思。时代封闭了，年轻人就没有希望了，而且，1905年日俄战争结束，经济状况有了新的变化，国际关系有了进展。在日本，国家自身开始操纵甚至拥有导致社会封闭的强大权力。但是，啄木呼吁年轻人不能就这么被控制，不能封闭，必须拿出自由突破的力量、语言、行动。

一方面创作抚慰年轻人心灵的美丽诗歌，另一方面吟咏自己内心对大逆事件中的幸德秋水，即"恐怖分子"产生共鸣的东西，在此出现了这样的知识分子文学家。这是加藤的着眼点。

在报社工作的啄木得到了幸德秋水从狱中写给律师的信，他把信抄写下来。信中引用克鲁泡特金[2]的书，表明他们这些无政府主义者并非要攻击皇室。啄木在上面添加了自己的感想，也抄写了克鲁泡特金的英语文章。

啄木认为必须学习外语，以便学习新思想。加藤对当时这位耿直而不安的青年非常感兴趣。啄木患了当时的时代病肺结核，在贫穷中死去，家人也陷入了绝境。可是，如果社会状况不同，会怎么样呢?

在那一百年前，海因里希·海涅成功地逃离了同样处于闭塞状态的普鲁士。他一边在欧洲文化中心巴黎过着流亡生活，一边像啄木一样创作美丽的诗歌，成为一名发表激烈政治言论的新闻记者。

加藤想象，如果有足够的钱，可以接受令人满意的教育，能够好好地生活，日本不是"孤立的岛国"，而是可以逃亡到国外的状况，作为日本的海涅，啄木也许能创造全新的文化成就，应该诞生过这样的文学家。

我希望现在的年轻人思考一下，让啄木感到痛苦的时代不过才一百年前而已，一百年前的事，现在正在重现。

那么，想想现在有什么样的文学，有啄木吗? 现在，成为海因里希·海涅的那种富裕程度、去外国的能力、强势的日元，都有，但有成为海涅的人吗？如果没有，那是不行的吧？应该对此进行反省吧？我认为这是加藤思考现代的又一个主题。

啄木之后一百年的现在，出现了新的闭塞状态。1945年前后刚好是中间时期，战败后建成的日本有了朝向新文化的动向。那个时代有打破时代闭塞的可能性，加藤对此做了证言。

我认为这些与其说是"世代"问题，不如说是"时代"问题。切实地捕捉时代，不是作为形式，而是合乎逻辑地进行整理，并正确地表达出来，我认为这是加藤的写作方法。

怎样理解"日本""文学""历史"？

小森 刚才大江说到加藤是如何论述、定位石川啄木的，认为不是"世代"，而是"时代"。那么，《序说》是日本的历史，同时也是文学史，也就要关注怎样理解历史这个问题。在书中，政治和文学不是对立项，确实最为政治性的即是最为文学性的，最为文学性的即是最为政治性的，深入理解如此生活的人的文学表述是这本书的重要方法论，这一点得以明确。

成田 我认为是"时代"还是"世代"这点非常有趣，

而且提出了一个困难的问题。

正如大江说的，日俄战争后是和前一个时代不同的、可以看到某种巨大转折的时代。对年轻人而言，是闭塞的时代，但在上一代人看来，是日本制定的富国强兵目标得以实现的时代。也就是对经历过明治维新的那代人而言，在甲午战争和日俄战争中取得胜利，迄今为止的任务得以实现的时代来临了，但对年轻人而言，是一种压迫状态。就这样，我认为可以看到不同的"时代"。而且，啄木和上一代不同，提出了他们年轻一代的想法。

我认为确实可以说，加藤思考的不只是世代，或者不是世代，而是时代，并提炼出类型，但从啄木身上可以看出，作为时代和世代，以重叠摄影的方式提出了问题。

再略微以啄木为例思考，啄木一方面在考虑怎么活的问题。同时，正如大江所说，他还面临着文明的问题，或者国家的问题。

且说，加藤说近代的文学家有两种类型，一种是内村鉴三型，追求怎样活着；另一种是以鸥外或漱石为代表的与文明格斗型。根据这两种类型，文学家的谱系得到很好的梳理。但是，可以说啄木同时承担了生存方式的追求和与文明格斗两种类型。

也就是，我认为加藤通过拉一条辅助线，把知识分子分段化，巧妙地把这个谱系清晰地呈现出来，但始终把辅助线当作辅助线，认为其综合处有文学家或者人的生存方式。

而且，正如小森指出的，虽然《序说》拥有"文学"的标题，但其中表现的同时也是政治问题，虽然展现出作为文学的叙述姿态，但定义文学作品的是不同时代的状况。

《序说》的讨论不限于文学，例如，围绕"日本"，什么是日本？这是由时代定义的，因时代而不同。而且，加藤认为这是政治。所以，在《序说》中，日本是不固定的。一边使其流动化，重新进行整理，一边在各自的具体状况中，确实是在时代中，尝试思考日本是怎样呈现出来的。关于"历史"也是，尝试使历史流动化之后进行思考。《序说》重视文学作品，但对束缚、规定文学的东西进行了重新审视，进行着流动化的实践。

再补充一点，以这样的形式，把日本和文学或者历史狭小化的东西，导致其固化的元凶，如果让加藤说，有两个，一个是国学，另一个是英国、美国，也就是西方。我认为《序说》就是为了重写因西方和国学而被压缩了的"日本""文学""历史"。

小森　关于国学，加藤从本居宣长开始展开，指出宣长未必得到了正确的理解，他被日本浪漫派歪曲。加藤一边提出各种保留意见，一边讨论国学的谱系。

另外，西方迫使日本开放门户，使"现代"这个概念本身固定下来，但《序说》提出的方向是以日本列岛使用日语的人拥有的世界观为背景的文学家，遇到其他伟大的文明、非日本式的东西时，通过这种令人震惊的相遇，双方不断地碰撞，当出现微妙的锁国状况时，"日本化"才开始。

把握这种"日本化"非常困难。成田说即便同样说"日本化"，不同时代的理解根本不同。怎样看待这个问题？

大江　刚才关于"日本化"的话题，是指加藤说国学是江户时代文学思想中巨大的因素之意吗？

成田　是的。加藤本人说国学和最初的英国、战后的美国具有重要意义，再略微一般化地说，我认为可以说成国学和西方。

大江　断言"国学和西方因素"也许太过简单化了。

近世初期，德川政府把儒学作为维系日本这个国家的思想，有一批学习作为国家思想的儒学并拥有权力的学者。

但这种儒学也随着时代发生着变化。例如，如果把朱子学比作文部科学省的学习指导纲领，与此相对，有像荻生徂徕那样思考经典的不同理解的人。加藤言及了武士的阳明学，它又给了知识分子与政府思想不同的另类影响，撼动了日本的思想。

另一方面，近世后半期，在民众中出现了另外一种阳明学。这是切合农民现实感觉的新的阳明学，是二宫尊德[3]、安藤昌益、大盐平八郎等的思想。石田梅岩[4]的心学甚至在六十多个地方办了学校，成为庶民学问的潮流。

有这样两种或者三种中国学问，国学则作为与之对抗的学问出现了。国学学者，例如，本居宣长等做了大量的工作。因此，思考国学时，也应该思考日本的几种儒学、几种汉学怎样刺激了政府和民众。

还有学习兰学的人，也有让它更加接近美国学问的福泽谕吉那样的人，也有像绪方洪庵[5]那样从事医学的人。他们共同形成了指向明治维新的各种知识潮流。我觉得不能把这么多样存在的动向简单化为"国学与西方"。

加藤坚信，在思考历史时，文学作品作为最重要的资料是有效的。把文学作品作为生活在历史中的人的证明来解读，以这样的视角，巧妙、宏阔、富于魅力地理解江户时代到明治维新的变迁。同时，加藤对富永仲基那样一边对汉学进行独立的批评研究，一边在大阪商人学问所学习，在那里也成为叛逆者，历经了艰难人生的革命学者也抱有浓厚的兴趣。

可是，维新后，到甲午战争、日俄战争时期，国家本身开始拥有一种明确的思想和实践力量。1910年发生了大逆事件和《日韩合并条约》的签订。在加藤的分析中，《日韩合并条约》的践行是日本在亚洲侵略扩张时代的象征。此前，为了确保国内安全，捏造了大逆事件，对日本的国家体制进行了切实的重新定位。而且，1918年发生了抢粮暴动、1925年制定了治安维持法。也就是说，从1910年开始的十五年间，日本和亚洲的关系、国内体制、民众的表述自由度都发生了明显的变化。

这一时期，文学也发生了明显的变化。有必要思考加藤是怎样把握这种时代变化的吧。

成田　正如大江所说，加藤把明治维新作为一个巨大的焦点进行思考。在《序说》中，时代是按世纪划分的。不是以明治维新后是现代这种形式割裂历史，而是存在几种儒学或汉学或国学；另一方面，从西方传入了各种概念或影响，从中出现了朝向明治维新的力量。并非"到此是前现代，由此开始是现代"，如此进行明确的区分思考，而是把明治维新作为19世纪这个时代中的现象进行把握。加藤在《序说》中展示了这种把握历史的构思力。

其中包含着对以往采取历史断裂说的文学史叙述或者历史学研究的严厉批判。

通过采取历史连续说，可以看到什么？那是日俄战争后的社会，也就是20世纪对"日本""文学""历史"而言是什么的问题。日本的20世纪是和日俄战争一起开始的。日俄战争的结果，是国内的治安强化和对外扩张，即20世纪的特征的确显现了出来。

还有，19 世纪、20 世纪，当用世纪来把握的那一瞬间，标准一下子变成世界性的了。当时，英国、美国在干什么？中国，或者东亚的状况怎么样？可以看到这些问题。

小森　把以前日本历史学作为常识的时代区分，通过按世纪进行划分，在和世界史的对应关系中，认真地重读日本史，《序说》使这项工作成为可能。也就是，可以说把迄今为止围绕日本的整个历史认知状态进行了重组。

这也是一件非常重要的事情，在日本，到高中为止的教育中，世界史是必修的，但日本史不是。而且，世界史中没有日本史，日本史中也没有世界史。

可是，例如，织田信长用步枪打仗的时代，和欧洲天主教国家以极其野蛮的方式对新大陆进行殖民侵略的时代相重叠。可以非常明确，并且令人震惊地看到这些事实。《序说》把以往对整个历史的认知状态进行了重组、颠倒。

以 1945 年的体验为核心

小森　刚才提到了石田梅岩。梅岩向町人呈现在现世顽强活下去的方法，但他本人的自然观和宇宙观与此完全不同，甚至根本上是黑格尔式的。也就是，《序说》有一种惊险感——读懂、看穿一个思想家的行为中极为异质的、让人不由得觉得究竟为什么这在一个人身上可以同时存在的那种特质。加藤的这种着眼点来自哪里呢？

大江　加藤观点的根底里明显有 1945 年的体验。

小森和成田编的《看清语言与战车》（筑摩学艺文库，2009 年）是一本很棒的书，其核心内容之一，"语言与战车"是加藤在捷克斯洛伐克危机时写的。1968 年至 1969 年，捷克人民希望建立作为民主主义的社会主义运动取得了成功，但悲剧也随之而来。加藤在事件即将发生前到访了布拉格，并在维也纳见证了之后的发展或者闭塞，他当时在想什么？

他从布拉格的市街遥想了祖国。但这个祖国不是 1968 年夏天的东京，而是 1945 年秋天的东京。那里也有审查，也有各种各样的不自由。可是，那时，通过报纸、广播的大众传媒机构，也可以公然讨论政治体制的根本性变革。1945 年秋天，也第一次可以公然讲述日本古代史的事实（包含天皇制）。加藤说当时充满了希望和计划、心愿、新观念。

作为新的历史出发点，他思考了 1945 年，从那时到 1968 年，并尝试重新思考日本文学、日本近现代史、日本的整体历史，还有亚洲的历史。这个契机产生于捷克。他说他在那里想起了 1945 年的体验并受到了鼓舞。也就是，以加藤这个人的思考为契机，将这个世界上的一个小国家的小小的城市布拉格，和东方的一个小国家的小小的城市东京连接起来吧。关于社会主义的未来，还可以提出另外不同的意见吧。

加藤是一个持续认真面对东京 1945 年的希望的人。当捷克发生新运动时，他一边寄予了强烈的共鸣，一边也思考了日本。我认为这是一个值得自豪的日本人、世界人、真正的知识分子。我希望一直记住他。我希望不断出现新的加藤周一，首先产生十万名年轻的加藤周一读者，以便做好准备。

小森　刚才的话实在令人颇有感慨。第一次见到加藤时，我向他表示敬意："我 15 岁时，被您的《语言与战车》救了。"我直到 1965 年，都在布拉格的苏联大使馆附属八年制学校上学，回日本后，发生了那起事件。我平时和接受苏联教育的捷克的朋友一起玩，所以，一半的我已经处于坐着战车驶入并侵略的状态。

如何思考当时的我的分裂呢？ 15 岁的我第一次自己出钱，买了岩波书店的《世界》杂志阅读，并且得到启发——"如果像《语言与战车》那样思考，自己可以从这种分裂中恢复过来"。

后来，在一起参加的北京的讲演中，加藤向中国的学生讲述了自己当医生时的空袭体验，作为血液学专家被派往调查原子弹受害情况的体验，以及在那种状况中有意识地选择成为一名文学家。

加藤对协助战争或者附和战争的知识分子进行了严厉的批判。我认为其中之一是收录在《看清语言与战车》中的《知识分子的任务》这篇文章中。

大江　战争时期，日本完全没有言论自由。然后，战败了。加藤在 1947 年写下：到人民中去，行动起来，以防止发生战争时期的错误，这是我们知识分子的工作。那篇文章就是带有"献给渡边一夫先生"字样的《知识分子的任务》。

成田　《看清语言与战车》是以《语言与战车》为核心，在将加藤毕生的一贯主张作为"知识分子论"进行整理的意图下编纂的。我认为加藤长期以来的问题意识仍然是关于知识分子。知识分子的责任是什么？作为知识分子生活意味着什么？加藤的知识分子责任论明显扎根于战争体验。

还有，在《作壁上观》这篇文章中说知识分子当然要进行分析，并持有正确的认知，但不能作壁上观，必须思考有益于实践性的知识。

加藤的文章有必要用分析和实践这双重的复眼式的视线进行阅读。《序说》虽然是日本文学史，但也可以作为加藤的实践来把握。时代越来越需要这种复眼式的宽广胸怀，如果用单线式的、两者选一的方式思考，则无法适应这个迅猛变化着的世界的状况，这一点应该从加藤的工作中学习吧。

小森　大江先生，实际上《序说》的最后是以您结束的吧。

大江　我读的是最初的版本，那个版本没有我，我是从小型平装本开始出现的（笑）。首先，我和井上厦[6]有了行动的指针。我打算不辜负渡边一夫这位1945年明确决定重新出发的知识分子，也想和直接继承渡边的加藤周一的观点联结在一起，如此从事着文学工作。

加藤在《知识分子的任务》中，思考有什么办法可以拯救不对巨大的战争表示反对、一直跟随、直到败北的无力的日本知识分子。而后，他问，除了把自己投入人民中，与人民一起站起来之外还有什么办法。这种年轻、激烈的写法，看加藤的整体工作轨迹，也许有点难以适应。

可是，人有时候高调说话，有时候深深地沉潜、真诚地"满脸忧愁"地思考。正派的人无论怎样都祈愿能够始终如一地生活下去。

加藤八十岁以后，成为建立"九条会"的中心，实际倾注了力量，我也有机会和他一起发挥作用。读加藤的文章、直接听他的话语，我的心变得火热，这一点我将一直讲述下去吧。

大江健三郎（作家）

小森阳一（东京大学大学院教授）

成田龙一（日本女子大学教授）

注释 ————————

1. 日语作"日清战争"。

2. 克鲁泡特金（1842—1921），俄国政治思想家、地理学家、无政府主义运动的最高精神领袖。其理论深受进化论影响，但认为社会进化是通过互助来实现的。其思想在19世纪后期至20世纪初，对中国思想界产生过较大影响。

3. 二宫尊德（1787—1856），日本江户时代后期农政家。生于农家，因家道中落，决心复兴家业，后协助诸多农村走向复兴，成为幕臣。以儒、佛、神思想创立报德教，主张以实践之德报天、地、人三才之德，倡导勤劳、节约、忍耐的生活态度，曾经被树立为"勤勉、节俭、孝行、忠义"的道德典范，在日本广为人知。

4. 石田梅岩（1685—1744），日本江户时代中期儒学者、思想家，石门心学创始人。

5. 绪方洪庵（1810—1863），日本江户时代后期兰学者、医生、教育者。在江户、长崎学习医学，后一边行医，一边开设兰学塾培养人才。因其对治疗天花的贡献，被称为日本近代医学之父，著有《病学通论》等。

6. 井上厦（1934—2010），日本著名剧作家、作家、评论家、社会活动家，毕业于上智大学法国文学专业，1969年以《日本人的肚脐》受到戏剧界的关注。擅长以文字游戏或独特的人物形象描写权力与战争责任等问题，其独特的幽默感和犀利的讽刺获得了广泛好评。2003年至2007年任日本笔会会长，2004年与加藤周一、大江健三郎等人发起成立维护和平宪法的"九条会"，代表作有《和爸爸在一起》《吉里吉里人》等。

译后记

　　有机会翻译当代日本百科全书式的学者、日本知识巨人加藤周一的《〈日本文学史序说〉讲演录》是一件非常开心的事。早在十余年前，本人在高校讲日本文学文化相关课程时，时常将加藤周一的《日本文学史序说》作为参考资料，每年都会翻阅一下。加藤周一在更为宏阔的时空坐标中思考日本文学发展轨迹，对日本文学史的固化叙事模式提出了质疑。加藤周一的质疑基于明治维新前日本漫长的汉文书写传统，具有回望传统、还原历史的客观性，其文学意识在传统与现代之间搭起了一座坚实的思想之桥，值得赞叹。所以，在接到翻译任务时，本人欣然答应。但实际着手翻译时，却遇到了不少棘手的问题。

　　首先，翻译时间有限，出版社只给了大约四个月时间。这期间，本人还要处理诸多日常工作，其中包括出差、几场学会发言、小论文写作等，所以在翻译过程中，常常陷入一种时间焦虑中，所幸编辑能够包容谅解，使得翻译工作得以善始善终。

其次，翻译工作将大刀阔斧推进的预想也很快遭遇了挫折。加藤周一的学识融汇东西、贯通古今，他思维活跃，且兼具科学思维与艺术思维能力，思绪常常自由往来于古今、东西之间，在令译者大开眼界的同时，也常常感叹自己无法跟上其天马行空的步伐，大量的西方人名、专有名词需要查阅、辨析。不仅如此，加藤周一精通英语、德语、法语等多种外语，为了尽量保持其说话风格，原书除日语以外的外语需要保持原样，这就产生了大量西语录入工作，这也是一件颇费时间、精力的细活。

总之，加藤周一广博的学养为本次翻译工作带来了诸多的艰辛，但译者也有幸更加深入地领略这位知识巨人的热情与睿智，体悟到他身上具有的一种难得的"均衡之美"。在这个不断趋向偏执的现代世界，这种均衡的气质实在难能可贵，应该与其广博的学养与难得的自省能力密切相关。实际上，译者最为感慨的，是一位84岁的老人，竟然可以连续五天侃侃而谈，这不仅仅是一种知识境界，更是一种升华了的人生境界，展示了拥有一个柔软的大脑、一颗柔和心灵的人可以收获不老人生的秘诀。加藤周一向日本青少年推荐了必读书《论语》，实际上，他本人的人生也有接近《论语》所言"发愤忘食,乐以忘忧,不知老之将至"的一面,只是面对不断右倾的日本社会,以 85 岁高龄成为维护和平宪法"九条会"召集人的加藤周一是怀有内忧的。大江健三郎认为加藤周一是一位真正的知识分子,希望日本不断出现新的加藤周一,希望首先产生十万名年轻的加藤周一读者。本人也希望加藤周一拥有更多的中国读者。因为他是一位睿智的长者,在西方文化盛行的时代,能够基于日本知识分子的立场,特立独行地回望日本的汉文书写传统、重新发现中国经典《论语》中的智慧,并希望将其发现传递给日本青少年一代,留下了诸多宝贵的思想遗产。

最后,我要感谢上海人民出版社的信任!感谢编辑杨清女士、金铃女士给予的种种包容与谅解!希望本书能给当下的中国读者、中国文史哲领域的专业人士带去阅读的愉悦与知性的启发。

邱雅芬

2023 年冬月于北京寓所

图书在版编目(CIP)数据

《日本文学史序说》讲演录/(日)加藤周一著;
邱雅芬译.—上海:上海人民出版社,2024
ISBN 978 - 7 - 208 - 18851 - 8

Ⅰ.①日… Ⅱ.①加… ②邱… Ⅲ.①日本文学-文
学史 Ⅳ.①I313.09

中国国家版本馆 CIP 数据核字(2024)第 071413 号

责任编辑 杨 清 金 铃
封扉设计 人马艺术设计·储平

《日本文学史序说》讲演录

[日]加藤周一 著

邱雅芬 译

出　　版　上海人民出版社
　　　　　(201101 上海市闵行区号景路159弄C座)
发　　行　上海人民出版社发行中心
印　　刷　上海盛通时代印刷有限公司
开　　本　787×1092　1/32
印　　张　9.75
插　　页　5
字　　数　167,000
版　　次　2024年8月第1版
印　　次　2024年8月第1次印刷
ISBN 978 - 7 - 208 - 18851 - 8/I · 2143
定　　价　65.00元

NIHONBUNGAKUSHI JOSETSU HOKO

BY SHUICHI KATO

Copyright © YUICHIRO MOTOMURA 2012

Original Japanese edition published by Chikumashobo Ltd.

All rights reserved.

Chinese (in Simplified character only) translation copyright © 2024 by Shanghai

People's Publishing House

Chinese (in Simplified character only) translation rights arranged with Chikumashobo

Ltd. through BARDON CHINESE CREATIVE AGENCY LIMITED, Hong Kong.